Ullstein

DAS BUCH

Max, ehemals Bodyguard des Drogendealers García, erwartet vom Leben kaum noch mehr als das gefüllte Whiskyglas in greifbarer Nähe. Vor sechs Jahren hatte ihn seine große Liebe verraten, um sich an der Seite seines Chefs ein angenehmes Leben zu machen. Das jedenfalls glaubt Max, bis eines Nachts die schöne Elsa erneut in seiner Madrider Stammkneipe bei ihm auftaucht und ihm die wahren Umstände ihres Lebens mit García zu erklären versucht. Natürlich macht sie das nicht ohne Not: Ihre Schwester sitzt in der Klemme, und Max soll helfen.
Wieder einmal kann Max, der wunderbare Antiheld, ein Typ, der immer cool sein möchte, dessen Lächeln jedoch gern eine Spur zu schief, dessen Widerstand stets ein Tick zu schwach ist, ihr, Elsa, dem klassischen Vamp, der Frau mit den schwingenden Hüften, den engen Kleidern und der rauhen Stimme, nur schwerlich widerstehen. Und tatsächlich hätte sich zwischen den beiden die romantischste Liebesgeschichte seit »Vom Winde verweht« entspinnen können, wäre da nicht ein Autor, der mit Lakonie und schwarzem Humor seinen Figuren am Ende jede Sentimentalität verbietet.

DER AUTOR

Martín Casariego, geboren 1962 in Madrid. Studierte Kunstgeschichte und war Mitherausgeber der »Edition Zigzag«. Casariego, der als einer der interessantesten Erzähler der jungen spanischen Literatur gilt, arbeitet als Essayist und als Drehbuchautor für Film und Fernsehen.

MARTIN CASARIEGO

In einer Nacht in einer Bar

Roman

Aus dem Spanischen von
Alexander Dobler

ULLSTEIN

Ullstein Buchverlage GmbH,
Berlin
Taschenbuchnummer: 24129
Titel der spanischen Originalausgabe:
Mi precio es ninguno
erschienen bei Plaza y Janés, Barcelona

Deutsche Erstausgabe
Juli 1997

Umschlaggestaltung:
Tandem Design, Hamburg
Foto:
G+J Photonica/S. Webster
Alle Rechte vorbehalten
© 1996, Martín Casariego
zuerst erschienen bei Plaza y Janés Editores,
S.A., Barcelona
© für die deutsche Ausgabe 1997 by Ullstein
Buchverlage GmbH, Berlin
Printed in Germany 1997
Gesamtherstellung:
Ebner Ulm
ISBN 3 548 24129 8

Gedruckt auf alterungsbeständigem
Papier mit chlorfrei gebleichtem
Zellstoff

Die Deutsche Bibliothek –
CIP-Einheitsaufnahme

Casariego, Martín:
In einer Nacht in einer Bar: Roman/Martín Casariego.
Aus dem Span. von Alexander Dobler. –
Dt. Erstausg. – Berlin: Ullstein, 1997
(Ullstein-Buch; 24129)
Einheitssacht.: Mi precio es ninguno <dt.>
ISBN 3-548-24129-8

*Für ∧∧∧∧ und ihr Herz, das
schnell und rasend schlägt*

Ein Mann ist eine Frage ohne Antwort.
Die Liebe ist eine Antwort ohne Frage.
Pe Pas Cor

1

Die Wanduhr zeigt sieben vor acht. Elsa hat schon acht Minuten Verspätung. Es ist einer der kürzesten Tage des Jahres, und die Sonne ist schon vor ein paar Stunden verschwunden. Manchmal denke ich, daß wir es überhaupt nicht bemerken würden, wenn wir im Dezember nur schwarzweiß sähen. Schauen Sie mich an. Ich sehe gut aus, nicht wahr? Ordentliche Kleidung, frisch rasiert. Den Schuhen merkt man an, daß sie neu sind. Vor nicht einmal zweiundsiebzig Stunden sah ich noch wesentlich kaputter aus. Kaum zu glauben, was die Liebe einer Frau für das Aussehen eines Mannes bedeuten kann. An der Narbe am Hals hat sich natürlich nichts geändert. Da können auch Elsa und Rosa nichts machen.

»Einen Whisky on the Rocks. Zwei Finger breit Whisky, wenn's recht ist.«

Ich lege die Finger ans Glas, um das Maß anzugeben. Der Kellner, ein schwächlicher junger Mann, schenkt keinen Tropfen zuviel ein. Ich habe keine Ahnung, ob ihm eine Hand mit drei dicken Ringen irgendwie Respekt einflößt oder ob er sparen soll. Schauen Sie mir in die Augen . . . Was sehen Sie darin? Was auch immer, mit Sicherheit ist es nicht das, was Sie vor sechs Jahren in ihnen gesehen hätten. Vor nur drei Tagen saß ich am selben Ende des Tresens. Aber seitdem hat sich einiges verändert. Neben der Uhr hing zum Beispiel ein Spiegel. Er würde die beiden Löcher verdecken, die jetzt in der Wand sind. Über dem Türrahmen stand eine blau bemalte Porzellanfigur, ein kleiner Kater. Jetzt steht da nichts mehr. Aber zwei andere Veränderungen sind noch viel wichtiger: Ich wartete nicht auf Elsa, und der Kellner hieß Toni und nicht etwa Sabas, wie dieses dünne Hemd hier. Außerdem sah ich wesentlich kaputter aus, aber das sagte ich ja bereits . . .

2

Sehen Sie? Dieselbe Uhr, nur daß sie auf halb elf stand. Neben ihr hing ein Spiegel, in dem ich mein eigenes Bild sehen konnte: ein männliches Wesen mit kaukasischen Zügen, etwas älter als dreißig Jahre, mit einem alten Jakkett, abgenutzter Hose und ausgelatschten Schuhen. Es lehnte am Tresen. Hinter dem Tresen stand ein Typ namens Toni. Er hatte eine mittlerweile fast ausgerottete Kinderkrankheit und war teilweise gelähmt. Toni bewegte sich auf Krücken fort. Aber hinter dem Tresen war er schnell. Er stützte sich dabei auf die Ellbogen. Seine Arme waren ungeheuer kräftig, und seine Hände waren wie Zangen. Was den traurig und blau bemalten Kater angeht, so stand er über dem Türrahmen, durch den es in die Hinterzimmer ging. Unbeweglich wie ein Pharao und geduldig wie ein Chinese, schien er auf irgend etwas zu warten, aber keiner wußte, worauf. Eigentlich begann die ganze Geschichte vor langer Zeit. Ich nehme an, Sie teilen meine Meinung, daß sechs Jahre eine lange Zeit sind. Ein Chinese oder ein Pharao wären natürlich anderer Ansicht.

»Noch einen, Toni.«

Toni schenkte drei Finger hoch Dyc ein. Zu allem Überfluß hatte der arme Kerl einen Schnupfen. Ich hielt meine Hand ans Glas, um ihm zu verstehen zu geben, daß ich einen Doppelten wollte.

»Was soll der Geiz, Mann? Ich habe nicht vor, meine Leber zu spenden.«

Toni sah mich mitleidig an. Vielleicht war es ja auch einfach nur Sympathie. Sozusagen, um mir eine Gelegenheit zu geben, mich mit drei Fingern zufriedenzugeben. Aber ich gab nicht nach, und so füllte er das Glas erneut bis zu der Höhe, die ich ihm angezeigt hatte. Toni wunderte sich bereits nicht mehr über die Ringe, die meine Finger bevölkerten: zwei an der rechten und drei an der linken Hand. Insgesamt fünf, wenn die Mathematik noch das ist, was sie früher einmal war. Keiner davon ein Ehering. Fünf Ringe, die vor einiger Zeit in so manchem Gesicht ihre Spuren hinterlassen hatten. Ich trug sie immer noch, aus Gewohnheit. Außerdem glaubte ich, daß sie mir Glück brachten. Glück? Ist es nicht vielleicht doch ein bißchen peinlich, daß ich immer noch glaubte, irgend etwas könnte mir Glück bringen?

Außer mir und Toni befanden sich in der Bar nur noch zwei Pärchen, die auf den Plüschbänken in den Ecken des Lokals eng umschlungen miteinander schmusten. Das Halbdunkel hatte sie angezogen. So gesehen waren sie zwar das genaue Gegenteil, ansonsten aber hatten sie mit den Motten große Ähnlichkeit. Der Rest der Bar, die Möbel, die Musik und der Service, war kaum dazu geeignet, irgendwen anzulocken.

Die Mächtigen ändern die Dinge, damit sie so weiterlaufen wie zuvor. Im Blauen Kater hingegen rührte sich nichts, und genau deshalb sah er jetzt auch so anders aus als vor fünf Jahren, als ich zum erstenmal hineinstolperte, nachdem ich ein Jahr ziellos durch die Bars getaumelt war. In diesen fünf Jahren hatte sich niemand die Mühe gemacht, die Wände zu streichen, eine neue Schallplatte zu kaufen, die Plüschkissen zu reinigen oder die Brandflecken der Kippen zu beseitigen. Noch nicht mal ein paar kaputte Glühbirnen waren ausgetauscht worden. Der Blaue Kater war wie eine fette, häßliche Frau, die sich seit zehn Jahren weder geschminkt hatte noch unter die Dusche gegangen war, und diese Frau hatte ich geheiratet. Deshalb drehten wir uns um, als wir hörten, daß die Tür aufgegangen und wieder ins Schloß gefallen war. Mit dem Rücken zu uns stand eine elegant gekleidete Frau in schwarzem Mantel und, ein Bein auf einen Barhocker gestützt, untersuchte sie die Laufmasche, die ihre Strumpfhose entlanglief. Toni stieß, so leise, daß nur ich es hören konnte, einen bewundernden Pfiff aus. Er hatte allen Grund dazu: Die Laufmasche da war nämlich nicht etwa irgendeine Laufmasche, sie war das Vierundzwanzig-Stunden-Rennen von Le Mans. Es war offensichtlich: Diese Frau mußte sich verirrt haben.

Ich erkannte sie sofort, und mein Herz begann wie wild zu rasen. Ruhig Blut, Sportsfreund, sagte ich mir. Zieh die Notbremse.

»Heilige Scheiße«, rief die Frau aus.

Unter einer Million Frauen hätte ich sie wiedererkannt, selbst wenn sie nichts gesagt hätte, selbst wenn sie mir weiterhin den Rücken zugewandt hätte, auch wenn ich sie sechs Jahre lang nicht gesehen hatte und sie jetzt einen solchen Mantel trug. Mein Herz überschlug sich. Dummes, ungehorsames Herz. Elsa ging zum Tresen. Ohne den Typ, der dort lehnte, auch nur eines Blickes zu würdigen, jawohl, so war es, ohne sich herabzulassen, meine Wenigkeit auch nur anzusehen, wandte sie sich an Toni. Wäre ich ein Barhocker gewesen, sie hätte mir genausoviel Aufmerksamkeit geschenkt. Vielleicht sogar ein bißchen mehr: Möglicherweise hätte sie dann ihr Bein auf mich gestützt. Es erklang *Caballo viejo*, »Der alte Gaul«, in einer Interpretation der Macondos: »Wenn die Liebe so daherkommt / nimmt man es nicht mal zur Kenntnis / Der Guaramo wird wieder grün und der Guamachito blüht und die Blätter werden geil / Ein Pferd aus der Steppe, weil es alt ist und müde / Aber merken Sie nicht, daß ein gefesseltes Herz, / läßt man die Zügel locker, zum scheuenden Hengst wird, / und wenn eine Fuchsstute ein altes Pferd nur entdeckt, / die Brust ihm . . .«

»Ein Päckchen Dunhill, bitte.«

In Wirklichkeit hatte sie vielleicht nicht mal Toni bemerkt, den sie womöglich mit einem Zigarettenautomat verwechselte.

»Haben wir nicht.«

Toni wischte sich schnell mit dem Handrücken über die Nase. Er schämte sich, vor einer so extravaganten Dame den eigenen Rotz hochzuziehen. Vor mir oder den anderen Gästen hatte er damit noch nie Probleme.

»Dann eben Marlboro.«

Elsa schenkte ihm ein Lächeln, mit dem sie einen römischen Gladiator hätte umhauen können. Toni warf einen raschen Blick auf die Zigarettenpäckchen, die aufgestapelt in einem der Wandschränke lagen. Nervös wandte er sich wieder an Elsa.

»Haben wir auch nicht mehr.«

»Na gut, dann eben den teuersten Virginiatabak, den du hast. Du weißt schon. Bei Tabak schwöre ich auf Virginia. Bei Männern ist mir die Herkunft egal.«

Elsa lächelte Toni noch einmal an. Ich habe es nicht erwähnt, weil ich keine Lust dazu hatte, aber der Bursche hatte schwarze Haare und war ausgesprochen dunkelhäutig. Das

Lächeln konnte also durchaus als Kompliment aufgefaßt werden. Toni gab ihr ein Päckchen Camel.
»Macht dreihundertfünfzig Peseten.«
Jetzt war Toni derjenige, der mir leid tat. Ich hielt ihn für imstande, ein Jahr lang die Gesichtszüge jener Frau vor seinem geistigen Auge heraufzubeschwören. Er würde denken, daß sie die gleichen Träume hegte wie er selbst. Toni hatte es nicht leicht bei Frauen. Er besaß ein großes Herz, nur leider ging es auf zwei Krücken. Ich war überzeugt davon, daß er eines Tages seinen weißen Raben finden würde, auch wenn das für jeden anderen schon schwer genug war. Toni hatte einmal einen Film gesehen, in dem sich ein Mädchen in den Hauptdarsteller verliebte, einen Körperbehinderten. In seinem eigenen Leben war es nie soweit gekommen. Er hatte noch nie eine Freundin gehabt, und jetzt sah er Elsa an, als hätte ihm jemand vor den Kopf getreten. Er wußte nicht, was los war. Dabei war es ganz einfach. Ich wußte, was los war. Elsa kaufte ein Päckchen Zigaretten, sonst nichts. Auf jeden Fall war Tonis Überraschung durchaus verständlich: Diese miese Bar war einfach nicht der geeignete Aufenthaltsort für eine Frau wie sie. Den Eindruck konnte man zumindest haben. Eine Lichtquelle zeichnete die scharfen Umrisse unserer Schatten an die Wand. Ich betrachtete die Silhouetten, als wären sie es, die sich unterhielten, als wäre ich nur der Zuschauer in einem Theater.
»Hast du Feuer?«
Elsa hatte die Packung geöffnet und mit einer gezierten Bewegung eine Zigarette herausgezogen, die jetzt zwischen ihren Lippen klemmte. Niemals zündete sie sich eine Zigarette selbst an. Sie konnte zwanzig Stunden lang schmachtend mit einer Kippe im Mund verbringen, ohne sie anzuzünden, wenn sich im Umkreis von fünfhundert Metern nur ein einziger Mann aufhielt. Sie war der Ansicht,

daß jeder in diesem Leben eine bestimmte Rolle spielte. Ihre war die des Mädchens.

»Ich habe Feuer«, mischte sich eine andere männliche Silhouette ein.

»Na so was, Max«, antwortete der weibliche Schatten, ohne sich umzudrehen, »ich dachte schon, du würdest die ganze Nacht dasitzen, ohne den Mund aufzumachen. Übrigens, du solltest dir ein Paar neue Schuhe kaufen. Die da sehen aus, als wärst du mit ihnen schon ein paarmal um die Welt gelaufen.«

Wenn ich sie überrascht haben sollte, so konnte sie diese Überraschung gut verbergen. Sie hätte meine Stimme unter einer Million Stimmen wiedererkannt, auch wenn sie jetzt stärker nach Schnaps klang und wenn sie sie sechs Jahre lang nicht gehört hatte. Einen Moment lang zitterte die Zigarette in ihrem Mund. Als sie wieder fest zwischen ihren Lippen ruhte, drehte Elsa sich zu mir um. Sie sah mich jetzt zum erstenmal an. Sie verstrahlte Ruhe. Noch immer verfügte sie über diese großartige Selbstbeherrschung, das mußte man ihr lassen. Nur daß sie jetzt einen Mantel trug, ein Kleidungsstück, das sie früher immer verabscheut und nicht einmal irrtümlicherweise angezogen hätte. Die Elsa, die vor mir stand – mehr als fünf Jahre nachdem sie meinen Handrücken gestreichelt hatte, während ich ihr Feuer gab –, hatte den Kampf gegen die Kälte aufgegeben. Offenbar hatte sie sich auf ihren Verstand besonnen. Sollte das vielleicht heißen, daß sie jetzt schwächer war als früher? Oder, warum sollte ich die Frage eigentlich nicht laut stellen? War sie vielleicht sogar menschlicher geworden?

Als die Camel brannte, trat Elsa einen Schritt zurück und musterte mich.

»Du bist nicht in Spanien zur Welt gekommen, du hattest ein verbogenes Rückgrat, du warst voller Widersprüche, deine Überzeugungen waren nicht zu erschüttern und du hast nie einen Mantel angezogen. Was ist aus all dem geworden?«

»Ich bin immer noch nicht in Spanien zur Welt gekommen, mein Schatz.«

Ich trank das Glas in einem Zug leer und drehte mich zu Toni um.

»Noch einen.«

Erneut flammte eine Mischung aus Faszination, Haß, Furcht und Verlangen in mir auf. Eine Mischung, von der ich angenommen hatte, daß sie für immer begraben war. Sie glühte in kräftigen Farben auf: Rot, Schwarz, Grün.

»Und du? Hast du keinen Flachmann mehr?«

Feuerrot. Elsa atmete tief ein. Wenn sie erregt war und eine Zigarette in den Fingern hielt, sah sie aus wie eine Lokomotive unter Volldampf. Ihre Lippen waren mit einer so sauberen Präzision geschminkt, daß sie an eine ägyptische Hieroglyphe erinnerten.

Ich steckte meine Hand in die Innentasche der Anzugsjacke und holte einen Flachmann hervor. Früher hatte er geglänzt. Er war versilbert. Jetzt war er von dunklen Kratzern verunstaltet. Ich drehte ihn um. Es kam nicht ein einziger Tropfen heraus.

»Er ist leer«, sagte ich. »Er ist so leer wie dein Herz.«

Aus heiterem Himmel stürzte die Silhouette der Frau sich in die Arme des männlichen Wesens. Ich hörte auf, die Schatten zu beobachten.

»Oh, Max«, stieß sie hervor. »Bist du's wirklich? Was haben sie mit dir angestellt?«

Wie bitte? Was sie mit mir angestellt hatten? Das Mädchen hatte sich ganz schön Zeit genommen mit seiner Besorgnis, das kann man wohl nicht anders sagen. Das Ganze war wie eine Ohrfeige, die gewissermaßen den Zauber durchbrach und mich in die Realität zurückkatapultierte: in die Realität der Narbe an meinem Hals, meiner früh gealterten Haut, meines angeschlagenen Aussehens und meiner geflickten Klamotten. Mit ihr schienen sie, ganz im Gegenteil, gar nichts angestellt zu haben: Sie sah blendend aus, und Toni, der sie anstarrte, als wäre sie die erste Frau in seinem Leben, erinnerte sich überhaupt nicht mehr daran, daß er von den dreihundertfünfzig Mäusen für das Päckchen Camel noch nicht eine Pesete gesehen hatte. Wirklich, sie sah blendend aus. Sechs Jahre älter, klar, aber eine dreißigjährige Frau braucht eine vierundzwanzigjährige um nichts zu beneiden. Möglicherweise hat sie sogar bessere Karten, wenn das Leben es nicht schlecht mit ihr gemeint hat. Und in diesem Fall hätte ich darauf wetten können, daß es eher andersherum gewesen war: Elsa hatte es schlecht mit dem Leben gemeint. Ich steckte den Flachmann wieder ein, sah in den Spiegel, und der Spiegel reflektierte ein hübsches Bild: eine Frau mit einer gepflegten blonden Mähne und elegantem Mantel, die einen armselig gekleideten Mann umarmte, und einen Milchbubi, der den Ellbogen auf den Tresen stützte und die Szene verzückt beobachtete. So ziemlich die abgedroschenste Darstellung der Liebe, die man sich vorstellen kann, nicht wahr? Der Mann löste sich aus der Umarmung der Frau und sagte:

»Du rauchst zuviel.«

Elsa inhalierte tief und ließ mich dabei nicht aus den Augen.

»Ich versuche aufzuhören, mein Schatz.« Sie blies den Rauch mit Absicht in meine Richtung.

Sechs Jahre, ohne meinen Wagen in ihrer behaglichen Garage zu parken, sechs Jahre ohne jede Nachricht von ihr. Sechs Jahre, ohne sie zu sehen. Fünf Jahre, elf Monate und drei Wochen hatte mein ganzer Haß ihr gegolten. Das Lied lief noch immer. *Wenn die Liebe so kommt und in dieser Weise / ist keiner schuld daran / die Liebe hat keinen Fahrplan und kein festes Datum im Kalender / wenn zwei Wünsche zu einem werden / ein Pferd aus der Steppe, weil es alt ist und müde* ... Toni war mit dem Einschenken meines Whiskys fertig. Ich hielt die Flasche hoch und hinderte ihn daran, sie wegzunehmen.

»Laß mir die Flasche, Toni.«

»Hör auf zu trinken«, sagte Elsa.

»Warum sollte ich?«

»Es bekommt dir nicht.«

»Sie hat sich schon immer wie eine Krankenschwester um mich gekümmert«, erklärte ich Toni, der die Flasche weiter in die Luft hielt und uns verwundert ansah. Er hatte sich immer noch nicht von dem Schock erholt, daß ich jene Dame aus der High-Society kannte. »Ich habe gesagt, du sollst die Flasche hierlassen.«

Toni ließ sie los.

»Komm schon, gieß mir jetzt auch ein Glas ein«, unterbrach Elsa. »Aber nicht von diesem Gesöff. Gib mir was Anständiges.«

»So war das schon immer«, erläuterte ich, »wenn ich trank, trank sie mit; und wenn ich mal keinen hob, dann hob sie eben auch keinen. Alkoholische Solidarität, ich glaube, so nennt sie das. Oder so ähnlich.«

»Hast du Kohle?« sagte Toni wie aus der Pistole geschossen.

Heilige Mutter Gottes. Diesmal war die Überraschung meinerseits. Hatte er das nur gesagt, weil er sich an dem Gespräch beteiligen wollte und weil ihm ausgerechnet das als erstes durch den Kopf ging? Oder wollte er mich in ein schlechtes Licht rücken? Toni wußte ganz genau, daß ich immer am Ende des Monats bezahlte. Manchmal auch erst am Ende des nächsten Monats. Zur Hölle mit diesem miesen kleinen Barkeeper.

»Ich zahle«, mischte Elsa sich ein.

Toni war schon dabei, ihr den Whisky zu servieren. Er

hatte die Flasche Ballantine's hervorgekramt, die von den Flaschen der billigen Sorte halb verdeckt wurde. Im Blauen Kater hob man den Ballantine's für ganz besondere Anlässe auf, und das hier war so ein ganz besonderer Anlaß, da war ich ganz Tonis Meinung. Ich nehme an, das genügt völlig, um einen angemessenen Eindruck von der Kategorie dieser Bar zu vermitteln. Elsa hatte zwei Finger an das Glas gelegt, um das Maß anzugeben. Zwei lange, schmale Finger an einer Hand, die von keinem Ring geschmückt wurde. Ich beglückwünschte mich dafür und verfluchte mich sofort für diesen Glückwunsch. Was ging mich das an? Eine ganze Menge anscheinend. Die Feststellung war entmutigend. Toni sah auf die Uhr. Viertel vor elf. Unsere Blicke trafen sich im Spiegel. Toni wollte kein Wort verpassen, aber der Magen verlangt schließlich doch sein Recht, und um diese Uhrzeit machte er sich sonst immer einen Hot dog. Er mußte das Loch einfach stopfen, wenn nicht, wurde ihm schwindelig. Außerdem konnte er unser Gespräch aus der kleinen Küche hinter dem Tresen weiterverfolgen. Ich gab ihm mit den Augenbrauen ein Zeichen, daß er sich seinen berühmten Hot dog endlich machen sollte. Bevor er, auf seine Krücken gestützt, durch die Tür verschwand und ihn ein geradezu Lanzelotsches metallenes Scheppern umgab, drehte er den Lautstärkeregler des Kassettenrecorders ein wenig nach links. Er wollte kein Wort verpassen, aber das war mir gleichgültig. Im Grunde war er nämlich kein übler Kerl.

»Hast du im Lotto gewonnen?« fragte ich, ohne sie anzusehen. »Was hast du dafür bekommen?«

»Ich war es nicht.«

»Ach, nicht? Eigentlich hätte ich dich treffen sollen, statt dessen bekam ich eine Kugel ab. Weißt du eigentlich, daß ich jetzt vorhersagen kann, wann zum Teufel es regnen wird?«

»Ach, wirklich?« Sie sah mich gleichgültig an. »Und *wann* zum Teufel wird es regnen?«

»Noch heute abend.«

»Das glaubst du doch selbst nicht.«

»Was willst du wetten?«

»Mit dir wette ich nicht mal um ein Streichholz. Seit ich dich kenne, hast du noch nie bezahlt. Du bist ein schlechter Verlierer. Und du vertraust mir nicht.«

»Da könnte ich ja gleich einem tollwütigen Hund vertrauen. Nur an einem gewissen Abend verließ ich mich auf jemanden. Dabei verlor ich eine Frau und gewann einen Spitznamen: der Lahme. Ich war meinen Ruf und meinen Job los. Aber ich kann mich nicht mal beschweren: Der Mann, der mich angeheuert hatte, bekam drei Kugeln ab. Die erste zwischen die Beine, die zweite in den Bauch und die dritte direkt zwischen die Augen. Ich frage mich heute noch, warum sie mich nicht auch umlegten.«

»Meinetwegen.«

»Deinetwegen?« Ich trank einen Schluck. Das ganze Gerede verwandelte meine Kehle in eine Wüste. »Deinetwegen? Deinetwegen machen diese Leute gar nichts. Diese Leute handeln so, wie es ihnen paßt. Es war ein Spielchen oder eine Beleidigung, als ob sie mir sagen wollten, du-bist-nicht-mehr-als-ein-Stück-Scheiße-du-hast-nicht-mal-eine-Kugel-verdient-fick-dich-doch.«

»Sie haben mich gezwungen, dich nicht mehr zu sehen. Das war der Preis für dein Leben. Überleg dir, ob du mich noch haßt.«

Nachdem er die Musik wieder auf normale Lautstärke gedreht hatte – mittlerweile lief ein Lied, das ich nicht kannte –, kam Toni zurück zum Tresen. Er kaute mit vollem Mund und brachte einen kleinen Teller mit einem halben Hot dog und eine Tube Ketchup mit. Man konnte nicht gerade behaupten, daß der Bursche die Diskretion in

Person war. Er quetschte die Uncle-William-Tube aus und schmierte sich noch etwas Ketchup auf das Würstchen. Elsa machte auf dem Boden des Aschenbechers den Zigarettenstummel platt.

»Sag schon«, wiederholte sie, »haßt du mich jetzt immer noch?«

Sie flehte fast um ein Nein. Ihre smaragdgrünen Augen glänzten, und ihre Stimme hatte unmerklich gezittert. Na gut, unmerklich natürlich nur für ein Gehör, das weniger scharf eingestellt war als meins.

»Dich hassen? Damals hätte ich dich am liebsten umgebracht, so sehr haßte ich dich, aber das konnte ich unmöglich sechs Jahre lang durchhalten. Ich haßte dich ein paar Monate lang, sechs oder sieben, glaube ich. Ich müßte in meiner Buchhaltung nachfragen. Nachher vergaß ich dich.«

Ich weiß schon, was Sie gerade gedacht haben: Dieser Mann ist ein Lügner. Gerade behauptete er noch, daß er sie schon seit fünf Jahren, elf Monaten und drei Wochen haßte. Zugegeben, es war die Wahrheit: Ich haßte sie immer noch. Ich haßte ihren neuen, teuren Mantel, und zwar so, wie sie früher jede Art von Mantel verabscheut hatte. Ich haßte ihre beleidigende Beherrschtheit in jeder Situation. Vor allem aber haßte ich diesen Blick, den sie immer noch hatte, diese Art, jeden anzusehen, als wollte sie sagen: Du bist wichtig für mich. Den armen Toni hatte sie bereits in der Tasche. Elsa fehlten nur noch ein paar dicke Tränen, um ihr Werk zu vollenden. Zum Beispiel die beiden, die sich seit einer Weile in ihren Augen zeigten und sie dabei in einen grünen, schimmernden See aus Eis verwandelten. Toni war mit seinem Hot dog fertig und wischte sich mit einer Papierserviette den Ketchup vom Kinn. Er tat, als wäre er abwesend, spitzte aber weiter die Ohren.

»Du hast mich also vergessen?«

»Ja«, brachte ich langsam hervor. »So wie ein Baum das welke Laub vergißt, das vom Winde verweht wird.«

»Gut.« Ihr Gesichtsausdruck war härter geworden. Ihre Stimme war verwelkt wie eins von diesen verdammten Blättern. »Ich wollte nur Zigaretten holen, und die habe ich jetzt. Los, Toni, du mußt noch kassieren. Ich habe jetzt lange genug mit diesem Penner geredet«, sagte sie, und mit einem verächtlichen Seitenblick auf Tonis Teller, auf dem ein paar Krümel und ein Rest Tomatensauce klebten, fügte sie hinzu: »Das Gute an der schnellen Küche ist, daß sie schnell geht. Schade nur, daß man auf die Küche verzichten muß.«

Sie klemmte einen Zweitausend-Peseten-Schein unter ihr Glas und machte Anstalten aufzustehen. Ich hinderte sie daran, indem ich ihren Arm festhielt.

»Laß mich los, *Dyc* Turpin«, sagte sie, ohne mich eines Blickes zu würdigen. Sie betonte das Dyc.

Wenn sie wollte, konnte Elsa sehr grausam sein. Ich merkte, wie es in meinem Inneren kochte. Es war wie ein Geysir, wie eine sprudelnde Tablette, wie das aufgeregte Schnurren einer Katze. Nur daß es ein wütendes Schnurren war, mehr ein Fauchen vor Wut, nicht etwa ein Schnurren vor Behaglichkeit. Ich nahm die Flasche Dyc und griff mir mit der Hand an die Hüfte.

»Nenn mich gefälligst nicht Penner, und verkneif dir dein *Dyc* Turpin. Ich bin noch immer derselbe.«

Meine Stimme erstickte fast vor Ärger. Sie war kaum mehr als ein zwischen den Zähnen hervorgestoßenes Murmeln. Ich warf die Flasche gegen die Wand, direkt neben den Spiegel, nicht auf die Seite, wo die Uhr hing. Gleichzeitig zog ich die Pistole und schoß, noch bevor das Glas am Gips der Wand zerschellen konnte. Ich zog den Abzug zweimal durch. Die Flasche ging kaputt, allerdings nicht etwa in der Luft, sondern nach dem Aufprall an der Wand, die den Whisky abbekam. Was die beiden Kugeln betrifft, so gingen auch sie nicht einfach verloren: Sie zertrümmerten nämlich den Spiegel. Ich hatte danebengeschossen, das stimmt, aber dafür hatten meine beiden Schüsse Elsa voll erwischt. Elsa war in tausend Glasscherben zersplittert. Das war tröstlich. Ich entdeckte die beiden leeren Patronenhülsen auf dem Boden. In einer halben Minute würden sie abgekühlt sein, so daß ich sie aufsammeln könnte. Toni war blaß geworden. Er kam mit einer Schaufel und einem Besen hinter dem Tresen hervor, um die Scherben zusammenzukehren. Die beiden Pärchen, die die ganze Zeit über in einer Ecke geschmust hatten, standen auf, brachten hastig ihr äußeres Erscheinungsbild in Ordnung und verließen den Raum.

»Ich bin beeindruckt. Volltreffer!« Elsa machte sich über mich lustig. Aber trotz ihres ironischen Tonfalls bemerkte ich einen alarmierten Ausdruck in ihren Augen. Außerdem behielt sie die Tür fest im Auge. Ich merkte sofort, daß da noch jemand wartete, und dieser Jemand könnte sich von dem Radau angezogen fühlen.

»Wer kommt denn da?« fragte ich mit Nachdruck.

Elsa antwortete nicht. Ihr Gehirn arbeitete auf Hochtouren. *Daß* sie nachdachte, war leicht zu erkennen. Worüber allerdings, unmöglich. Die Tür öffnete sich langsam. Ich umklammerte die Star BM und stützte sie unter dem Rockaufschlag auf meinen Oberschenkel. Die Tür schwang ganz auf, und zum Vorschein kam eines der leichten Mädchen, die in der Ecke gesessen hatten. Sie war nicht besonders groß, hatte Locken und trug einen Minirock mit Strümpfen, die kurz über dem Knie endeten, so daß ihre Oberschenkel nackt waren. Sie ging geradewegs auf eine Handtasche zu, die auf dem Tisch lag, und wollte den Raum sofort wieder verlassen, ohne einen Mucks zu sagen. Aber sie war nicht schnell genug. Die Tür ging erneut auf, und sie stieß fast mit so was wie einem Orang-Utan-Männchen zusammen, das ihr Hinterteil mit einem aufmerksamen Blick bedachte. Es hatte die Gesichtszüge eines Indianers oder eines Zigeuners, glattes, pechschwarzes Haar und ein kupferfarbenes, von Pockennarben übersätes Gesicht.

»Nicht so hastig, mein kleines Kaninchen. Ich habe da noch eine Möhre für dich.«

Gar nicht so schlecht, der Orang-Utan. Ein echtes Sprachgenie.

»Sieht so aus, als würdest du Umgang mit richtigen Kavalieren pflegen.«

»Idiot«, antwortete Elsa.

Dieses im Flüsterton ausgesprochene *Idiot* hatte den Vorteil, oder besser gesagt: den Nachteil, daß es mich spüren ließ, daß zwischen Elsa und mir etwas mehr bestand als nur ein paar Worte, so etwas wie Kameradschaft. Es war eine Art gegenseitiger Anziehung, eine Art Miteinander-Umgehens oder gegenseitiger Nähe, eine Art Pulverspur, die beim kleinsten Funken einen Brand auslösen konnte. Der Pockennarbige drehte sich zu uns um. Als er mich sah, lächelte er. Das Lächeln entstellte sein Gesicht noch mehr, was wirklich nicht einfach war. Er trug ein weißes Hemd, rote Hosen und eine rosafarbene Anzugjacke. Bester Latinostil. Sein Anblick war nicht viel beruhigender als ein Baseballschläger in den Händen eines Skinheads.

»Kommen wir möglichst schnell zur Sache. Was zum Teufel war das für ein Lärm?« fragte der Ankömmling.

»Ein Spiegel und eine Flasche sind kaputtgegangen«, antwortete Toni, der den Rest des Spiegels zusammenkehrte, um die Aufmerksamkeit von mir abzulenken.

»Halt's Maul und laß die verfickten Scherben in Ruhe. Mir klirren ja die Ohren. Und antworte gefälligst nur, wenn du gefragt wirst.«

Toni hörte auf der Stelle auf zu kehren und blieb wie versteinert stehen. Er preßte sich an die Wand wie ein Mauergecko und stützte sich auf seine Krücken. Er war so eingeschüchtert, daß sein Schatten aussah wie der Schatten eines Schattens.

»Und du, Traumfrau, pack dich auf. Wir gehen.«

Der Pockennarbige wandte den Blick nicht von mir ab. Irgend etwas an mir schien ihn nicht gerade zu beruhigen. Er war keinen Schritt weit von der Tür gewichen.

»Ich will nicht«, flehte Elsa mich an.

Ich erlaubte mir, die Schultern zu zucken.

Aber so leicht gab Elsa nie auf. Sie holte eine zweite Camel aus der Packung.

»Es ist wegen Rosa, Max. Sie wollen, daß sie für sie arbeitet. Laß nicht zu, daß sie mich mitnehmen. Wenn du es nicht meinetwegen tun willst, dann tu's ihretwegen«, bat sie inständigst.

Rosa. Ihre kleine Schwester mußte jetzt zweiundzwanzig sein. Vor sechs Jahren wäre es noch unanständig gewesen, Lust auf sie zu verspüren. Mittlerweile mußte sie eine Blüte von höchster Reinheit sein, falls sie sich die noch bewahrt haben sollte. Elsa spielte niemals sauber. Wenn sie Fußball gespielt hätte, wäre sie davon ausgegangen, daß sie die Stollen unter den Sohlen mit vollem Recht gegen Spikes austauschen könnte. Du hast gewonnen, dachte ich und sagte: »Die Kleine bleibt bei mir.«

»Ach, wirklich?« Der Mund des Orang-Utans verzog sich zu einer häßlichen Grimasse. »Dann du zuerst, Torero.«

»Ich sagte, sie bleibt bei mir. Das heißt, ich werde den Raum auch nicht verlassen.«

Der Pockennarbige kam einen Schritt auf mich zu. Wenn wir handgreiflich würden, wäre ich in seinen Händen nicht mehr als ein Spielzeug. Ich klopfte ein paarmal mit der Pistole auf meinen Oberschenkel. Der Orang-Utan blieb stehen.

»Was hast du da?«

»Ein ziemlich dickes Ding, das dir kaum gefallen wird.«

»Knall ihn ab, sonst tut er's«, flüsterte Elsa. »Er hat eine Knarre.«

Man kann sagen, was man will, aber die Natur richtet die Dinge niemals vernünftig ein. Elsa hatte eine sanfte Stimme. Dabei hätte das Zischeln einer Schlange von ihren Lippen kommen müssen.

»Warum versuchst du nicht, ihn mit einer Neuauflage deines berühmten Lächelns zu entwaffnen, Goldschatz?«

Zu meiner Linken stand Toni da wie in Beton gegossen und ähnelte irgendwie dem Sozialistischen Denkmal für den kriegsversehrten Straßenkehrer. Zu meiner Rechten hatte Elsa ihre Krallen ausgefahren wie eine Katze, die sich bedroht fühlt. Und genau vor mir hatte ich einen Felsblock, der die ungefähre Form eines Orang-Utans erkennen ließ. Und dieser Fels bewegte sich. Ich zielte auf den Porzellankater auf dem Türrahmen über seinem Kopf. Es war eine fürchterlich kitschige Figur, auf die ich es schon seit Monaten abgesehen hatte. Wenn ich betrunken bin, schieße ich allerdings nicht halb so gut wie nüchtern. Ich traf den Typ mitten in den Hals. Oder besser gesagt: Ich erwischte ihn irrtümlich voll am Hals. Die Kugel zerschmetterte ein Kettchen, an dem ein Anhänger mit der Jungfrau Maria baumelte, und das Blut sprudelte nur so heraus. Auf seinem Gesicht zeichnete sich ein überraschter Ausdruck ab, und in weniger als einem Augenblick färbte sich das Hemd dunkelrot. Jetzt paßte es zu der Hose und der Anzugjacke. Er griff sich mit der Hand an das häßliche Einschußloch, durch das sein Leben ihn verließ, und diesmal war die Überraschung auf meiner Seite: Er hielt einen Revolver in der Faust, einen Astra Police, Kaliber 357 Magnum, mit nach links drehender Trommel. Er hatte sie so schnell gezogen, daß ich es noch nicht mal bemerkt hatte. Vielleicht hatte Elsa ja doch recht gehabt. Plötzlich war ich nüchtern. Der Orang-Utan taumelte, schwankte einen Augenblick und fiel, ohne einen Laut von sich zu geben, zu Boden. Sollte er nachher noch etwas gesagt haben, sollte er die Lippen noch einmal bewegt haben, um einen letzten Wunsch zu äußern oder einen lakonischen Satz, mit dem er in die Geschichte eingehen würde, so ist das reine Spekulation. Niemand unternahm irgendeine Anstrengung, um ihn sich anzuhören.

»Schade, schade, schade«, flüsterte Elsa. »Einer weniger.«

Sie krallte sich mit ihren Fingernägeln in mein Bein und sah zum Eingang.

»Sind da noch welche?«

»Ja.«

»Los, wir hauen ab.«

Elsa sah mich an, ohne sich von der Stelle zu rühren. Die Camel klemmte zwischen ihren Lippen. Sie wartete ab.

»Laß jetzt die Mätzchen«, sagte ich.

Ich zerrte an ihr, aber es war, als hätte sie Sekundenkleber am Hintern: Sie löste sich nicht einen Zentimeter vom Barhocker. Mit Diskussionen würde ich nur Zeit verlieren, soviel wußte ich. Also holte ich das Feuerzeug heraus und zündete ihre Zigarette an.

»Danke, Schatz.«

Ich faßte sie am Handgelenk und zog einmal kräftig, um irgendeine Reaktion in ihr hervorzurufen. Als die Zigarette angezündet war, sprang sie auf wie von der Tarantel gestochen.

»He . . .«, protestierte sie. »Du tust mir weh. – Du wußtest noch nie, wie man mit Frauen umgeht.«

In diesem Moment dachte ich an Toni. Er war so ängstlich und so verletzbar wie ein angeschossener Hase auf weiter Flur. Mitnehmen konnte ich ihn nicht, denn auf der Flucht würde er uns zu sehr aufhalten. Aber ich konnte ihn auch nicht einfach so dastehen lassen. Ich nahm die Tube Uncle William, die auf der Theke stand, und verteilte ein paar Spritzer auf Tonis blütenweißem, frisch gewaschenem und gebügeltem Hemd. Stumm vor Überraschung sah er mich an. Ich nahm ihm den Besen weg und sagte dabei:

»Los, leg dich hin. Stell dich tot, sonst bist du's gleich wirklich. Mach schnell!«

Ich versetzte ihm einen Stoß, gerade fest genug, um ihn von den Beinen zu holen, und Toni fiel auf den Hintern. Er fing den Aufprall mit seinen Armen ab.

»Und das ist die Kugel, die dich getötet hat.«

Ich zielte auf den Porzellankater über dem Türrahmen und feuerte. Diesmal zersprang die häßliche kleine Skulptur in Stücke. Bevor wir durch die winzige Küche verschwanden, sammelte ich blitzschnell die vier Patronenhülsen auf und warf währenddessen einen letzten Blick auf Toni: Da lag er bereits, die Augen fest auf die Decke gerichtet und das weiße Hemd voller Spielfilmblut.

3

Die kleine Küche, die auch als Vorratsraum diente, besaß eine Tür, die auf eine schmale Gasse führte. Durch diese Tür verschwand Toni immer, wenn er den Blauen Kater zumachte. Die schmale Gasse mündete in eine andere Straße als die, in der sich der Eingang der Bar befand. Ich öffnete die Tür und zog Elsa mit einer heftigen Bewegung am Handgelenk hinaus. Sie stieß einen unterdrückten Schmerzensschrei aus. Wir durften keine Zeit verlieren, und außerdem hatte ausgerechnet sie mich in diesen ganzen Schlamassel reingeritten. Sie hatte also keinerlei Schonung verdient. Als wir draußen waren, schlug uns der kalte Wind ins Gesicht. Der Boden war voll mit alten Zeitungen und einem silbernen Belag, der aussah, als wäre er aus Seide. Ich blockierte die Tür der Bar mit dem Besen. Mein Wagen stand zehn Schritte weit entfernt. Er sah aus wie ein Katalogmodell für jede Art von Beulen, Kratzern, verrosteten Teilen und abgesplitterten Lackstellen.

»Ich parke ihn schon seit fünf Jahren hier. Man weiß ja nie, wann man mal schnell abhauen muß.«

»Fünf Jahre? Dabei sieht er aus wie neu, Max.«

»Los, steig ein, Prinzessin, Gräfin oder was zum Teufel du auch immer sein magst.«

Als ich losfuhr, sah ich im Rückspiegel, daß der Besen sich nicht bewegte. In weniger als ein paar Minuten würde in dem Vorratsraum ein kleines Erdbeben stattfinden, und der Besen würde nachgeben, aber immerhin konnte er uns wenigstens eine halbe Minute Vorsprung verschaffen.

4

An der nächsten Straßenecke bog ich rechts ab. Um den Weg abzukürzen, fuhr ich ein Stück durch eine Einbahnstraße. Elsa bemerkte das Verkehrsschild, sagte aber nichts. Wenn es darum ging, gegen Regeln zu verstoßen, konnte man sich ihres vollkommenen Einverständnisses sicher sein. In jener Nacht schien sie allerdings nichts für Schmeicheleien übrig zu haben.

»Wie lange hast du den Wagen nicht mehr gewaschen, Max?«

Ich stellte das Radio an. *Hören Sie jetzt »Los ejes de mi carreta« in der Interpretation von Lucho Gatica.*

»Weiß ich nicht mehr.«

»Ich will ja nichts sagen, aber er sieht aus, als würden ihn die Tauben als Zielscheibe benutzen.«

Ich mußte noch immer an Toni denken. Hoffentlich verhielt der Junge sich ruhig. Den Pockennarbigen hatte ich ja bereits gesehen. Das reichte aus, um mir seine Kumpels vorstellen zu können. Diese Art Leute kannte ich. Diese Art Leute nennt man die feine Gesellschaft. Wenn sie etwas in Erfahrung bringen wollen, brechen sie dir den Finger, es sei denn, du antwortest, bevor sie die Frage überhaupt gestellt haben.

»Komm schon, Gräfin. Sauer sein steht dir nicht. Überlaß das lieber den Zitronen und erzähl mir etwas über deine Begleiter.«

»Gräfin oder was zum Teufel ich auch sein mag?« Sie äffte meine Stimme nach. »Es waren drei: Der, den du gerade gesehen hast, der mit dem Gesicht einer Paella, Sánchez, das war der erste.«

»Stimmt, ich habe ihn gesehen, aber es ging alles ziemlich schnell.«

»Dann der Einarmige, ein ziemlicher Sadist. Ihm fehlt der linke Arm. Freut mich für ihn. Und dann noch als letzter Krüger, dieser Fettwanst. Komplexe hat er keine. Daß er dick ist, sieht man auf den ersten Blick. Und das mit den Komplexen sage ich dir. Sie nennen ihn wegen seinem Danonekörper so. Außerdem verschränkt er, wenn er wütend wird, die Arme und hat dabei die Hände immer an dem Klappmesser in seinem Hosenbund. Er sieht wirklich haargenau aus wie ein Krug. Von daher Krüger. Ist mit Vorsicht zu genießen, der Bursche. Bleibt noch hinzuzufügen, daß er ungefähr so geil ist wie ein Stuhlbein. Entschuldige meine Ausdrucksweise, Schatz, aber mit der Zeit ist so was ansteckend. Ich stecke immerhin schon einige Jahre im Schlamm und kann froh sein, daß ich mich immer anständig gehalten habe.«

»Angeblich hat Schlamm eine konservierende Wirkung.«

»Das wird's sein. Krüger ist zwar ziemlich widerlich, aber um einiges schlimmer ist der Einarmige. Der Einarmige ist zwar eher klein, aber dafür so kompakt wie ein Sandsack. Er hat so was wie ein Karomuster aus Narben auf der Stirn. Die Narben hat er von den Kopfstößen, die er verteilt, wenn ihm etwas nicht paßt. Ich habe dich also gewarnt, sei vorsichtig. Als er siebzehn süße Lenze zählte, schnitt ihm eine Gehrungssäge den Arm auf der Höhe des Ellbogens in Scheiben. Der Legende nach wechselte er die Seiten, weil er in der Tischlerei ohne Vertrag schwarzarbeitete und keinerlei Schadenersatz bekam. So ein armes, unschuldiges Engelchen. Das alles geschah vor mehr als dreißig Jahren. Er hatte also mehr als genug Zeit, um mit der Rechten prügeln zu lernen. Der Legende nach war er als Kind nämlich auch noch Linkshänder. Mir läuft ein Schauer über den Rücken, wenn ich daran denke, daß dieses Wesen irgendwann einmal ein Kind gewesen sein soll. Trotz seiner fünfzig Jährchen fegt jedesmal, wenn er seinen Stiernacken bewegt, ein fettiger, schmutziger Pferdeschwanz über seinen Rücken. Wie du siehst, ist er modisch voll auf der Höhe. Ich habe Weihnachten richtig gern, du nicht?«

Wenn Elsa richtig in Fahrt kam, war sie nicht zu bremsen. Jedenfalls mußte ich zugeben, daß es immer lustig gewesen war, ihr zuzuhören, wann und wo auch immer, nachts, morgens oder auch beim Kaffee. Jetzt kam noch hinzu, daß mir jegliche Information lieb und teuer werden könnte. Der kalte Wind schlich sich durch einen Türspalt ins Wageninnere. Elsa wickelte sich ein *wie ein Rolladen*, und ich mußte achtgeben, daß ich nicht in Erinnerungen und Nostalgie versank.

»Da ist noch ein Vierter, El Mudo«, fuhr sie fort, nachdem sie mir einen unergiebigen Moment Zeit für eine Antwort gegeben hatte. »Er war heute nicht dabei, aber morgen wird er sicher mitkommen. Er hat es nicht gern, wenn man ihn den Stummen nennt, obwohl er seinem Namen wirklich alle Ehre macht. Er säuft, furzt, besucht die Nutten, du mußt meine Ausdrucksweise nochmals entschuldigen, Herzchen, aber seine Zunge entgleist ihm nie. Dabei hat er seine Sprache nicht wirklich verloren, weder früher noch später. Er leidet bloß an Dyslalie. Frag mich nicht, was das ist. Ich habe mir für diesen aufgeblasenen Fischkopf noch nicht die Mühe gemacht, so einen blöden Ausdruck im Wörterbuch nachzuschlagen, aber anscheinend erklärt das alles. Er ist groß und hat einen ziemlich guten Body, ist dabei aber eher dünn und außerdem kahl. Das bißchen Haar, das ihm am Hinterkopf geblieben ist, trägt er ziemlich lang. Er hat Koteletten. Sie reichen ihm bis an die Ohrläppchen. Außerdem trägt er immer die gleichen billigen Jeans und eine schwarze Jacke. Dagegen ist, wie du gesehen hast, Paella modisch voll auf der Höhe. Er ist um die vierzig. Seine Eltern hat er nie gesehen, ist von seinen Großeltern aufgezogen worden. Einen nahen Verwandten, der '36 am Krieg teilgenommen hatte, auf der Verliererseite, liebte er abgöttisch.

Warum zum Teufel scharen sich am Ende immer nur Verlierer um mich? Kannst du dir das erklären, mein Schatz?«

Ich verneinte mit einem Kopfschütteln.

»Das war zu befürchten. Du konntest dir noch nie etwas erklären. Die Pistole, die er trägt, erbte er von seinem Großvater. Alles feine Jungs, sehr nützlich für die Gesellschaft. Hast du von einem von ihnen schon mal etwas gehört?«

Von Krüger und El Mudo hörte ich zum erstenmal. Der

Einarmige dagegen war mit höchster Wahrscheinlichkeit ein alter Bekannter, einer von denen, die man auf den ersten Blick sofort ins Herz schließt. Ich muß zugeben, daß er sehr professionell war, zumindest, als ich einmal die Gelegenheit hatte, ihm bei der Arbeit zuzusehen. Fünf Jahre lang hatte ich den Wagen immer am Lieferanteneingang geparkt, nur so, für alle Fälle, ohne daß es zu irgendwas gut gewesen wäre. Ich bildete mir was darauf ein, gewisse Gewohnheiten nicht verloren zu haben. Fünf Jahre, in denen ich gedacht hatte: Du machst dich lächerlich mit deinen Ticks. Und doch machte ich am nächsten Tag wieder dasselbe. Und plötzlich, eines Tages, rettet dich so eine Gewohnheit aus der Bedrängnis. So etwas gehört eben dazu, wenn man ein Profi ist.

»Warum fährst du nicht schneller?« sagte sie beleidigt, als sie merkte, daß sie auf ihre Frage zum zweitenmal in zwei Minuten keine Antwort bekam.

»Wozu denn? Damit die Leute auf uns aufmerksam werden?«

Elsa kramte eine Zigarette hervor und wartete darauf, daß ich sie ihr anzündete. Voller Anmut wartete sie ab. Ich gab ihr mit dem Zigarettenanzünder des Wagens Feuer und machte dabei ein absichtlich genervtes Gesicht.

»Wenn du sowenig Lust dazu hast, dann laß es einfach bleiben«, sagte Elsa würdevoll, jedoch nicht ohne einen gewissen weinerlichen Unterton. »Ich bin schließlich nicht irgendso eine Blondine mit Kollagenlippen und Titten aus Plastik. Ein Haufen Leute würde sich dafür umbringen, mir Feuer zu geben. Kannst du nicht ein bißchen schneller fahren? Dann wärst du mich ein bißchen schneller los . . .«

»Komm schon, Glühwürmchen, mach eine Mücke nicht zum Elefanten«, sagte ich und verwünschte mich im selben Augenblick für die Schwäche, ihren alten Kosenamen wieder benutzt zu haben. »Niemand weiß, daß es diesen Wagen gibt. Sie wissen noch nicht mal, daß es mich gibt.«

»Wenn Toni ihnen nichts über dich erzählt«, verbesserte sie mich. Sie war vollauf zufrieden mit dem Punkt, den sie gerade für sich verzeichnet hatte. Ihre Weinerlichkeit gehörte der Vergangenheit an wie die Ritter der Tafelrunde oder die Grammophone. »Wenn er jetzt überhaupt noch dazu in der Lage ist, irgendwas zu erzählen.«

Ihr Kommentar gefiel mir ganz und gar nicht. Und zwar genau deswegen, weil er durchaus vollkommen zutreffend sein konnte.

5

Ich gab Elsa die Star und vier Patronen. Ohne mich zu fragen, drückte sie auf den Sicherungsknopf, holte das Magazin heraus, füllte es auf und schob es wieder zurück an seinen Platz. Ich hatte ihr diesen simplen Vorgang selber beigebracht. Ich parkte den Wagen vor meiner Wohnung. Oder sollte ich besser sagen: vor meiner Hütte? Es war ein schlichter, eingeschossiger Bau, umgeben von einem ausgesprochen anspruchslosen Grundstück und ein bißchen Unkraut. Es grenzte an zwei heruntergekommene vierstökkige Gebäude, von denen eines unbewohnt war. Im anderen wohnten nur drei Familien. In der Umgebung lagen ein paar unbebaute Grundstücke brach, danach kamen ein paar Läden, Werkstätten, Bushaltestellen und ein paar Schmarotzer, das schon. Ich war im Grunde ganz glücklich darüber, kaum Nachbarn zu haben. Wir stiegen aus dem Wagen. Das Grundstück war von einer niedrigen und halb verfallenen Lehmmauer umgeben. Man betrat es durch ein

Eisengitter, das nur noch zur Hälfte in den Angeln hing. Dieser Umstand und die geringe Höhe der Lehmmauer machten das Eisengitter zu einem wahren Schmuckstück.

»Mit ein paar Palmen sähe das alles gleich ganz anders aus, Max.«

Elsas Sinn für Humor ging mir langsam auf die Nerven. Mit voller Absicht wartete sie ab, bis sie das Eisentor durchschritten hatte, bevor sie die Zigarette auf den Boden warf und mit dem Fuß austrat. Es fing an zu regnen, und die Camel auf dem Boden, die sich zwischen zwei Erdklumpen mit Wasser vollsaugte, sah nicht gerade ermutigend aus. Mein Loch war zwar nicht gerade das Palace-Hotel, aber dafür kostete es mich nicht eine Pesete. Ein nicht zu unterschätzender Vorteil bei den Einkünften, die ich für mein Nichtstun erhielt. Vor fünf Jahren hatte ich das Haus von einem alten Mann gemietet, einem Rentner, der vorher in der Kanalanlage Isabel II. gearbeitet hatte. Vor drei Jahren war er gestorben, ohne Erben oder Verwandte zu hinterlassen. Niemand erhob Anspruch auf irgend etwas, und ich hatte natürlich keinerlei Interesse, an diesen Zuständen etwas zu ändern.

Das winzige Vordach schützte uns vor dem Regen. Während ich die Tür öffnete, wechselten wir ein paar Worte. Es waren allerdings nicht die Worte, die mich interessiert hätten. Das kam daher, daß es Elsa war, die unsere Unterhaltung einleitete.

»Es regnet, Max. Es sind zwar bloß ein paar lächerliche Tröpfchen, aber es sieht ganz danach aus, als würde die Geschichte von dem Barometer in deinem Knie der Wahrheit entsprechen.«

Wenn sie es darauf angelegt haben sollte, mir den letzten Nerv zu rauben, so würde ich es ihr schwermachen. Ich beschloß, bis zehn zu zählen, aber als ich bei vier angelangt war, fing sie wieder an zu reden.

»Der, dem du den Gnadenschuß erteilt hast, José Sánchez, der Paella, hinterläßt eine Gattin, Kinder und eine Geliebte. Schade, schade, schade. Er behauptete immer, daß er aus dem Kas-Tal stammte und daß Zigeunerblut in seinen Adern flösse, aber, wenn du mich fragst, ich glaube, die Pocken hat er sich in Machu Picchu geholt. Obwohl er wirklich fast überhaupt keinen Akzent hatte.«

»Er gefiel dir wohl?«

»Gebumst habe ich ihn nicht, wenn du das meinst.«

Allerdings: Genau das hatte ich gemeint. Ich öffnete die Tür und wir gingen rein, nachdem wir unsere Schuhe an der versifften Fußmatte abgestreift hatten. Ich machte das Licht an. Auf dem Holztisch stand eine mit Wasser gefüllte Schüssel, ein Handtuch lag daneben. Ich wusch mir das Gesicht, um mich endgültig nüchtern zu machen.

»Gibt es hier kein fließend Wasser?« fragte Elsa.

»Keine Ahnung. In dem Viertel hier wird das Wasser öfters schon mal abgestellt. Erinnert dich das nicht an deine Kindheit?« fragte ich, um gemein zu sein, während ich mir das Gesicht abtrocknete. »Hier lebte einmal ein Rentner, der früher Kanalarbeiter war. Du weißt ja, wie das ist: Wer direkt neben der Kirche wohnt, kommt meistens zu spät zur Messe. Aber keine Angst«, räumte ich ein. »Heute morgen gab es noch welches. Möchtest du ins Bad?«

»Nein.«

»Ich wollte ihn nicht töten«, sagte ich. »Ich habe auf den Porzellankater gezielt, aber wenn ich trinke, schieße ich häufig daneben.«

»Du hattest Glück«, gab sie zurück. »Paella ist ein hervorragender Blender. Ich habe noch nicht mal gesehen, wie er seine Pistole gezogen hat. Mit der Waffe war er ein *Arkobrat*. Mit acht Jahren klaute er bereits Brieftaschen in der U-Bahn. Seine Finger bewegten sich so leicht wie Luft.«

Sie sagte tatsächlich *Arkobrat*. Ich verzichtete darauf, sie zu verbessern: Zu kleinen Spielchen oder billigen Racheaktionen war ich nicht aufgelegt. Außerdem hatte sie das mit den Fingern, die sich wie Luft bewegten, wirklich poetisch hingekriegt. Ich legte den Flachmann auf den Tisch.

»Ich seh' schon, Mister Superschlau. Du benutzt noch immer das Mikroskop.«

Sie meinte das Ladegerät für leere Patronenhülsen der Marke Lyman, ein Modell namens All-American, das in einem Fach im Schrank stand. Ich verzichtete auf jeden weiteren Kommentar und legte die leeren Hülsen in den kleinen Korb neben dem Ladegerät.

»Er wollte dich umbringen. Ich habe dir das Leben gerettet«, fügte sie hinzu.

Sie zog den Mantel aus. Ein schwarzes Kleid kam zum Vorschein. Es gab den Blick auf ihre wunderschönen Arme und die schwarze Strumpfhose frei, auf der die Laufmasche eine blasse, weiche Linie gezeichnet hatte. Sie lächelte mich an, und ich überraschte mich dabei, wie ich sie unbeabsichtigt bewunderte und dachte, daß sie vielleicht wirklich recht hatte. Vielleicht hatte sie mir mit dem Befehl zu schießen tatsächlich das Leben gerettet.

6

Ich zog es vor, den Körper, auf den ich vor sechs Jahren verrückt gewesen war, nicht weiter anzusehen. Ich zündete den Gasherd an, stellte das Feuer auf die kleinste Flamme und wärmte einen Topf mit *Litoral*-Bohnensuppe auf, die vom Mittagessen übriggeblieben war.

»Hast du keinen Elektroherd?«

»Hast du was gegen die Gaswerke?« gab ich streitsüchtig zurück.

»Mann, ist ja schon gut. Du hast vielleicht einen miesen Charakter.«

Ich nahm eine angebrochene Flasche Rotwein und zwei Gläser und stellte sie auf den Tisch. Elsa streichelte sich den Arm, als ob sie in ihre eigene, weiche Haut verliebt wäre. Wenn sie beabsichtigte, mich daran zu erinnern, wie sie sich anfühlte, hatte sie ihr Ziel erreicht. Sie warf mir einen flüchtigen Blick zu.

»Reg dich nicht auf.«

»Ich rege mich nicht auf«, sagte ich und versuchte, mir meine Verärgerung nicht anmerken zu lassen.

»Du versuchst gerade, dir nichts anmerken zu lassen.« Sie tat jetzt so, als würde sie die Laufmasche in ihrer Strumpfhose betrachten. »Aber nicht mit mir. Mit mir nicht, Max. Du bist wütend, das merke ich doch.«

»Du merkst gar nichts.«

Ich goß den Savín in die Gläser. Ich mochte das Geräusch, das er beim Einschenken machte. Elsa sah nicht mehr ihr Bein an, sondern mich.

»Also gut«, sie lächelte. »Morgen haue ich ab, aber laß uns für heute abend Freunde sein.«

»Machst du dir jetzt keine Sorgen mehr um Rosa?«

Elsa ließ ihr Glas gegen meines klirren.

»Auf Rosa«, toastete sie. »Und auf uns. Heute abend ist Rosa sicher, und du und ich, wir könnten unser Wiedersehen feiern und essen gehen.«

»Wie in alten Zeiten«, sagte ich ironisch.

»In den nicht ganz so alten. Wenn du mich ausführst, bezahle ich die Rechnung.«

»Du magst wohl keine Bohnensuppe?«

»Nimm's mir nicht übel, mein Schatz, aber ich glaube kaum, daß man sie essen kann. Sie ist aufgewärmt und außerdem von dir.«

»Ich habe sie ja nicht selbst gemacht. Sie ist aus der

Dose. Außerdem habe ich in den sechs Jahren einiges gelernt.«

»Ich auch.«

Sie sprach die Wörter in einem warmen, stoßweisen Flüsterton.

»In einer Stunde werde ich nachsehen, wie es Toni geht. Das ist alles, woran ich im Moment denke, Traumfrau. Wir könnten auch einen trinken, damit die Zeit ein wenig schneller vergeht.«

Das Wort Traumfrau betonte ich mit Nachdruck, denn die Feststellung, daß Elsa eine Anziehungskraft auf mich ausübte, die ich seit langem für begraben hielt, brachte mich fast um den Verstand.

»Ich hatte eigentlich gedacht, daß wir ein bißchen bumsen könnten, damit die Zeit schneller vergeht.«

Ein Blick von ihr war immer so wie ein Schuß aus nächster Nähe, und in jenem Moment stand ihr die Lust buchstäblich auf die Stirn geschrieben. Ihre dreiste Art machte mich schärfer, als es durchtriebene Zurückhaltung je vermocht hätte.

»Meine Zigaretten werden zu Asche werden, aber alles wird einen Sinn haben. Und der Staub wird eben Staub sein, aber der Staub wird verliebt sein«, sagte sie und ging dabei Quevedo an die Wäsche. Literarische Kenntnisse besaß das Mädchen jedenfalls. »Sag schon, willst du mit mir Liebe machen? Liebst du mich noch? Beantworte erst die erste Frage.«

»Meine Gefühle haben sich kaum verändert: Früher habe ich dich geliebt, heute dagegen hasse ich dich . . . Und was das mit dem Miteinander-ins-Bett-Gehen angeht . . . Du weißt ja, was man so sagt, Schatz: Aus jenem Staub wird dieser Matsch.«

Ich spürte, daß Elsas Herz in gestrecktem Galopp raste, genau wie damals in der Pension *La Paloma* bei unseren

Treffen. Und genau wie damals, genau wie damals und genauso wie eigentlich immer, verwirrte mich das. Das Verlangen nach ihrem Körper und ihrem Mund erstickte mich. Das einzige, was damit vergleichbar war, war der Wunsch, ihr weh zu tun, ihr Herz zu brechen und ihre Gefühle mit einem Stilett in Stücke zu schneiden.

»Komm«, sagte sie.

Sie hatte meiner Antwort etwa soviel Aufmerksamkeit geschenkt wie eine Bank einem Sozialhilfeempfänger. Durch ihr erregtes Atmen hob und senkte sich ihre Brust. Ich ging zu ihr. Es war eine verlorene Schlacht. Meine eigenen Truppen liefen zum Gegner über. In einer stürmischen Umarmung küßten wir uns und schleppten uns ins Schlafzimmer, das kaum fünf Schritte entfernt lag. Das ist der Vorteil an kleinen Wohnungen. Ich ließ meine Hand unter ihr Kleid gleiten und stieß gleichzeitig mit dem Fuß die angelehnte Tür meines Zimmers zu. Ihren Schlüpfer rieb ich gegen das kleine Vorgebirge aus feuchtem Moos. Elsa stieß einen unterdrückten Seufzer aus, und wir fielen aufs Bett. Während sie die Star auf den Nachttisch legte und meine Hose aufknöpfte, zog ich die Anzugsjacke aus. Nachdem ich das Jackett los war, wollte ich ihr das Kleid ausziehen, indem ich ihr die Träger herunterstreifte.

»So macht man das nicht.«

»Dann zieh's dir doch selbst aus.«

Während sie das tat, stellte ich den Wecker, so daß er in vierzig Minuten klingeln würde.

»Das Höschen auch.«

»Red gefälligst nicht so mit mir.« Sie spielte die Beleidigte und stülpte die Lippen vor. »Ich bin schließlich nicht eins von den namenlosen Mädchen, mit denen du sonst ins Bett gehst. Was machst du da?«

»Ich stelle den Wecker.«

»Du bist also immer noch so romantisch wie früher.«

»Und du genauso nuttig.«

»Mit dem kleinen Unterschied, daß es mir jetzt gefällt, wenn du das sagst.«

Während dieser interessanten Unterhaltung hatte ich mir die Strümpfe ausgezogen, die Hose abgestreift und das Hemd abgelegt. Elsa war auch nicht gerade eingeschlafen. Ihr Körper bot sich mir dar wie ein Leckerbissen, den niemand verschmäht hätte, der bei Kräften war. Vielleicht jemand, der im Vollbesitz seiner geistigen Kräfte gewesen wäre, aber ... Was danach geschah, kann man sich leicht vorstellen. Ein Mann und eine Frau, beide nackt. Ich vermute, wir erfanden nicht gerade etwas Neues, aber es ging schließlich darum, das Leben zu genießen, und ich genoß es, das kann man wohl sagen. Ebenso Elsa, wenn ihre Leidenschaft und ihr Stöhnen nicht gespielt waren. Kein schlechter Abend. Sechs Jahre, ohne einen Mann umzulegen, und sechs Monate, ohne eine Frau flachzulegen. Ich hatte heute in knapp einer halben Stunde zwei Volltreffer gelandet.

»Der Einarmige ist ein Vampir«, sagte Elsa, während wir ein Weilchen ausruhten. »Er liebt den Geschmack von Blut. Jedesmal, wenn er jemanden verprügelt, probiert er etwas davon. Er trinkt auch Blut von Toten, egal ob von Wachteln oder von Menschen.«

»Scheiße!« rief ich aus.

Ich sprang aus dem Bett und zog mich an wie ein Rekrut, der den Ruf der Jagdgöttin hört.

»Was hast du denn jetzt schon wieder?«

»Der Ketchup.«

Elsa zog sich hastig an. Nicht daß ich etwa heller gewesen wäre als sie: Sie hatte Toni lediglich aus ihrem Gedächtnis gestrichen. Ich schnallte mir das Schulterhalfter mit der Astra A-80 unter die Anzugjacke. Die Kunststoffschalen am Griff hatte ich durch welche aus Neopren ersetzt. Das rutscht weniger als Plastik und Holz. Die Star schob ich mir über dem Hemd in den Hosenbund. Als ich aus dem Schlafzimmer kam, roch das ganze Haus nach angebrannter Bohnensuppe. Der Topf war hinüber. Ich warf ihn in den Mülleimer und löschte die Gasflamme des Herds. Im Grunde habe ich noch nie eine Frau kennengelernt, die vollkommen umsonst zu haben war. Das kann ganz unterschiedliche Gründe haben. Wahrscheinlich können sie sich einfach besser verkaufen. In dem Moment kam Elsa bereits aus unserem Liebesnest.

»Ich begleite dich«, schlug sie vor, oder, besser gesagt: ordnete sie an, während sie den schwarzen Nerzmantel anzog.

Ich stellte keine Fragen. Elsa hatte nicht nur im Bett gute Ideen. Ich nahm mir die Flasche Wein. Vielleicht könnte ich so manchem Problem aus dem Weg gehen, wenn ich den Besoffenen mimte, was übrigens nicht meine schlechteste Rolle war.

7

Ich fuhr auch diesmal wieder, ohne großen Aufruhr zu veranstalten. Allerdings vergaß ich auch nicht die goldene Regel, nach der man aufs Gaspedal treten sollte, sobald eine Ampel auf Sonnenuntergang schaltet. Die Hauptverkehrsstraße des Viertels wurde von Lichterketten überspannt, die das Profil von Glocken darstellen sollten. Ich hasse Weihnachten, die Kälte und die kurzen Tage, selbst wenn sie nur vereinzelt auftreten. Alle zusammen würde ich zu lebenslänglicher Haft verurteilen, und zwar wegen Bildung einer kriminellen Vereinigung. Zu meiner Rechten frischte meine schöne Kopilotin das Make-up ihrer Lippen auf. In weniger als einer halben Minute sah sie wieder aus wie eine Dame der besseren Gesellschaft.

»Also gut«, sagte ich. »Jetzt wird es langsam Zeit, daß wir auf die Spitze der Pyramide kommen. Wer ist der Anführer der bösen Buben?«

Elsa überhörte den sarkastischen Tonfall. Eine schlimme Vorahnung begleitete mich schon seit dem ersten Moment. Um so eine Vorahnung zu haben, mußte man allerdings auch wirklich nicht gerade einen siebten Sinn besitzen.

»Stört es dich, wenn ich rauche?« fragte sie, hatte sich aber bereits eine Zigarette zwischen die Finger geklemmt. Ich zündete sie ihr an. »Ich weiß selbst nicht allzuviel. Diese Flachwichser wollten, daß ich sie zu Rosa bringe. Als ich dich gesehen habe, war es, als hätte ich ein Licht im Dunkeln entdeckt.«

»Vielen Dank, Prinzessin. Das hast du schön gesagt.«

»Rosas Freund, ein ziemlicher Vollidiot, hat einen Griff ins Klo gelandet. Sie meinen, er hätte ihnen drei Kilo Kokain geklaut.«

»Reinen Koks?«

»Reiner als meine Seele.«

Ich stieß einen Pfiff der Bewunderung aus und sah sie spöttisch an. Elsa blies, ohne mit der Wimper zu zucken, eine Rauchwolke vor sich her.

»Um mit ihm abzurechnen, wollen sie sich Rosa schnappen und sie in eins von ihren Oben-ohne-Lokalen stecken, mit einer Tätowierung auf . . . auf dem Hintern, damit man merkt, daß sie ihnen gehört. Der Magen dreht sich mich um, wenn ich nur daran denke. Dreht sich mir um.«

Sie bemühte sich so schnell, ihren Fehler zu verbessern, daß sie mir fast leid tat. Elsa schwamm jetzt im Geld. Man merkte es an ihren Klamotten, an dem Halsband und an der Verachtung, mit der sie alles strafte, was armselig und billig aussah. O ja, wo der Hase bei ihr langlief, merkte man schon von weitem. Sogar noch, wenn sie anbot, das Essen zu bezahlen: Früher, in den alten Zeiten – in den nicht ganz so alten Zeiten – habe ich bloß ein einziges Mal gesehen, wie sie etwas Geld hervorkramte. Sie wollte es einem Behinderten, dessen zahnloser Mund fatal an Klatschmohn erinnerte, zustecken. Ihre Geste hatte mich damals gerührt. Aber ihr »mich« an der falschen Stelle würde sie ihr Leben lang verraten. Oder so ein Wort wie *Arkobrat*. Ich hatte ungefähr fünfzigmal versucht, ihr das ist-mich-hingefallen und das habemich-gekauft zu verbessern, aber alles war umsonst. Das war einfach Elsa: Entweder man nahm sie so, oder man ließ es bleiben. Und ich nahm sie meistens so.

Nachdem sie mir einen kurzen Blick zugeworfen hatte, sprach Elsa weiter. Mit dem Blick wollte sie in Erfahrung bringen, ob ich ihren kleinen grammatischen Ausrutscher bemerkt hatte. Als sie feststellte, daß ich offenbar nichts gemerkt hatte, war sie zufrieden.

»Am meisten Angst macht mir der Einarmige. Wegen der Sache mit dem Blut. Weißt du, was ihm beim Stierkampf am besten gefällt?«

Ich verneinte mit dem Kopf.

»Der Lanzengang, der Picador. Er schreit rum und pfeift, veranstaltet ein Riesenspektakel, weil ihm die Show nicht reicht. Aber du bist noch stärker als sie alle zusammen.«

Ich fühlte mich geschmeichelt. Der Kommentar war wirklich ausgesprochen naiv, aber er machte mir Mut. Und außerdem: Hat vielleicht jemals einer der sieben griechischen Weisen gesagt, daß ein Mann sich von dem Kommentar eines jungen Mädchens nicht geschmeichelt fühlen darf? Vor allem, wenn das junge Mädchen schon den Körper einer Frau besitzt und eins von denen ist, die imstande sind, einen Mann ins Kindesalter zurückzuversetzen. Was meine andere Kinderei anbelangte – die unbeantwortet gebliebene Frage nach dem Anführer der bösen Buben –, so bestätigte ihre Reaktion darauf lediglich meine Befürchtungen.

»Nochmals vielen Dank, Prinzessin. Und jetzt duck dich. Könnte ja sein, daß sich einer von den Jungs noch immer hier herumtreibt.«

Wir waren fast da. Elsa versteckte sich. Ich drehte noch eine Runde, sah aber nichts, was mich mißtrauisch gemacht hätte, und parkte deshalb direkt vor der Bar. Na gut, da war schon etwas Merkwürdiges: ein Weihnachtsmann mit seinem pathetisch roten Mantel und dem pathetisch weißen Bart. Er saß auf einer Bank, in ein paar Metern Entfernung vom Blauen Kater. Von einem Sack mit Spielzeug keine Spur. Mit der rechten Hand bedeckte er sich das Gesicht. Er wirkte ausgesprochen deprimiert. Die andere Hand war nirgends zu sehen.

»Du hinkst ein kleines bißchen«, flüsterte Elsa mir zu, als ich im Begriff war auszusteigen. »Ich habe es gemerkt. Aber wirklich nur ein kleines bißchen.«

»Und warum zum Teufel sollte man mich den Lahmen nennen, wenn ich nicht tatsächlich hinken würde?« gab ich zurück.

Mit der Flasche Wein in der Hand stieg ich aus, ging am Eingang der Bar vorbei und postierte mich direkt vor dem Weihnachtsmann.

»Was ist denn mit dir los, mein Freund? Du holst dir ja den Tod. Willst du einen Schluck?«

Der Weihnachtsmann ließ den rechten Arm fallen, als wäre er abgestorben. Er hob den Blick. Kinnbart und Schnurrbart verdeckten zusammen den größten Teil seines Gesichts, das zusätzlich von einer dicken Schicht Schminke entstellt war. Der da hätte wirklich jeder sein können, und sein linker Ärmel war so leer wie ein Tunnel, nachdem der Zug durchgefahren ist.

»Weihnachten ist ein großer Sack voll Scheiße«, sagte er.

Tolle Erkenntnis.

»Kinder sind Scheiße.«

Darüber ließ sich meiner Ansicht nach schon eher streiten.

»Meine Frau . . .«

»Hör auf, mein Freund. In dieser Hinsicht hege ich nicht den geringsten Zweifel. Gib mir die Hand und trink einen Schluck.«

Ich gab ihm die Hand und bot ihm mit dem linken Arm die Flasche Wein an, hielt ihn aber über den rechten, so daß ich ihm die Flasche jederzeit über den Schädel hauen konnte. Der Weihnachtsmann warf mir einen durchdringenden Blick zu.

»Aber das allerschlimmste sind die Schwiegermütter. Immerzu bohren sie in den Wunden, ständig gehen sie einem auf die Nerven.«

»Na los, ich hab' schließlich nicht die ganze Nacht Zeit.«

Der Weihnachtsmann sah mich immer noch mit seinem durchdringenden Blick an, und ich wurde seine Hand nicht los. Plötzlich kam seine linke Pranke aus ihrer Höhle und schnappte sich die Flasche. Erleichtert atmete ich auf. Einarmig war er also nicht.

»Sie gehört dir«, sagte ich zu ihm.

Ich gab die Hand und die Flasche ab und betrat die Bar.

8

Die Musik von vorhin lief immer noch, weil der Kassettenrecorder auf *Auto-Reverse* geschaltet war. Auf dem Boden lagen immer noch Glasscherben, denn Toni war nicht dazu gekommen, sie aufzusammeln; und Toni lag immer noch an derselben Stelle, denn sie hatten ihm vier Kugeln verpaßt. Letzteres wußte ich allerdings noch nicht. Da, wo Paella zu Boden gegangen war, befand sich jetzt nur noch eine halb eingetrocknete Blutlache, die mich irgendwie an billigen Sekt erinnerte. Halbtrocken etwa.

»He, Toni«, sagte ich. »Ich bin's. Laß die Witze. Für so was haben wir jetzt keine Zeit, Mann.«

Die Leiche bewegte sich nicht. Mit drei großen Schritten war ich bei ihr und beugte mich zu ihr hinunter.

»Toni?« sagte ich angsterfüllt.

Ich faßte ihn am Kinn und hielt seinen Kopf so, daß er mich ansah. Man mußte kein Gerichtsmediziner sein, um festzustellen, daß der Mann bereits ein totes Stück Fleisch war. Vor einer Dreiviertelstunde hatte er sich etwas abgekühlt, jetzt aber war er kalt: ein Unterschied, der viel größer ist, als die Sprache nahelegt. Ich sah mir seine Hand an und hielt sie ein paar Sekunden in die Luft. Sie war so zertrümmert, als wäre eine Dampfwalze darübergefahren. Ich sah mich um und suchte nach einer Patronenhülse. Nichts. Profis. In diesem Moment kam Elsa herein. Nicht länger als eine halbe Minute hatte sie es allein ausgehalten. Sie war einfach nicht dazu geschaffen, allein zu sein. Wir sahen uns an. Ich stand auf.

»Das tut mir leid«, sagte sie. »Du mochtest ihn wohl sehr?«

»Er war neunzehn«, brachte ich hervor.

Das war zwar keine Antwort auf ihre Frage, aber es war der einzige Gedanke, den mein Kopf fassen konnte.

»Und mich allein trifft die Schuld an seinem Tod«, setzte ich hinzu, während ich zum Telefon ging.

»Wenn jemand ermordet wird, ist normalerweise der Mörder schuld an seinem Tod«, versuchte sie mich zu trösten.

Während ich die Nummer der Polizei wählte, goß ich mir einen Whisky in das Glas, das ich vorhin schon benutzt hatte. Ich beugte mich vor, um einen Blick auf die Hintertür zu werfen. Sie stand offen, und der Besenstiel, mit dem ich sie blockiert hatte, war zerbrochen.

»Im Blauen Kater liegt ein Toter«, sagte ich, als am anderen Ende der Leitung abgehoben wurde.

»Sagen Sie mir bitte Ihren Namen. Die Adresse?« antwortete eine Stimme, die von der Langeweile angegriffen war und mir gar keine Zeit ließ, mich auszuweisen, was ich allerdings sowieso nicht zu tun gedachte.

»Sie sind doch Polizist, nicht wahr? Also suchen Sie. Dafür bezahlen wir Sie ja.«

Ich legte auf.

»In Wirklichkeit habe ich seit sechs Jahren überhaupt keine Steuern mehr bezahlt«, erklärte ich und war ein bißchen schockiert von dieser Erkenntnis. Es war das erstemal in dieser ganzen Zeit, daß ich daran gedacht hatte. Natürlich hatte ich nicht einen Heller verdient. Ich war gerade dabei, meine Kehle in eine Zisterne zu verwandeln, als Elsas Stimme mich unterbrach.

»Trink nicht soviel, Max. Die Nacht ist noch nicht zu Ende, und vielleicht brauchst du deine Pistole noch mal.«

Der zweideutige Blick, den sie mir zuwarf, ließ mich nachdenklich werden: Welche Pistole meinte sie bloß? Ich trank den Whisky in einem Schluck aus. Das würde mir helfen, Tonis Gesicht zu vergessen, seine zertrümmerte Hand und seine ketchupbedeckte, durchlöcherte Brust, auf der sich jetzt das Blut mit dem Ketchup mischte. Was hatte es ihm schon genutzt, daß er zwei Hände wie Zangen besaß? Gar nichts.

»Zum Wegschütten war er mir zu schade, Traumfrau. Los, gehen wir.«

Ich besaß einen Waffenschein, aber die Star, die ich an jenem Abend benutzt hatte, war nicht registriert. Ich hatte sie von einem Feldwebel. Das war vor Jahren gewesen. In der Armee verschwinden immer wieder ein paar Pistolen. Aber selbst wenn man den Verlust bemerkt, hält jeder den Mund, weil derjenige, der es meldet, gute Aussichten hat, die Ohren langgezogen zu bekommen. Und so werden die Bestände von Revision zu Revision immer weiter gefälscht, bis es schließlich unmöglich wird, herauszufinden, wann und von wem eine der Waffen entwendet worden ist, selbst wenn sich tatsächlich jemand die Mühe gibt, alle nachzuzählen. Kein Mensch würde einen Zusammenhang zwischen mir und jener Pistole vermuten, und sie verschwinden zu lassen wäre nicht schwer. Außerdem gab es keine Zeugen, von Elsa mal abgesehen.

Als ich hinter dem Tresen hervorkam, stellte ich den Kassettenrecorder ab. Diese dämliche Musik machte mich langsam nervös. Wenn wir die Bar jetzt verließen, würde dort wirklich Stille herrschen: Tonis Stille, Totenstille.

»Hier, nimm«, sagte ich zu ihr, hielt ihr das Glas hin und öffnete die Tür, um ihr den Vortritt zu lassen. »Ich hätte Lust, ein paar Leute unter die Erde zu bringen und auf ihren Gräbern zu tanzen.«

»Und das, wo du doch hinkst und so? Das möchte ich auf keinen Fall verpassen, mein Schatz.«

Elsa lächelte mir zu, nahm das Glas an sich und ging auf die Straße. Der Wind schlug uns nochmals ins Gesicht. Elsa hatte diese Strafe natürlich mehr als verdient.

9

Der Weihnachtsmann saß nach wie vor auf derselben Bank. Er kaute noch immer auf denselben Verwünschungen herum. Wenigstens sollte ihm jetzt ein wenig wärmer sein, denn immerhin hatte er eine halbe Flasche Rotwein mehr intus. So wie ich das sah, hatte der Mistkerl nicht einen einzigen Tropfen übriggelassen.

»Hallo, Schätzchen«, rief er aus, kaum hatte Elsa die Straße betreten. »Komm 'rüber und wärm mich ein bißchen.«

Der Weihnachtsmann tatschte zweimal auf die Bank, um auf den für Elsa reservierten Platz hinzuweisen.

»Fick doch einen der Heiligen Drei Könige, du Arschloch«, schrie Elsa ihn an.

Während ich die Türen der Klapperkarre öffnete, schüttete mir Elsa ihr Herz aus. Ihre Lippen zitterten vor Aufregung.

»Ich hab's satt. Kann man nicht mal mehr herumlaufen, wie man will?«

Engelchen. Es ist immer noch eine Sache, so herumzulaufen, wie man will, und eine andere, den halben Hintern raushängen zu lassen. Ich fuhr los. Der Weihnachtsmann stand auf, packte die Flasche am Hals, als wäre sie eine Handgranate oder seine Schwiegermutter, und warf sie nach uns, als wir an ihm vorüberfuhren. Die Flasche schlug auf dem Dach auf und zersplitterte. Diese Nacht war voller Scherben.

»Scheiße«, sagte ich. »Der verdammte Nikolaus ist ganz schön mies drauf. Aber trotzdem hättest du nicht so mit ihm reden sollen.«

»Und er sollte den Kindern Geschenke bringen und nicht herumlaufen und solchen Mist erzählen. Wo zum Teufel hat er überhaupt den Sack mit den Spielsachen?«

Elsa war immer noch auf hundertachtzig.

»Woher soll ich denn das wissen? Wahrscheinlich hat er schon alle verteilt.«

Der Motor des Skoda setzte aus.

»Dein Wagen ist die Erklärung für den Untergang des Kommunismus«, bemerkte Elsa und sah aus dem Fenster.

Ich fuhr wieder los.

»Dreh um.«

»Wo fahren wir hin?«

»Dreh um. Zu mir nach Hause jedenfalls nicht. Lieber zu dir, zumindest für diese Nacht. Wir können ja immer noch in eine schönere Wohnung ziehen.«

Ich wendete, und wir fuhren noch einmal die Straße, die zum Blauen Kater und zum Weihnachtsmann führte, entlang.

»Es ist schweinekalt«, regte Elsa sich auf. »Hat diese Karre keine Heizung?«

»Aber klar doch hat sie eine.«

»Da merkt man aber nichts von.«

»Sie funktioniert ja auch nicht.«

Elsa setzte zu einem Lächeln an, das den sofortigen Erfrierungstod starb. Danach kurbelte sie das Fenster herunter und schmiß das Glas nach dem Nikolaus, das ihn um Haaresbreite verfehlte. Als es auf dem Bordstein aufschlug, zersprang es in einen Haufen kleiner Scherben, grell und verstreut: Ich habe ja bereits gesagt, daß diese Nacht voller Scherben war. Elsa zog eine Camel aus ihrer Tasche. Ich gab ihr Feuer. Im Rückspiegel sah ich den Weihnachtsmann. Er stand da und schrie herum. Ich konnte nicht verstehen, was er da brüllte, vermutete aber, daß es nicht gerade von gutem Geschmack zeugte. Sein Gesicht verwandelte sich in das von Toni, der vor lauter Angst schrie. Man gewöhnt sich niemals wirklich an den Tod von Menschen, die man geliebt hat. Wenigstens nicht in fünf Minuten. Toni hatte noch nie jemandem etwas zuleide getan. Er hatte ausreichend Gründe, um verbittert zu sein, aber das war er nie gewesen. Und er war erst neunzehn.

»Ich muß die ganze Zeit an Toni denken«, sagte ich.

»Schade, schade, schade. Und ich mit dieser Scheißfrisur.«

Während ich mit der Linken das Steuer hielt, schlug ich ihr mit dem rechten Handrücken ins Gesicht. Die Kippe flog durch die Luft. Elsa streichelte ihre Lippe. Ein dünner Blutfaden lief ihr übers Kinn.

»Vielen Dank, Schätzchen, daß du deine Wut an mir ausläßt. Ich mach' mich gerne nützlich.«

»Wisch dir damit den Mund ab.« Ich hielt ihr ein Taschentuch hin.

»Schieb's dir doch in den Arsch. Vielleicht brauchst du das.« Sie beugte sich herunter und hob die Kippe auf und sog den Dreck tief in ihre Lungen. »Du hast Glück gehabt, daß sie nicht ausgegangen ist. Es wäre zu schön gewesen, dir dabei zuzusehn, wie du sie mir wieder anzündest.«

Sie hatte es schließlich doch noch geschafft, mich aus der Ruhe zu bringen, und das gefiel ihr. Für sie war dieser Schlag ins Gesicht ein Triumph gewesen.

10

Wir kamen zu meiner Liegenschaft. Elsa wartete ab, bis sie die Mauer passiert hatte, um ihre Kippe neben dem alten Stummel auszutreten.

»Ich möchte zu Rosa. Ich habe sie schon lange nicht mehr gesehen.«

»Stimmt. Sechs Jahre, nicht wahr?« fragte sie unverschämt.

»Ganz genau. Und ihren Freund. Wie heißt er noch?«

Ich öffnete die Tür, und wir gingen hinein. Sie zuerst, versteht sich, denn ich bin ein Gentleman, und Elsa war eine Prinzessin vom Scheitel bis zur Sohle. Das hätte man zumindest denken können, wenn man sich ihr Fotoalbum ansah. Es stammte aus einer Zeit, in der sie noch mit dem

Gedanken spielte, Fotomodell zu werden. Aber Elsa spielte niemals lange Zeit mit irgend etwas, am allerwenigsten mit Gedanken.

»Godo.«

»Was für ein häßlicher Name.«

»In Wirklichkeit heißt er Godofredo.«

»Klingt schon viel besser.«

Elsa zog den Mantel aus, für den sechzig Nerze ihr Leben gelassen hatten. Noch einmal wurden ihre Arme und ihre Strumpfhose sichtbar. Ihr schwarzes Kleid war wirklich sexy. In puncto Kleidung hatte Elsa schon immer guten Geschmack bewiesen. Mit ihrem gekämmten und gestylten Haar, ihren leicht geschminkten Lippen und den glänzenden Augen, die ein wenig an die Augen einer Katze erinnerten, war sie einfach unwiderstehlich schön. Und nicht nur das Material war erstklassig: Sie verstand sich auch noch auf gute Verpackung.

»Jedenfalls sieht er gut aus. Vielleicht ein bißchen zu klein.«

In meiner Anwesenheit gab es für Elsa, zumindest wenn man ihr glaubte, drei Sorten Männer: gut aussehende, sehr gut aussehende und solche, die man auf der Stelle vergewaltigen sollte. Obwohl sie in Wirklichkeit der Ansicht war, daß alle Männer, die sie kennengelernt hatte, zusammen nicht so viel wert waren wie ein ganz bestimmtes Krokodillederstäschchen. Der Wecker klingelte. Ich ging ins Schlafzimmer und schaltete den Alarm aus. Von dem Zeitpunkt, an dem ich ihn gestellt hatte, bis jetzt waren vierzig Minuten vergangen. In diesen vierzig Minuten hatte ich den nackten und wundervollen Körper Elsas gesehen, der vor Leben nur so strotzte, und den bedeckten Körper von Toni, verstümmelt und von jedem Leben verlassen, seine zertrümmerte Hand, seine durchlöcherte Brust und den Ausdruck der Angst auf seinem Gesicht. Ich hatte Elsa ins

Gesicht geschlagen und es nicht bereut, ich liebte sie wieder, und zugleich haßte ich sie, denn ich konnte ihr nicht verzeihen und konnte ihr auch nicht vertrauen, und Toni hatte niemals jemandem etwas zuleide getan.

»Hast du Hunger?« fragte ich beiläufig, während ich aus meinem Zimmer kam. Der Geruch von angebrannten Bohnen lag noch immer in der Luft.

»Ja«, gab sie zurück. »Aber nicht den Hunger, den man stillt, indem man sich etwas in den Magen haut.«

Ich nehme an, darauf hatte sie sich auch bezogen, als sie sagte, ich solle nicht soviel trinken, weil ich die Pistole vielleicht noch brauchen würde. Elsa hatte eine sehr direkte Art, selbst wenn sie sich hinter Anspielungen versteckte.

»Das haben wir gleich«, sagte ich. »Aber ruf zuerst bei Rosa an. Ich will sie und Godo sehen. Ich stecke jetzt schon bis zum Hals in der Sache und will wissen, was hier abläuft. Morgen früh, zwölf Uhr.«

Während ich meine Blase erleichterte, hörte ich, wie Elsa telefonierte. Ich zog an der Kette und verließ das Klo. Elsa kam auf mich zu, umarmte mich. Wir küßten uns.

Wenn es die Leidenschaft in Tüten gäbe, könnten wir Millionäre werden.

»Wir haben uns um zwölf in einer Boutique in *Almirante* verabredet. Übrigens«, fügte sie hinzu, nachdem sie einen Meter Abstand von mir genommen und mich einer Inspektion unterzogen hatte. »Der Kleiderbügel ist gar nicht so schlecht. Aber mit einem Anzug, der seiner Kategorie entspricht, sähe er noch besser aus. Bei der Gelegenheit werde ich mir eine Strumpfhose kaufen. Und, wer weiß? Vielleicht ist ja noch ein hübscher Fetzen drin. Aber jetzt entschuldige mich. Ich habe schließlich auch meine Bedürfnisse.«

Selbstverständlich, die hatte sie. Meistens waren sie ein gutes Stück teurer als meine. In meiner Blütezeit, als ich als Leibwächter arbeitete, reichte mein Gehalt bei Elsa gerade mal für das *Notwendigste*. Selbst wenn sie in die U-Bahn stieg, hielt sie sich für Augustina von Aragon. Ich ging ins Schlafzimmer, setzte mich aufs Bett und legte die Star auf den Nachttisch. Ich zog die Anzugsjacke aus, hing sie über eine Stuhllehne und knöpfte das Schulterhalfter auf. Mechanisch stellte ich sicher, daß das Magazin der Astra seine fünfzehn Patronen enthielt. Es hatte eine geriffelte Magazinhalterung am Griffboden, an der man es herausziehen konnte, ein System, das heute kaum noch gebräuchlich ist. Ich schob es wieder rein und legte die Pistole unters Bett. Ich zog die Socken aus. Elsa kam ins Zimmer und legte ihre Ohrringe ab. Es lag eine gewisse Poesie in ihrem Tun, vielleicht auch ein wenig Routine. Die Poesie gewordene Routine: Das war genau die Frau, die ich wollte, um an ihrer Seite alt zu werden.

»Gibt es nicht mal einen verdammten Spiegel in diesem Zimmer?«

»Do-och, und weißt du, was der dir sagt: Auf der ganzen Welt gibt es keine schönere Frau als dich.«

Sie legte die Ohrringe auf den Tisch, der an der Wand stand, hinter dem Fußende des Bettes, auf dem tatsächlich früher einmal ein Spiegel gestanden hatte, der dem übelgelaunten Fußtritt einer Frau zum Opfer gefallen war. Eines Tages würde ich Elsa davon erzählen, um sie eifersüchtig zu machen. Jetzt nahm sie die Armbanduhr ab. Sie war aus Gold, mit einem Brillanten besetzt. Ich bin zwar kein Hehler, aber Modeschmuck war das sicher nicht. Auch ich hatte nicht Däumchen gedreht. Ich hatte angefangen, mir das Hemd aufzuknöpfen.

»Von wem hast du denn die Uhr?«

Sie drehte sich um und lächelte mir zu.

»Willst du jetzt etwa den Haremsbesitzer spielen? Du glaubst doch nicht im Ernst, daß ich sechs Jahre lang auf dem Trockenen gesessen habe, oder etwa doch?«

»Nein, das glaube ich nicht.«

Ich hatte versucht, verletzend zu sein, aber das war gründlich schiefgegangen. Elsa entledigte sich ihrer Schuhe. Die hohen Absätze richteten sich auf mich wie Schwerter.

»Du doch bestimmt auch nicht, oder?«

»Nein.«

»Na also, mein Herrscher. Mir tun die Nonnen leid, die kein Gelübde abgelegt haben.«

»Da stand mal ein Spiegel«, sagte ich. »Der mußte bei einer Eifersuchtsattacke dran glauben.«

Ich stand auf, um mir die Hose auszuziehen. In Unterhemd und Unterhose blieb ich stehen. Ich trug einen knappen Slip und ein ärmelloses Unterhemd. Elsa sah mich spöttisch an.

»Die Arme. Du hast sie bestimmt heftig leiden lassen. Außer dem Anzug kaufen wir dir auch noch eine neue Unterhose. Dein Sack sieht dann vielleicht nicht mehr so prall aus, aber dafür wirkt er glücklicher. Und ein Unterhemd, das nicht so nach . . . wie soll ich sagen? Das nicht ganz so sehr nach Gewerkschaft aussieht.«

Elsa hatte mir erneut den Rücken zugewandt. Sie sprach mit mir über die Schulter hinweg, wobei sie den Reißverschluß öffnete und die Träger ihres Kleides abstreifte, das wie eine sterbende Schlange an ihrem Körper herunterrutschte, bis es zu ihren Füßen lag. Sie stand in Unterwäsche und Strumpfhose da, beides schwarz. Es war ein harter Kontrast zu dem Weiß, das mich in Lächerlichkeit hüllte. Aber auch in diesem Zustand versuchte ich noch, einen Punkt auf mein Konto zu bringen.

»Die Peitsche liegt unter dem Bett für dich bereit, meine Herrin.«

Elsa drehte sich um und bemerkte die Star auf dem Nachttisch.

»Willst du die Pistole loswerden?« fragte sie mich, während sie die Strumpfhose hinunterrollte und dabei einen Ring bildete, der immer dicker wurde und ihren Knöcheln verführerisch näher kam.

»In ein paar Stunden.«

Ich befreite mich von Unterhemd und Unterhose und schlüpfte unter die Decke.

»Ich meine, nach unserem ersten Attentat«, fügte ich hinzu.

»So lange werde ich etwas von dir haben?«

»Ich werde die Imsak-Technik Aga Khans benutzen. Du weißt schon, diese asiatische Methode, bei der man den Orgasmus zurückhält.«

»Du hast deine Kräfte schon immer vergeudet. Sie verlassen dich durch den Mund.«

»Ein wichtiger Bestandteil der Imsak-Technik ist ja gerade, daß sie durch den Mund kommen und nicht durch etwas anderes. Glaube ich zumindest.«

Elsa hatte die Strumpfhose mittlerweile ausgezogen und sich mit dem Rücken zu mir aufs Bett gesetzt, damit ich ihr den BH ausziehen konnte. Mit großem Wohlgefallen ging ich ans Werk. Ihre Brüste waren wie zwei wunderbare Bälle.

Gegenseitiges Versinken.

Wir umarmten uns. Wir küßten uns. Elsa kam unter die Decke gekrochen.

»Einen Moment noch, Prinzessin«, sagte ich.

Ich streckte mich zu dem Wecker und stellte ihn so, daß er in zwei Stunden klingeln würde.

»O Max, mein Schatz«, maunzte Elsa. »Wie gut du mit Frauen umzugehen verstehst . . .«

Wir umarmten uns. Wir küßten uns. Das mit dem Imsak bekam ich nicht so richtig hin, aber man sollte berücksichtigen, daß es bei Elsa doppelt so schwer durchzuhalten war.

11

Als der Wecker klingelte, waren mein Glühwürmchen und ich in Schweiß gebadet. Ich habe ja bereits erwähnt, daß ich die berühmte Imsak-Technik noch ein bißchen üben mußte. Mit Mühe unterdrückte ich ein Gähnen und brachte das verdammte Ding zum Schweigen. Elsa öffnete die Augen und streckte sich wie eine wollüstige Katze. Ich stieg aus dem Bett und zog mich langsam an.

»Gehst du schon?« beschwerte sie sich. »Das Problem hatte ich schon immer: Jeder will mit Elsa ins Bett gehen, aber nachher dann mit mir aufstehen wollen, das ist wieder eine ganz andere Sache.«

»Es ist noch immer mitten in der Nacht, also werd jetzt nicht kitschig. Ich will meinen Bärentöter loswerden.«

Elsa richtete sich auf und lehnte den Rücken gegen das Kopfteil des Bettes. Das Metallteil ließ sie erschauern.

»Das ist ja eiskalt.« Und sie legte das Kopfkissen hinter ihren Rücken. »Edle Cowboys verlassen eine Dame nicht, wenn sie nur halb befriedigt ist.«

Elsa wartete darauf, daß ich sie ansah, damit sie wieder schamhaft werden und sich die Brüste bedecken könnte. Damit ließ sie sich dann allerdings ein bißchen Zeit.

»Oh«, rief sie aus.

»Keine Komödie jetzt, Herzchen. Paella, der Einarmige und Krüger waren also hinter Rosa und Godo her. Wenn Godo ihnen nicht die drei Kilo Koks wiedergibt, tätowieren sie Rosa und schicken sie als Nutte los, stimmt's?«

»Stimmt genau. Das häßliche Wort stammt allerdings von dir.«

»Also gut. Und du hast mit dem Koks nichts zu tun, stimmt's?«

»Stimmt genau. Aber, Max, einen Moment mal. Glaubst du etwa, ich hätte sie nicht alle beisammen?«

»Auf den ersten Blick natürlich nicht.«

»Glaubst du, ich wäre bescheuert?« fragte sie weiter, ohne meinem wenig schmeichelhaften Kommentar Aufmerksamkeit zu schenken. »Dieser Bande würde ich nicht mal eine Zeitung von vorgestern klauen. Ich bin ja nicht blöd, aber Godo . . . Godofredo denkt mit dem Arsch.«

»Schon gut. Und daß du just in dieser Nacht im Blauen Kater aufgetaucht bist, war Zufall, stimmt's?«

»Stimmt genau. In den vergangenen sechs Jahren bist du mißtrauisch geworden, Max. Das warst du früher nicht.«

»Nein, war ich auch nicht, und genau deshalb ist es so gekommen, wie es gekommen ist. Mitnichten habe ich sechs Jahre für meine kleine Verwandlung gebraucht. Dafür reichte die Zeit, zu merken, daß mir eine Kugel im Knie sitzt. Und das Ergebnis, hier siehst du es.« Mit ausholender Geste lud ich sie ein, sich meine Umgebung noch einmal ganz genau anzusehen. »Eine vergoldete Rente.«

Inzwischen hatte ich mich vollständig angezogen. Ich gab Elsa einen Kuß zum Abschied. Sie hatte ihn sich verdient, trotz allem.

»Magst du Orangensaft?« bot ich ihr an.

»Aber natürlich.«

»Ja natürlich natürlich. Was denn sonst? Also willst du jetzt einen frischgepreßten O-Saft oder nicht?«

»Ich habe natürlich nur natürlich gesagt, weil er mir natürlich schmeckt, das ist doch ganz natürlich. Du besitzt eine seltene Gabe, noch bei den einfachsten Unterhaltungen die längsten Leitungen zu schalten, um ständig draufzustehen, Schätzchen.«

Ich gab mir keine Mühe, ihr zu widersprechen. Entweder Elsas Geschichten ermüdeten mich, oder ich fand sie amüsant.

»Du bekommst einen zum Frühstück. Und die beste Frage zum Schluß . . .«

Ich nahm mir die beiden Pistolen und schob sie unter den Gürtel, die eine nach vorn, die andere nach hinten. Ich drehte mich zu ihr um.

»Wann wirst du mir eigentlich endlich sagen, daß der Anführer dieser Killerbande García ist?«

Elsa fing an zu weinen. Ihre Heulerei war wirklich steinerweichend, aber ich war ja kein Stein. Das hatte ich gerade bewiesen, auch wenn ich mich jetzt ziemlich ausgelutscht fühlte.

»Du weißt es doch schon«, sie schaffte es, die Worte zwischen die Schluchzer zu schieben. Und es dauerte nicht lange, da beruhigte sie sich wieder. »All die Jahre . . . Der Preis, den er für dein Leben verlangte, war, daß ich dich nicht sehen durfte . . .« Während sie redete, rieb sie sich mit dem Zeigefinger die Tränen aus den Augen. Es war eine Geste voller weiblicher Anmut und trügerischen Zaubers. »Wenn ich dich gesehen hätte, hätte er dich umgebracht, und mich gleich mit. Aber jetzt will ich abhauen. Ich habe das alles nicht nur für Rosa und ihren Freund getan. Ich habe es auch für mich getan. Für uns . . .«, berichtigte sie sich hastig.

»Soso«, ich war sozusagen gerührt. »Du bist also sechs Jahre lang durch die Hölle gegangen für mich.«

»Ja. Auch wenn ich weiß, daß du mir das niemals glauben wirst. Du bist so . . . so . . .«

»Warum sollte ich dir glauben? Bei dir sieht die Wahrheit immer aus wie bei einer Zwiebel: vielschichtig.«

»Weil du der einzige Mann bist, den ich wirklich geliebt habe«, sagte sie mit einem solchen Nachdruck, daß es sich für weniger geprüfte Ohren überzeugend angehört hätte. »Aber jetzt halte ich es nicht mehr aus. Ich liebe dich, Max. Ich liebe dich so sehr, wie ich noch nie jemanden oder irgend etwas auf dieser Welt geliebt habe, auf dieser Welt oder vielleicht auch auf anderen Welten, wenn ich tatsäch-

lich schon einmal auf anderen Welten existiert haben sollte.«
Sie sah mich von der Seite an. »Du weißt ja, daß ich berechtigte Gründe für diese Annahme habe.«

Elsa war nicht religiös. Aber sie glaubte an Horoskope, an Hexen, an Geister und diesen ganzen Mist. Möglicherweise war das ein Widerspruch, aber so dachte sie nun einmal. Eine Zeitlang war sie davon überzeugt gewesen, daß sie einmal eine Schildkröte gewesen war. Sie führte darauf die Tatsache zurück, daß sie morgens nicht in die Gänge kam.

»García ekelt mich mehr an als die Vorstellung, ein Spinnennetz zu berühren. Jedesmal wenn er mich anfaßte, stellte ich mir vor, eine widerliche kleine Kakerlake würde mit ihren tausend Beinen über meine Haut krabbeln. Es waren auch für mich sechs lange Jahre, Liebling.«

»Dreh dich um.«

»Was hast du mit mir vor?«

»Nichts, was sie nicht schon mit dir gemacht hätten. Wenn du mich wirklich liebst, dann dreh dich jetzt um.«

Elsa drehte sich um und hielt sich an den Bettpfosten des Kopfteils fest. Ich bin sicher, daß sie sich wie eine romantische Heldin vorkam, die entschlossen ist, einen Beweis ihrer Liebe zu liefern. Ich ging auf sie zu, zog die Laken und die Decke weg und entblößte ihren ganzen Körper. Elsa zitterte. Sie sah aus wie eine Hündin, die krank oder halb erfroren auf der Straße liegt. Ich deckte sie wieder zu.

»Ich wollte bloß nachsehen, ob sie dir auch diese berühmte Tätowierung in den Hintern gestochen haben. In einer Stunde bin ich wieder da.«

Elsa weinte. Sie drehte sich wieder auf den Rücken. Jetzt hätte sie nicht bloß einen Stein erweicht: Nun war ich auch fällig.

»Du bist ein mieses Schwein, weißt du das?«

»Weißt du was, Traumfrau? Du bist doppelt so hübsch, wenn du mich ein mieses Schwein nennst.«

Ich verließ das Zimmer mit einem Gefühl der Stärke. Es macht jeden Mann stolz, wenn eine Frau ihn ein mieses Schwein nennt oder seinetwegen weint. Wer das Gegenteil behauptet, ist ein Lügner.

Mit dem kleinen Unterschied, daß ich mich gerade tatsächlich wie ein mieses Schwein verhalten hatte.

12

In Gedanken versunken, fuhr ich zu einen einsam gelegenen, offenen Feld. Das Radio meiner tschechischen Blechbüchse seufzte eine sanfte Ballade, die mich einlullte. Ich hatte sie eingestellt, nachdem ich mir ein Weilchen die Zusammenkunft von ein paar dämlichen Besserwissern und die Geständnisse eines arbeitslosen Schlossers angehört hatte, der sich sehr einsam fühlte. Mit Elsa würde ich noch ein paar offene Rechnungen begleichen müssen, aber Rosa hatte Vorrang. Glauben Sie bloß nicht, ich wäre verliebt gewesen. Den Fehler hatte ich bei einer anderen Gelegenheit begangen, und der Preis war eine leichte Behinderung gewesen. Diesmal war ich nicht verliebt in Elsa. Jetzt gefiel sie mir bloß. Ich wiederholte es mir fünfzigmal, diesmal bin ich nicht verliebt, sie gefällt mir bloß, diesmal bin ich nicht . . . Ich sah mich wie ein Romeo die Türe öffnen, als ich Elsas Stimme hörte. Nur ein blind verliebter Mann kann solche Dummheiten begehen, die immer teuer und in bar bezahlt werden. Ein Profi, der für das Eierschaukeln am Wochenende mehr als zweihunderttausend Scheine bar auf die Hand bekommt, nur dafür, daß er aufpaßt und dabei Videos guckt, darf niemandem die Tür aufmachen, auch nicht dem Mädchen, nach dem er verrückt ist, sosehr er sie auch anbetet, sosehr es ihn auch zwischen den Beinen jucken mag, sosehr er auch seine Hand für sie ins Feuer legen würde, sosehr er auch auf sie schwören würde und den ganzen Mist verfluchte. Und anstelle von Elsa taucht García auf, von dem ich angenommen hatte, daß er mein Freund wäre. Er hat einen Strumpf über sein Gesicht gezogen, aber er ist es, García, mit seinem Geruch nach billigem Rasierwasser. García schießt mir ins Knie, ohne sich die Mühe zu machen, mir einen guten Abend zu wünschen. Er weiht damit seine neueste Errungenschaft ein, sozusagen am lebendigen Leib, eine Beretta 92F, auf die er mächtig stolz ist, mit brünierten Stahlteilen, Griffschalen aus Nußbaumholz und innen hartverchromtem Lauf, und gerade deshalb, weil es García, mein Beschützer, ist, bringt er mich nicht um. Er hält nur den Lauf der Waffe an meine Schläfe, jener Pistole, die nach härtesten Prüfungen der Smith & Wesson 459, der Walther P88, der Sturm Ruger P85 und dem Colt SSP Inox den Rang abgelaufen hat, während ein anderer Mann, ein Mann, dem ein Arm fehlt und dessen Gesichtszüge ebenso von einem überzogenen Strumpf entstellt sind, in die Suite des Mannes geht, den ich zu beschützen habe; und dieser miese Typ ist ohne jeden Zweifel der Einarmige, und deshalb hatte ich auch von Anfang an gewußt, daß García hinter Elsas Flucht und hinter Tonis Tod steckte. Man hört dreimal ein kurzes Flüstern, drei Schüsse durch den Schalldämpfer, der einarmige Mann kommt wieder heraus, macht eine nickende Kopfbewegung, und García haut mir eins über den Schädel mit dem dunklen Ding, auf das er sich soviel einbildet, weil es von der französischen Gendarmerie, vom nordamerikanischen Heer und von den texanischen Rangers verwendet wird. Auf letzteres bildet er sich besonders viel ein. Danach dann drei Wochen Krankenhaus, wo ich zwar gut behandelt werde, aber da ich nicht zu jenem Club der Auserwählten gehöre, der die sportliche Elite genannt wird, pfuschen sie an mir herum. Den Verdacht habe ich zumindest. Der

Polizei erkläre ich, daß ich nichts weiß, und als ich entlassen werde, sind Elsa und García spurlos verschwunden. Sie haben sich einfach in Luft aufgelöst wie der Rauch einer Zigarette, wie der Traum eines Schmetterlings, wie die glorreichen und ruhmerfüllten Tage eines Fernsehmoderators. Ich faule innerlich vor mich hin, die Eingeweide drehen sich mir um, ich schleife das hinkende Bein hinter mir her, was bei einem Grafen richtig schick ausgesehen hätte, und dann beginnt der Leidensweg durch die Diskotheken, mit dem widerlichen segovianischen Whisky, und dann, nach sechs Jahren in der Hölle, nach sechs Jahren, in denen ich langsam verglüht bin wie ein Stück Kohle, taucht plötzlich die Frau auf, die an all dem die Schuld trägt, und genau diese Frau ist es auch noch, die mir die Möglichkeit bietet, wieder mit mir ins reine zu kommen, indem ich ihre Schwester rette, Rosa, die damals fünfzehn oder sechzehn Jahre alt war und damit zu minderjährig, um geliebt zu werden, und die nun so um die zweiundzwanzig ist und damit eine Frau in dem Alter, das Elsa in unseren Tagen, oder, besser gesagt, Abenden und Nächten in der Pension *La Paloma* hatte. An solche Sachen dachte ich, bis ich weit genug weg war und auf ein offenes Feld gelangte. Ich nahm das Magazin heraus, entsicherte, entfernte den Laufhaltehebel und nahm das Verschlußstück ab, denn ich hatte vor, die Star in ihre Einzelteile zu zerlegen und diese Teile an verschiedenen Stellen zu vergraben. Mit der Hacke, die ich mitgenommen hatte, stieg ich aus. Ein kleiner Kläffer, der von irgendwoher gekommen war, heftete sich an meine Fersen. Ich verscheuchte ihn mit einem Fußtritt, aber er kam sofort wieder. Ich bückte mich, als wollte ich einen Stein aufheben, aber der Köter wiederholte lediglich seine Aktion: Er ging auf Distanz, um gleich darauf wieder näher zu kommen.

»Hau ab, verdammt . . . Ich schlag' dich tot!«

Alles umsonst. Um die Wahrheit zu sagen, ihn einfach wie einen Straßenköter abzuknallen kam mir irgendwie mies vor. Ich grub ein wenig und legte das Magazin in das Loch. Dann ging ich zum Wagen zurück, drehte mich aber noch einmal um. Ich wollte sichergehen, daß alles in Ordnung war. An der Stelle, wo meine Muskeln ganze Arbeit geleistet hatten, schnüffelte der Köter herum, bevor er mit den Vorderpfoten anfing zu graben.

»Scheiße . . . He! Verdammter Köter! Weg da! Weg da, du Mistvieh!«

Ich nahm einen Stein und warf ihn nach dem Hund. Der sprang kurz zur Seite und machte sich erneut an die Arbeit. Ich ging auf ihn zu, er lief weg. Das Magazin war gut sichtbar.

Ich hob es auf und sah mich um. Kein Mensch zu sehen. Nur das dämliche Vieh beobachtete mich aus angemessener Entfernung und wedelte mit dem Schwanz. Mir kam der Gedanke, daß es vielleicht doch gar nicht so schlecht wäre, beide Pistolen zu behalten. Ich säuberte das Magazin mit einem Taschentuch, blies den Dreck heraus, füllte es mit Patronen auf, setzte die Pistole wieder zusammen und ging mit der Hacke in der Hand zum Wagen zurück.

13

Als ich mich meiner Hütte näherte, fiel mir auf, daß auf dem Boden drei und nicht etwa zwei Zigarettenkippen lagen. Bei passender Gelegenheit würde ich sie schon noch aufsammeln. Ich legte meine Hand um die Star. Langsam öffnete ich die Tür und machte das Licht an. Auf dem Tisch fehlte mein Flachmann. Ich ging unter tausend Sicherheitsvorkehrungen ins Schlafzimmer. Elsa war weg. An ihrer Stelle fand ich eine kurze Notiz vor. Sie erinnerte mich an die Verabredung in dem Laden in *Almirante* und legte mir dar, daß sie Geld holen gegangen war und den Rest der Nacht bei Rosa verbringen wollte. Sie hatte sie angerufen und vollkommen aufgelöst angetroffen. Anstelle einer Unterschrift hatte Elsa einen Abdruck ihrer Lippen hinterlassen. Naja, *das war* ihre Unterschrift. Ich glaube kaum, daß sie das auf dem katholischen Internat gelernt hatte, auf das sie nach eigenen Aussagen gegangen war, bis sie vierzehn war. Es folgte ein *post scriptum*. Elsa hatte allerdings p. d. geschrieben.

»Deine kleine silberne Freundin beschlagnahme ich bis auf Widerruf, mein Schatz. Du weißt ja, daß ich dich ungern in schlechter Gesellschaft sehe. Sei nicht zu böse und schön brav. Küßchen.«

Ich stellte den Wecker auf 11.00 Uhr a. m. und ging ins Bad, um zu pinkeln. Ich berührte das Handtuch. Bevor sie gegangen war, hatte Elsa geduscht. Ich hielt mir das Handtuch vors Gesicht, ohne es von der Stange herunterzuziehen, an der es perfekt gefaltet hing. Ich suchte nach einem Hauch ihres Geruchs, aber kalte Feuchtigkeit war alles, was ich fand.

14

Der Wecker schreckte mich aus den schönsten Träumen. Elsa und ich tauchten durch türkisfarbenes Wasser, umgeben von Fischen in allen möglichen Farben. Na gut, dafür sind diese verfluchten Geräte ja auch erfunden worden: Sie sollen den schönsten Träumen ein Ende bereiten. Ich stellte den Wecker ab, ging in Unterhose und Unterhemd – jene Unterhose und jenes Unterhemd, deren Kombination Elsa verrückt machte – in die Küche und machte mir einen Orangensaft. Die paar angenehmen Dinge, die der Winter zu bieten hatte, sollte man nutzen, zum Beispiel die Orangen und, bis vor Jahren, den Schnee. In dieser beschissenen Stadt schneit es ja mittlerweile nur noch alle Jubeljahre. Auf dem Weg in die Küche hatte ich den Warmwasserhahn in der Dusche voll aufgedreht. Als der Dampf langsam unter der Türe hervorquoll und im ganzen Haus den Gespenstern Schlupfwinkel bot, trank ich den Saft in einem Zug aus und ging ins Bad. Noch so etwas, was man im Winter unbedingt nutzen sollte: heißes Wasser. Wenn es welches gibt. Ich schob den Riegel vor und legte die Astra in Reichweite auf einen Hocker, mit ihrer perfekten opakschwarzen Brünierung, Leergewicht 985 Gramm, geladen 1165. Es sind schon eine Menge junge Tauben unter der Dusche gestorben, und ich wollte mich ihnen nicht anschließen. Ich mußte daran denken, daß García die Zeit unter der Dusche immer zum Pinkeln nutzte. Ich hatte mich schon immer davor geekelt. Er aber verspottete mich dafür, nannte mich einen Novizen, behauptete, ich wäre verzärtelt. Immer auf der Lauer, mein kleiner Schützling, lachte er. Verschaffe deiner Blase Erleichterung, auch wenn es unter der Dusche ist. Man muß das Leben genießen, es dauert schließlich nicht ewig! Mit Genuß hatte das meiner Ansicht nach allerdings wenig zu tun. Für mich war es bloß eine Schweinerei, sonst nichts.

15

Um Punkt zwölf war ich da, frisch geduscht, aber unrasiert. Es wäre schön gewesen, bei meinem ersten Treffen mit Rosa nach so vielen Jahren ein bißchen netter auszusehen, aber dazu hatte die Zeit gefehlt. Welche Rosa mich wohl erwartete? Würde sie noch immer jene unberührte Jungfrau sein, als die ich sie kennengelernt hatte, oder hatte das Leben sie verdorben? Das mit der unberührten Jungfrau nehmen Sie bitte nicht allzu wörtlich: Ich bin ja nicht blöd, und bei allem, was ich von Godo gehört hatte, konnte ich mir kaum vorstellen, daß er einer von denen war, die sich mit einem Abschiedskuß im Dunkel der Türschwelle abspeisen lassen. Außerdem sind **22 Jahre**, diese beiden nebeneinanderstehenden Entchen, ja doch immerhin schon was. Einverstanden, wer wäre nicht gern noch mal so jung, aber ein kleines Mädchen war sie bestimmt nicht mehr.

Ich ging in den Laden, oder besser gesagt: in die Boutique. Sie machte auf fein. Die Verkäuferin musterte mich von oben bis unten. Ich sah darüber hinweg. Ich glaube, ich fiel bei ihr durch, aber auch das störte mich nicht: Sie betreute die Damenabteilung, und ich wollte mir ja keine Spitzenunterwäsche kaufen. Eine fünfzig Jahre alte Dame, die gerade vom Friseur zu kommen schien und aussah wie ein Frosch, dem man einen Strohhalm ins Maul gesteckt und dreimal hineingepustet hatte, nahm die Aufmerksamkeit der Verkäuferin in Anspruch, die dienstbeflissen ihren Pflichten nachkam. Und dann kam Rosa! Mein Gott, wie schön und wie elegant gekleidet sie war! Beglückt ließ sie sich in meine Arme fallen. Während die Dame einen Mantel anprobierte und sich im Spiegel betrachtete, hatte die Verkäuferin eine Menge Zeit, sich darüber zu wundern, daß ein so süßes Ding sich in die Arme eines so übel gekleideten und noch viel schlechter rasierten armen Teufels warf.

»Max«, sagte sie zu mir. »Du hast dich verändert... Aber du bist noch genauso wunderbar wie früher!«

»Du hast dich auch verändert«, gab ich zur Antwort. »Aber du bist noch wunderbarer geworden.«

In dieser Stadt aus Stein, Ziegeln und Asphalt gibt es doch immer wieder ein paar Blumen, die auf wundersame Weise gedeihen und blühen. Rosa war eine davon.

»Und Godo?«

»Ist noch nicht da«, antwortete ich. »Ist das ungewöhnlich?«

»Nein«, sagte Rosa, während sie sich von mir löste. »Zumindest nicht, wenn er sich mit mir verabredet.«

Einen Moment lang glaubte ich, einen traurigen Schatten auf ihrem Gesicht zu bemerken, aber wenn das so war, dann verschwand er auf der Stelle wieder. Sie nahm eine Anzugsjacke vom Bügel und hielt sie mir vor die Brust.

»Du würdest phantastisch darin aussehen.« Sie lächelte mich aufmunternd an. »Diesem Prinzen hier fehlt lediglich eine gute Rasur und bessere Kleidung.«

»Tut mir leid«, sagte ich ein wenig blöde und faßte mir an den Bart.

»Der Anzug hier würde dir sehr gut stehen.«

»Bestimmt.«

Sie sah nach der Größe.

»Vierundfünfzig. Paßt dir das immer noch?«

»Du kennst meine Anzugsgröße?« wunderte ich mich laut.

»Klar«, sagte sie ganz selbstverständlich. »Und noch eine Menge Dinge mehr. Du warst mein bevorzugtes Studienobjekt. Weißt du eigentlich, was eine geheime Verehrerin ist?«

Ich nahm die Jacke und sah mir das Etikett an, das am Ärmel hing.

»Er hat bloß einen klitzekleinen Fehler«, bemerkte ich. »Er kostet runde hunderttausend.«

Ich hängte die Jacke über den Bügel und den Anzug wieder auf den Ständer, zu den etwa fünfzehn oder zwanzig anderen Modellen derselben Größe.

Rosa ging weg, um sich ein paar Pullis anzusehen. Der Laden war immer noch fast leer: Außer Rosa und meiner Wenigkeit bevölkerten ihn nur die Verkäuferin und die Dame mit der Haut, die gespannter wirkte als eine Kaugummiblase. Plötzlich, ich habe keine Ahnung, woher, tauchte noch ein Verkäufer auf. Das ist der Nachteil an Läden, in denen sich kein Mensch aufhält: pro Nase ein Verkäufer. Wenn man Pech hat, sind es sogar gleich zwei.

»Kann ich Ihnen behilflich sein?«

»Ich sehe mich bloß ein bißchen um.«

»Herrenbekleidung?«

»Nein«, ich sah ihn streng an. »Ich suche etwas für mich.«

»Ich verstehe«, stotterte er. »Sie können . . . Sie können sich ja ein wenig umschauen.« Dann verschwand er wieder.

In diesem Augenblick trat Elsa ein. Teufel noch mal. Sie trug ein schwarzes Kleid. Der Rock war seitlich geschlitzt, das Oberteil ließ die Arme frei. Ihre Unterarme waren von schwarzen Marroquinlederhandschuhen bedeckt, und ihren Kopf schmückte ein ebenfalls schwarzes Tuch, mit dem sie aussah wie Captain Hook, auch wenn der Effekt ein vollkommen anderer war. Kurz gesagt: Sie sah überirdisch schön aus, als sie so auf mich zukam.

»Gefällt er dir?« fragte sie mich und meinte damit den Laden. »Das ist eine der besten Boutiquen im Viertel.«

Sie umarmte mich. Ich konnte nicht umhin, der Verkäuferin über ihre Schulter hinweg einen Blick zuzuwerfen. Sie lächelte mich mit einem fast warm zu nennenden Blick an. Ich beantwortete ihr Lächeln ein paar Grad kühler. Elsa löste sich von mir.

»Simsalabim«, sagte sie zu mir und zeigte mir ihr Bein,

das von einer perfekt sitzenden Strumpfhose verhüllt war.
»Eine neue Strumpfhose . . .«

Rosa gesellte sich zu uns.

»Und Godo?« fragte Elsa.

»Ist noch nicht da.«

»Ich weiß wirklich nicht, was du an ihm findest. Aber gut, das ist deine Sache. Max, während wir also auf diesen Dieb warten . . .«

»Er hat nichts gestohlen«, wandte Rosa ein.

»Wie kannst du das behaupten?« sagte Elsa mit einer Stimme, die trockener war als ein August in der Sahara.

»Er hat es mir gesagt.«

»Das wäre ja nicht die erste Lüge.«

Rosa antwortete nicht, aber ihr Schweigen war beredt genug. Die Stimme der älteren Schwester wurde wieder freundlicher, fast sanft, und während sie redete und meinen Arm hielt, sah sie abwechselnd von einem zum anderen.

»Rosa, Herzchen, jetzt sei doch nicht so naiv. Alle Männer sind gleich, Max einmal ausgenommen.«

Sie lächelte mich an. Ich hatte auch den Eindruck, daß ihre Schwester ein bißchen zu naiv war.

»Und während wir warten, such du, mein zweites, mein Ersatzherz«, sie bezog sich auf mich, »dir einen Anzug aus. Welcher gefällt dir denn?«

Rosa suchte meine Augen, was Elsa natürlich bemerkte. Ich wies auf den Anzug, der Rosa gefallen hatte.

»Der da. Er hat nur einen kleinen Fehler.«

Elsa machte zwei lange Schritte und nahm ihn an sich.

»Was für einen Fehler?«

»Er ist sehr teuer.«

Elsa sah sich den Preis an.

»Hunderttausend für so einen Anzug? Hier. Guck mal.« Sie zeigte mir das Etikett mit dem durchgestrichenen Preis.

»Vor einer Woche kostete er noch einhundertvierzigtausend. Aber natürlich, wenn man mit einem Mann einkaufen geht, muß man einfach Geduld mitbringen. Das ist ein Schnäppchen, nichts anderes. Und er hat auch noch deine Größe. Fräulein . . . den hier nehme ich mit. Du hast nicht zugenommen, Max: Dafür habe ich Beweise. Irgendwann mußt du mir verraten, wie du das machst . . .«

Elsa blinzelte mir zu. Rosa sah mich fast anklagend an, und ich wandte verärgert den Blick ab.

»Sie sind Schwestern?« fragte die Verkäuferin.

»Ja.«

»Und welche von Ihnen ist die Jüngere?«

Sie hätte auch noch blöder fragen können, zum Beispiel: Und welche ist älter? Rosa schnitt eine Grimasse und gab keine Antwort. Elsa dagegen gab eine:

»Danke sehr.« Sie lächelte, hocherfreut und bezaubernd.

Die Verkäuferin, die das Wort Fettnäpfchen gerade durchbuchstabierte, legte den Anzug über ihren Unterarm und ging einigermaßen verwirrt zur Kasse. Elsa zeigte mir eine Kreditkarte. Ich fand die Situation nicht gerade erbaulich.

»Die magische Karte . . . Hatte ich dir nicht gesagt, daß ich Geld holen wollte? Setz nicht so ein Gesicht auf, mein Schatz . . . Das ist mein Weihnachtsgeschenk für dich. Du trägst doch immer noch Schuhgröße dreiundvierzig, oder? Sieh mal, wie schön die sind.« Sie zeigte auf einen klassischen Herrenhalbschuh, blank und schwarz.

Elsa lief hinter der Verkäuferin her. Während sie nach den Schuhen fragte und mit der Kreditkarte bezahlte, blieb ich bei Rosa, die immer unruhiger wurde. Wir waren allein.

»Godo kommt nicht mehr«, sagte sie. »Ihm ist bestimmt etwas zugestoßen.«

»Glaube ich nicht«, sagte ich, um das Schweigen zu brechen. »Er kann die drei Kilo Koks nur zurückgeben, solange er lebt. Sein Diebstahl ist sozusagen seine eigene Lebensversicherung. Außerdem wußten doch bloß wir vier von dieser Verabredung, oder?«

»Er hat das Zeug nicht gestohlen. Ein paar Schwarzen schuldet er dreihunderttausend Peseten, 50 Gramm. Das ist alles.«

»Das ist auch nicht gerade wenig. Wofür brauchte er das denn?«

»Er hat eine Party geschmissen, ein Lokal angemietet und ein paar Leute eingeladen. Er wollte sehen, ob etwas für ihn dabei herausspränge, aber von wegen. Obwohl: eigentlich keine schlechte Idee.«

Wenn das Zentrale Informationsmanagement von Philips davon hören würde, wäre er sofort auf ihrer Gehaltsliste, dachte ich.

»Ich hab' danach jedenfalls Schluß gemacht«, fuhr Rosa fort. »Ich dachte, er würde sich ändern, aber er wird immer schlimmer. Kann man denn keinem mehr vertrauen?«

Rosa sah mich eindringlich an. Sie suchte Unterstützung, Zuspruch, einen Strohhalm, an dem sie sich festhalten könnte. Ich legte meine Hand unter ihr winziges Kinn.

»Doch«, sagte ich. »Man muß nur sorgfältig auswählen, wenn man nicht mehr Schläge einstecken will als ein Maulesel.«

In diesem Moment kam Elsa. Sie trug den Anzug und die Schuhe in einer festlichen Tüte, die der ganzen Welt frohe Weihnachten wünschte.

»Und jetzt? Warten wir auf Godo? Gibt es nicht ein Theaterstück, das so heißt?«

Ich nahm die Hand von Rosas Kinn.

»Nein«, sagte ich.

»Verstanden«, sagte sie bockig wie ein kleines, verzogenes Mädchen. »Ich habe wohl niemals recht, was?«

»Du hast nur recht, wenn du meiner Meinung bist.«

»Alles klar. Ganz schön schlau von dir.«

»Es heißt *Warten auf Godot*.«
»Aber man spricht es Godo aus«, versetzte Elsa.
Ich dachte daran, daß man Leute wie sie da, wo ich herkomme, halsstarrig nennt.
»Immer mußt du das letzte Wort haben, Max. Wenigstens mal könntest du doch mit irgendwem einer Meinung sein, selbst wenn du dieser irgendwer sein solltest.«
Rosa sah auf ihre Uhr.
»Es ist zwanzig vor eins«, informierte sie uns. »Godot kommt nicht mehr.«
Mir gefiel, daß sie sich trotz der Widrigkeiten einen Rest Humor bewahrt hatte. Elsa bemerkte mein halbes Lächeln.
»Was ist denn so komisch?« fragte sie mich streitlustig.
»Ach, nichts«, antwortete ich.
Diesmal war es Rosa, die sich auf die Zunge biß, um nicht loszulachen, und Elsa sah uns einen Moment lang irritiert an.

16

Wir verließen den Laden. Elsa schleppte die Einkaufstüten, nachdem sie vergeblich darauf gewartet hatte, daß ich mich dafür anbieten würde. Ein Bettler verkaufte *La Farola*, das Nachrichtenblatt der Obdachlosen und armen Schlucker. Rosa kaufte eine Ausgabe.
»Nehmen wir deine Blechschleuder oder meinen Wagen, Max?« Elsa wies mit den Augenbrauen in die Richtung eines spektakulären Volvo, der mit angestellter Warnblinkanlage vor einer Ausfahrt parkte.
»Einer für alle in seinem Wagen und alle für einen in meinem«, sagte ich, während ich ein Knöllchen von der

Windschutzscheibe zupfte, es zerriß und wegwarf. Rosa hob es wieder auf.

»So ähnlich, Schätzchen, aber der Spruch geht anders«, sagte Elsa. »Ich weiß nicht genau wie, aber so jedenfalls nicht.«

Sie setzte zum Überqueren der Straße an, entschied sich aber anders, als sie bemerkte, daß Rosa anscheinend lieber bei mir bleiben wollte.

»Rosa«, sagte sie. »Komm her zu deiner Schwester. Sie vermißt dich schon.« Rosa sah zu mir herüber. Ich nickte ihr aufmunternd zu. »Und wozu kaufst du diesen Müll? Das ist ein Blatt für Verlierer.«

Elsa nahm ihr die Zeitung weg und warf sie in einen Mülleimer. Rosa übergab mir die Überbleibsel des Knöllchens. Sie war ein wenig ungehalten über uns beide.

»Das hier ist dir runtergefallen, Max«, sagte sie mit würdevoller Kälte. »Es gibt schließlich Mülleimer. Die Stadtverwaltung sorgt dafür.«

»Wofür? Für die Knöllchen oder für die Mülleimer? Wo treibt sich Godo normalerweise um diese Zeit herum?«

»Meistens schläft er, oder er spielt in einer Kneipe namens *El Lastre* Tischfußball.«

»Schreib mir die Adresse von diesem Herumtreiber auf.«

Ich gab ihr einen Fetzen von dem Knöllchen, und sie notierte Godos Adresse. Ich steckte den Zettel in die Tasche. Aus dem Augenwinkel bemerkte ich, wie der Zeitungsverkäufer die Ausgabe von *La Farola*, die Elsa weggeschmissen hatte, wieder aus dem Papierkorb fischte. Als Elsa die Straße überquerte, rief ich sie zurück.

»Elsa!«

»Was denn, Max?« Sie drehte sich so schnell um, daß ich das Gefühl hatte, sie hätte darauf gewartet.

»Wartet zu Hause auf mich. Und rührt euch nicht vom Fleck. Ich werde eine kleine Runde drehen.«

Elsa war mittlerweile wieder an meiner Seite.

»Hast du mich nur deswegen gerufen?« hauchte sie mit weicher Stimme, die Lippen halb geöffnet.

»Nein. Gib mir die Adresse von Garcías komischem Laden.«

»Ich wußte doch, daß du mich am Ende danach fragen würdest. Da, du schamloser Widerling.«

Sie legte mir die Anzeige einer Whisky-Bar in die Handfläche. Darauf abgebildet war die Zeichnung eines kurvenreichen halbnackten Mädchens mit langer Lockenmähne, das lediglich einen knappen Slip trug. Sie wandte dem Betrachter den Rücken zu, drehte sich allerdings ein wenig in seine Richtung, gerade genug, um eine schöne Brust, ein winziges Puppengesicht und eine qualmende Kippe vorzuzeigen. *Lola's*. Wirklich ein hübscher Name. Und so originell. García würde wohl sein Leben lang ein Bauer bleiben.

»Auf den ersten Drink gibt es fünfzig Prozent Rabatt, Max. Ich weiß nur zu genau, daß jemand wie du sich so eine Gelegenheit kaum entgehen lassen wird.«

»Irgendwie scheinen wir doch alle gleich zu sein, oder, Elsa?«

»Nein«, lächelte sie mir zu. »Manche von euch sind noch viel schlimmer.«

»Und wann öffnet dieses Paradies seine Pforten?«

»Um fünf. Es sieht so aus, als hätten manche nach dem Kaffee schon wieder Durst.«

»Und was ist mit Godo und dem Koks? Stimmt das, was García erzählt?«

»Wo Rauch ist, ist meistens auch . . .« Elsa holte eine Zigarette hervor und hielt sie abwartend hoch. Ich zündete sie ihr schlechtgelaunt an. »Du scheinst ja wirklich böse zu werden«, murmelte sie. »Auf jeden Fall sollte man sich den Kleinen mal anhören. Er ging zu einer Verabredung mit Rosa, aber Rosa hatte ihn gar nicht angerufen. Er hatte eine Trainingstasche dabei. Das Koks ist verschwunden.«

»Wer wußte denn, daß der Schnee in der Tasche war?«
»Weiß ich nicht.«

Rosa drückte auf die Hupe des Wagens. Es paßte ihr nicht, mich mit ihrer Schwester alleinzulassen. Elsa machte eine ungeduldige Handbewegung, drehte sich aber nicht um.

»Ich habe es dir nicht gesagt, weil Rosa dabei war: Du siehst wundervoll aus, Elsa.«

»Danke, Max.« Sie blies mir den Rauch ins Gesicht. »Du weißt ja, was man von verliebten Frauen behauptet.«

»Bist du eifersüchtig auf deine Schwester?«

Elsa hatte sich schon auf den Weg gemacht. Sie drehte sich um.

»Habe ich vielleicht Grund dazu? Ach richtig, das hier ist für dich.« Sie warf mir die Tüte mit dem Anzug und den Schuhen zu. Ich fing sie mitten im Flug. »Keine Ursache.« Sie lächelte mir noch einmal zu, blies auf die Handfläche, auf der sie zuvor einen Kuß deponiert hatte, um ihn mir zu schicken, und ging ihres Wegs. Elsa drehte sich niemals um, wenn sie sich einmal verabschiedet hatte. Sie hatte Stil. Ich wartete immer vergebens darauf, daß sie es doch noch mal tat, um mir einen letzten Blick zu schenken. Los, komm schon, dachte ich. Dreh dich endlich um, auch wenn es nur ein einziges Mal ist, nur heute, damit der gute, alte Max zufrieden ist und etwas zu erzählen hat. Aber von wegen. Sie hatte Stil, das konnte man wohl sagen. Sie war aus bestem Marmor gemeißelt.

Ich blieb mit der Tüte im Arm wie mit einem Baby stehen. Elsa stieg in den Volvo und fuhr los. In Gedanken trank ich ein Glas auf die beiden Schwestern.

Wenn der Idiot, der die Monogamie erfunden hat, die

beiden gekannt hätte, wäre uns mit Sicherheit einiges erspart geblieben.

17

Ich fuhr zuerst zu Godo. Seine Wohnung lag an einem Platz des urtümlichen, verwinkelten Madrid. Ich klingelte ein paarmal an der Sprechanlage, erhielt aber keine Antwort. Also ging ich ins *El Lastre*, eine Tür weiter. Es war eine Stehkneipe, deren Fußboden ekelhaft aussah. Hinter dem Tresen wurde das Gesicht eines fetten Kellners von dem intellektuellen Revolverblatt verdeckt, das er las. Es hieß *Nachrichten aus aller Welt*. Die Schlagzeile lautete: *Das Fledermaus-Kind verschwunden.* Darunter stand in kleineren Lettern: »Mauricio, das asturianische Fledermaus-Kind, ist mit seiner Freundin, Alicia, geflohen. Der Vater des Mädchens hat eine Belohnung von zehn Millionen ausgesetzt.« Die abstruse Information wurde von einem furchtbaren Foto illustriert, auf dem ein glatzköpfiges Kind mit Doppelkinn zu sehen war. Es hatte Augen wie Luftballons, schrie mit herausgestreckter Zunge und zeigte sein Draculagebiß. Außerdem waren noch zu sehen, wenn auch von einer Glasscheibe dem direkten Zugriff entzogen: ein paar fettige Würstchen, ein paar Fleischklöße in roter geronnener Soße, eine Schale mit Kartoffelsalat und eine halbe Dose Thunfisch, die Grünspan angesetzt hatte. An der Wand hing als einziger Schmuck ein Kalender mit dem Foto einer Frau, die breitbeinig auf einem Motorrad saß. Ihre beiden riesigen Brüste lugten unter dem Reißverschluß der Windjacke hervor. Außerdem hing an der Wand noch ein Poster der Stierkämpfe in San Isidro von '88. Ein Stierkämpfer mit Schwert, der so enge Hosen trug, daß man seinen Hintern gut sehen konnte, wich darauf einem Stier mit schmutzig-weißem, gelbstichigem Fell aus. Die erlesene Kundschaft setzte sich aus vier halbgaren Jungs zusammen, die sich eigentlich in einer Besserungsanstalt befinden sollten, anstatt hier Tischfußball zu spielen. Ich ging zu ihnen hinüber.

»Heißt einer von euch zufällig Godo?« fragte ich mit aller Liebenswürdigkeit, zu der ich um diese Uhrzeit noch fähig war. Viel war es aber nicht mehr.

»Gote? Ostgote oder Westgote?« sagte ein hochgeschossener Spargel mit Kinnbart und einem modischen Ohrring, der sich cool um sein Ohr legte. Er hatte mich nicht mal angesehen.

Wahrscheinlich versprühte er gerade deshalb soviel Witz. Ich nahm die Holzkugel in die Hand.

»Wenn du das nächste Mal was zu quaken hast, sieh mich gefälligst an, Kerlchen, sonst verschluckst du noch die Kugel.«

Ich ließ den Ball ins Tor rollen und ging zum Tresen, auf dem sich ein schmieriges Küchentuch unter schrecklichen Zuckungen bis zur Selbstaufgabe gekrümmt hatte. Neben einer halb zusammengefalteten Ausgabe der Sportzeitschrift *Marca*, die mit der Kündigung des Atlético-Trainers aufmachte, standen noch ein paar leere Gläser und ein Teller mit einem Spießchen rum. Ich nahm es und schob es mir in den Mund. Mit dem leeren Teller klopfte ich zweimal an die Auslage. Der Kellner nahm die widerliche Zeitung herunter, und seine Gesichtszüge traten an die Stelle von denen des Monsters auf dem Titelblatt, mit dem ihn eine verblüffende Ähnlichkeit verband: Er war kahl, hatte hervorstehende, helle Augen und lange und glänzende Wimpern. Wenn die Ohren nicht gewesen wären – Modell Prince of Wales –, er hätte ausgesehen wie ein gekochtes Ei. Es war derselbe Effekt, als hätte man Mauricio, das asturianische

Fledermaus-Kind, in einer Sekunde um vierzig Jahre altern sehen.

»Sie sind doch wohl nicht der Vater dieses armseligen Geschöpfs«, sagte ich.

»Schön wär's«, antwortete er. »Für zehn Mille würd' ich ihn verkaufen, selbst wenn er nicht so eine Mißgeburt wäre.«

»Ist Godo heute hier aufgetaucht?«

»Was weiß ich«, antwortete das Bierfaß. »Ich bin schließlich nicht Radio Macuto.«

Ich legte meine Hand auf den Tresen, genau vor seine Nase. Der Fünftausender war gut zu sehen.

»Vielleicht wissen Sie's jetzt.«

»Er kam vor ungefähr einer Stunde. Trank einen Kaffee, aß zwei dicke Churros und nahm eine Alka-Seltzer. Hat einen Blick in die Zeitung geworfen«, mit den Augenbrauen deutete er in Richtung *Marca*, »und gesagt, dieses Jahr würde Atlético untergehen. Dann ist er verduftet.«

Genau der richtige Typ, um ihm ein Geheimnis anzuvertrauen. Soviel wollte ich gar nicht wissen. Ich ließ den Schein in meiner Hand verschwinden und steckte ihn in die Tasche. Die Klaue des Kellners hielt auf halber Strecke inne.

»He«, sagte das Weichei. »He, das gehört mir, du lahmer Sack.«

Ich war schon auf dem Weg nach draußen.

»Dann geh doch zur Kasse, du Arsch mit Fledermausohren.«

Ich trat auf die Straße und stellte mich direkt neben die Eingangstür. Nach kaum zehn Sekunden tauchte das Weichei auf und schwenkte mit seinen Wurstfingern ein Messer. Einen Moment lang blieb er verwirrt stehen und suchte mit seinen Blicken die ganze Straße nach mir ab. Als er mich nur einen Schritt weit von sich entdeckte, war es bereits zu spät. Mit einem Faustschlag zertrümmerte ich ihm die Nase. Er ging wie ein Sack Kartoffeln zu Boden und blieb dort liegen. Ich sollte Schönheitschirurg werden. Mit ein bißchen Glück würde diese Mißgeburt nachher besser aussehen als vorher. Und das ohne Narkose. Ein paar Leute, die vorübergingen, machten mir respektvoll den Weg frei. Ich wischte mit einem Taschentuch das Blut von einem meiner Ringe und warf das Messer in den nächsten Gully.

Zwei Jungen spielten Fußball. Ich schnappte mir den Ball, nahm ihn ein paar Meter dribbelnd mit und gab ihn mit der Hacke zurück. In dem aufregenden Schaufenster eines Wäscheladens sah ich, wie einer der beiden mir hinter meinem Rücken einen dicken Finger machte. Mechanisch griff ich in die Innentasche meiner Jacke und merkte sofort, daß mein Flachmann nicht mehr da war. Ich dachte daran, daß mein Leben ein widerspenstiger Vogel war, der ziellos dahinflog. Ein Schiff, das auf den Untergang zusteuerte.

18

Ich machte einen Schlenker zu Tonis Bar. Na ja, also gut, Tonis Bar war schon nicht mehr Tonis Bar. In Wirklichkeit war sie das auch noch nie gewesen. Toni war einer von diesen kleinen Angestellten gewesen, die ohne Vertrag arbeiten und vom Chef ohne weitere Erklärungen rausgeworfen werden, wenn es ihm gerade in den Kram paßt. So einem Angestellten schuldete man keine Abfindung, man zahlte ihm keinen Zuschuß, und die gesetzliche Kündigungsfrist mußte man auch nicht einhalten. Kurz und gut, man kam ohne die ganzen Hindernisse aus, die den Liberalen zufolge die Weltwirtschaft zugrunde richten. Erst in letzter Zeit hatte sich der Besitzer des Ladens um Tonis Papiere kümmern wollen, weil er gehört hatte, daß man für die Anstellung eines Behinderten Steuererleichterungen bekam. Toni hatte sich sehr gefreut, aber Schluß damit, die ganze Geschichte gehörte jetzt bereits der Vergangenheit an. Es war besser, man vergaß sie einfach, ohne den Vorhang noch einmal hochgehen zu lassen. Hinter dem Tresen des Blauen Katers stand ein neuer Bursche. Er war sehr mager und hatte dunkle Haut, genau wie Toni. Sie hatten natürlich möglichst schnell Ersatz für ihn beschafft. Außerdem saß da noch ein Typ, der sich einen Kaffee genehmigte. Er stank zehn Meter gegen den Wind nach Bulle. Seine Schuhe ließen auf üble Schweißfüße schließen und die Art, wie er den Kaffee schlürfte, auf schlechte Manieren.

»Na, mein Junge«, sagte ich. »Wie heißt du denn?«

»Sabas.«

»Also dann, einen Kaffee, Sabas«, sagte ich. »Was ist denn mit Toni? Hat der frei heute?«

Der Typ, der so schlürfte, drehte sich zu mir um, während der Neue eine Tasse nahm und sich an die Arbeit machte.

»Toni hat für immer frei. Er ist gestern umgelegt worden. Man hat ihm aus nächster Nähe vier Kugeln in die Brust gejagt und ihm die Hand zertrümmert. Kaliber 45 ACP. Ich erzähle keine Witze, Mann.«

Er zeigte mir seine offene Geldbörse, ich nehme an mit seiner Hundemarke. Ich würdigte sie keines Blickes. Mir war ziemlich egal, ob er bei der Polente war oder nicht. Selbst wenn es der Papst höchstpersönlich gewesen wäre, umringt von vierzig Posaunenengeln, ich hätte keinen Ton gesagt.

»Viel wissen wir noch nicht. Wir beginnen gerade mit den Nachforschungen.«

»Sicher.«

»Wäre ja möglich, daß einer von den Jungs, die in die Geschichte verwickelt waren, hierherkommt, vor allem, wenn es ein Anfänger ist. Ihren Ausweis?«

»Sicher.«

Ich hielt ihm die abgelaufene Plastikkarte hin. Der Polyp mit den stinkenden Füßen dachte vielleicht, er könnte mich einschüchtern. Er gab sie mir zurück, fast ohne einen Blick darauf zu werfen.

»Máximo Lomas González. Du bist ziemlich berühmt, stimmt's?«

»Das Duzen können Sie sich für Ihre Enkel aufheben.«

Meine Bemerkung schien ihn nicht aus der Fassung zu bringen. Die Fähigkeiten lassen langsam nach, dachte ich.

»Was machen Sie so?«

»Morgens trinke ich Kaffee, und nachmittags gehe ich zum Whisky über.«

»Waren Sie gestern hier?«

»Bis zehn oder Viertel nach zehn. Ich habe auf die Uhr da gesehen. Ach, übrigens, da hing auch noch ein Spiegel.«

»Es waren drei. Außer dem jungen Kerl noch eine Frau und ein Mann. Einer von denen hinterließ diese Spur hier.« Er zeigte auf den dunklen Blutfleck. »Eine Menge Blut. Wahrscheinlich hat jene Person den Abend nicht überlebt. Es waren noch zwei Pärchen hier, aber sie haben sich aus dem Staub gemacht, als es brenzlig wurde. Das dumme ist, daß sie so sehr mit sich selbst beschäftigt waren, daß sie nicht besonders viel mitbekommen haben.« Er schenkte mir ein Augenzwinkern, bei dem sich mir der Magen umdrehte. »Diese Idioten beachteten den Mann am Tresen überhaupt nicht. Aber einer von ihnen sagte, daß er die Frau wiedererkennen würde. Das allerdings erst, als sein Mäuschen sich verkrümelt hatte. Es scheint eine platinblonde Schönheit gewesen zu sein, eine von denen, neben der jede Nationalflagge ihren Glanz verliert.«

»Falls sie noch auftauchen sollte, stellen Sie mich ihr vor. Ich bin ledig, und ich weiß immer noch nicht, warum eigentlich.«

»Vielleicht, weil Sie nicht geheiratet haben.« Er lachte über seinen eigenen Witz.

»Haha«, sagte ich. »Dann läßt es sich ja noch ändern.«

Die Leute übertreiben ständig. Elsa war blond, aber platinblond war sie nicht. Na ja, ihr konnte es ja egal sein. Daß sie jede Nationalflagge verblassen ließ, hätte ich allerdings unterschrieben. Wenn man sie neben die amerikanische Flagge stellte, könnte man mit dem Sternenbanner noch nicht mal einem Rotzlöffel die Nase abwischen.

Der Polyp schlürfte im Aufstehen den Rest seines Kaffees, während der neue Kellner mir eine volle, dampfende Tasse direkt vor die Nase stellte.

»Okay, ich habe noch zu tun.« Mit dem Handrücken wischte sich der Bulle die Lippen ab. »Frohe Weihnachten. Wollen Sie mir vielleicht noch etwas mitteilen, bevor ich gehe? Ich meine etwas, was mit dieser Geschichte zu tun hat. Witzige Burschen gehen mir nämlich ziemlich auf die Eier.«

»Gestern roch es hier nicht so merkwürdig nach Käse. Vielleicht hat einer von den Jungs nach getaner Arbeit noch einen Happen zu sich genommen.«

Entweder, er verstand die Anspielung nicht, oder er überhörte sie einfach. Meine Fähigkeiten befanden sich offenbar auf dem Nullpunkt.

»Wir nehmen an, daß es Leute von Alfredo García waren. Haben Sie den Namen schon mal gehört?«

»In einem Film.«

»Wenn jemand noch mehr von den Jungs umlegen sollte, so täte er uns einen großen Gefallen damit. Aber er muß sich beeilen. Wir sehen uns noch.«

Der Koloß bewegte sich in Richtung Ausgang.

»Nicht, wenn's nach mir geht.«

Er drehte sich um.

»Es geht aber nach mir, mein strahlender Held. Du hast drei Tage Zeit.«

Dann ging er. Ich war allein mit Sabas. Ich trank einen Schluck von dem wäßrigen Kaffee. Der Bursche sah mich neugierig an. Er war sehr mager. Ich weiß nicht, wieso, aber er gefiel mir. Wahrscheinlich, weil man merkte, daß er ein armer Teufel war, und weil er ein nettes Gesicht hatte.

»Hör mal«, sagte ich. »Du siehst ein bißchen so aus wie Toni. War er dein Bruder?«

»Nein.«

»Besser so.«

Ich trank einen Schluck.

»Er war mein Vetter.«

Ich sah ihm in die Augen. Der Bursche hatte einen Kloß im Hals und war drauf und dran loszuheulen. Mir war nicht nach Gefühlsausbrüchen zumute, und ich hoffte, daß er seine Tränen zurückhalten könnte.

»Das tut mir leid.«

Ich trank noch einen Schluck.

»Zu wenig Zucker.«

Sabas öffnete ein paar Schubladen, die sich unter der Registrierkasse befanden.

»Da nicht«, half ich ihm. »Unter der Kaffeemaschine.«

Er öffnete die Schublade, die ich ihm gezeigt hatte, und gab mir zwei Beutelchen mit Zucker. Ich schüttete eins davon in den Kaffee und steckte das andere in meine Jackentasche. Wer weiß? Vielleicht würde es mir ja den Tag versüßen.

19

Ich ging in den Hühnerstall; in mein Freudenhaus, meine ich. Ich fühlte mich wie ein eifersüchtiger, aufmerksamer Gockel, wenn ich an die beiden hübschen Dinger dachte, die dort auf mich warteten. Elsas Wagen, der vor dem Haus geparkt war, paßte weder zu meiner Blechbüchse noch zu meinem Viertel. Ich wunderte mich, daß er noch keinen Kratzer in der Tür abbekommen hatte. Auch seine Reifen waren noch nicht aufgeschlitzt. Die Tüte mit den Schuhen und dem Anzug unterm Arm, kam ich nach Hause.

»Du hast aber lange gebraucht«, warf Elsa mir vor.

Es gibt Vorwürfe, die wie Musik in den Ohren klingen.

»Habt Ihr mich vermißt?«

»Ich schon«, sagte Elsa. »Rosa, mach die Tortilla warm.«

»Und mein Flachmann, Elsa? Hast du den mitgebracht?«

»Na so was.« Sie legte die Hand vor den Mund. »Was ist bloß mit meinem Gedächtnis los . . .«

Der Tisch war gedeckt. Sie hatten Brot gekauft und Tortilla gemacht. Tortilla española. Drei Teller, drei Gläser, drei Stückchen Brot (wenn man mich, der ich mindestens so weich und so gutmütig bin wie eine frische Scheibe Brot, nicht mitzählte), ein Salzstreuer, ein Wasserkrug, ein Rotwein der Marke Ribera del Duero . . ., alles in allem also köstlicher Luxus für meine Verhältnisse, drei Papierservietten und eine Kristallvase voll mit Rosmarinzweigen, an denen noch immer einige Blüten hingen: das perfekte Stilleben der trauten Häuslichkeit. Gesegnet seien die Frauen. Es versteht sich von selbst, daß man Gott sein muß, um sich eine Rippe herauszuschneiden und so etwas zustande zu bringen. Rosa entzündete den Gasherd und wärmte die Tortilla in einer Pfanne auf. Ich ging ins Schlafzimmer und stellte den Schuhkarton in den Schrank. Dann nahm ich den Anzug heraus. Es war bereits einige Jahre her, daß ich in den Genuß eines solchen Kleidungsstückes gekommen war. Ich schnallte das Schulterhalfter ab und legte es aufs Bett. Als ich die Anzugsjacke anzog, kam Elsa herein, ohne daß sie gerufen worden war.

»Das nenne ich den Motten gutes Futter geben«, sagte ich unverschämt über meine Schulter hinweg.

»Wieso sagst du so was?«

Elsa reagierte kein Stück mehr ungehalten. Sie kannte meine Grobschlächtigkeit, und sie mich von hinten umarmt. Ich nahm ihre Hände.

»Ich denke gar nicht daran, ihn anzuziehen.«

»Gefällt er dir nicht?«

»Doch.« Ich drehte mich um. »Aber ich mag das Geld nicht, mit dem er bezahlt worden ist.«

»Mein Geld?«

»Ist es wirklich dein Geld? Woher kam es denn? Oder sollte ich besser fragen . . . wie kam es rein?«

Ich betrachtete ihren Unterleib. Als ich den Blick wieder hob, standen Elsas Augen in Flammen. Ihre Oberlippe zitterte wie ein Bambusblatt, das von einem Luftzug gestreichelt wird. Ich freute mich darüber, daß sie die Fähigkeit, beleidigt zu sein, noch immer nicht verloren hatte. Rosas Stimme, die ankündigte, daß das Essen fertig war, kam im selben Augenblick wie Elsas Ohrfeige. Ich hatte sie mir redlich verdient, also nahm ich sie hin, ohne zu reagieren.

»Die erste hast du dir verdient«, sie knirschte vor Wut mit den Zähnen, »und die zweite bekommst du, weil ich sie dir schon lange schulde.«

Der nächste Schlag ließ meine andere Wange heiß werden. Ich tat nichts, um ihm auszuweichen. Ich lächelte.

»Immer mit der Ruhe, Elsa. Immer mit der Ruhe.«

»Hat man dir schon mal gesagt, daß du ein Schwein bist?«

»Du bist die erste, Traumfrau. Du warst schon immer die erste, und du wirst es immer bleiben.«

Wir verließen das improvisierte Schlachtfeld. Elsa hatte

die Wut in drei Sekunden von ihrem Gesicht gewischt, und Rosa hatte die Tortilla in drei Portionen geschnitten.

»Ich mache mir Sorgen«, sagte sie. »Wir haben noch immer kein Lebenszeichen von Godo.«

»Pah«, machte Elsa. »Als ob das etwas Neues wäre. Wahrscheinlich erholt er sich gerade von einem seiner Gelage. Man müßte ihm morgens einen roten Wimpel um den Hals binden. Wegen der Gefahr, die von ihm ausgeht, wenn er einen Kater hat«, fügte sie hinzu und sah mich wegen des schlechten Witzes mit einem fast schuldbewußten Blick an.

»Wie schlafen wir hier eigentlich?« fragte die Kleine. Ich werde mich wohl in alle Ewigkeit darüber wundern, daß Frauen so praktisch veranlagt sind. »Hier gibt es bloß ein einziges Schlafzimmer. Ist ja lustig, wie beim Zelten.«

»Wirklich urkomisch«, frotzelte Blondie.

Rosa war auch nicht gerade beglückt über das, was da ablief. Sie versuchte lediglich, eine Unbekümmertheit an den Tag zu legen, die sie in Wirklichkeit gar nicht verspürte, und ich war ihr dankbar dafür.

»Einer von uns muß auf dem Sofa schlafen.«

»Ich jedenfalls nicht«, stellte Elsa eilfertig klar.

»Ich auch nicht«, schloß Rosa sich an.

Elsas Augen schleuderten Blitze auf Rosa. Sie hatte gemerkt, daß Rosa sich nicht mit der Idee anfreunden konnte, daß ich mit Elsa in einem Bett schlafen würde.

»Na gut«, mischte ich mich salomonisch ein. »Also schlafen wir alle zusammen.«

Die beiden Schwestern sahen mich ein wenig verwundert an. Ich beschloß, das Ganze als einen schlechten Witz auszugeben.

»Ich wollte sagen, daß sich der Gentleman hier natürlich freiwillig dazu bereit erklärt, auf dem Sofa zu schlafen.« Ich ließ ein Lächeln folgen, das man durchaus als verlegen bezeichnen konnte.

Ich trank das Glas Wein in einem Zug leer, wollte mir noch ein zweites einschenken, aber Elsa hielt die Flasche fest.

»Immer schön langsam, Max.«

Mir kam das erniedrigend vor, aber ich hatte keine Lust, mit einem Eisblock in Diskussionen einzutreten.

»Wie gemütlich wir hier zusammensitzen«, sagte Rosa. »Wollen wir nicht Weihnachten zusammen zu Abend essen? Bitte . . .«, fügte sie zu mir gewandt hinzu. »Oder wirst du bei deiner Familie essen?«

»Meine Familie treibt sich in der ganzen Welt herum«, sagte ich. »Am Ende war ich der Beständigste von uns allen. Wer hätte das vor fünfzehn Jahren gedacht?«

»Das mit der Beständigkeit sagt er, weil er beständig trinkt«, mischte sich die andere Grazie in meinem Garten ein. »Guck mich nicht so an, mein Herzblatt«, fügte sie geziert hinzu. »War bloß ein Scherz.«

Ich weiß nicht, wie ich sie da gerade angesehen hatte, aber in meinem Inneren lachte ich mich halb krank. Ich konnte nichts dagegen tun: Das Glühwürmchen würde mir immer wieder Freude bereiten.

20

Nach dem frühen Abendessen machte ich mich daran, Teller und Töpfe zu spülen. Rosa legte sich eine Weile hin. Wenn ich sie mir in Unterwäsche in meinem Bett vorstellte, geriet ich aus der Fassung. Ich versuchte, den Gedanken so schnell wie möglich beiseite zu schieben. Ich machte eine Pause, um mir einen Zitronensaft zu machen, schüttete das Beutelchen Zucker, das ich mir unter den Nagel gerissen hatte, in das Glas und halbierte ein paar Zitronen. Elsa gesellte sich an meine Seite.

»Ist das dein Ernst gewesen? Daß wir alle drei zusammen schlafen sollen, meine ich«, sagte sie zu mir und legte ihre festen Arme, die weicher waren als Samt, um meinen Hals, während ich eine Zitrone ausquetschte. »Wir könnten eine Menge Spaß miteinander haben.«

Das war das beste Angebot meines Lebens, das nichts mit einem Job zu tun hatte, aber es war auch eine gute Gelegenheit, um Elsa wieder einmal weh zu tun. Meine Hirnwindungen benahmen sich wie Spaghetti. Manchmal hatte ich so großes Verlangen nach ihr, daß ich jeden für sie umgebracht hätte, manchmal haßte ich sie aber auch so sehr, daß ich sie selbst am liebsten umgebracht hätte. Diese Momente gehörten in die Kategorie Haß. Es war zum Verzweifeln: Ich konnte mich der Anziehung, die sie auf mich ausübte, einfach nicht entziehen, und zugleich war diese Anziehungskraft auch der Grund dafür, daß ich sie haßte und mich selbst gleich mit.

»Du schon«, versetzte ich, »aber Rosa . . . Ich glaube kaum . . .«

»Ach so, alles klar . . .« Elsa ließ mich los. »Sie ist so rein, nicht wahr? Ich dagegen bin deiner unwürdig.«

»Das hast du dir alles selbst ausgedacht.« Ich versuchte, dem Gespräch eine ironische Wendung zu geben.

Diese Frau war ein Magnet, und Magneten besitzen die Eigenschaft, auch Nägel anzuziehen. Ich preßte die letzte Zitrone aus und tat etwas Leitungswasser dazu. Bevor ich das Glas zur Seite stellte, tupfte ich es mit einem Lappen trocken.

»Wenn nicht dieser ganze Wirbel wäre, in den ich hineingeraten bin«, sagte sie mit einer Stimme, der man anmerkte, daß sie sich wieder gesammelt hatte, »ich weiß nicht, was ich dir alles antun könnte. Dich umzubringen wäre noch das geringste. Und wenn du wirklich meinen solltest, das mit uns dreien zusammen in einem Bett wäre ernst, dann bist du dumm zur Welt gekommen.«

Ich legte meinen Arm um ihre Taille und küßte sie. Ihr Mund schmeckte nach Honig, das mußte ich zugeben. Ich kam mir verliebter vor als ein Backfisch im Frühling. Der Lappen, den ich in der Hand hielt, tropfte, durchnäßt und voller Schaum, auf Elsas Kleid, genauer gesagt auf ihre markanten weiblichen Hüften. Die Seifenblasen zerplatzten auf dem Stoff, ohne einen Seufzer von sich zu geben, und starben einen lautlosen Tod. Elsa kümmerte sich nicht darum. Vielleicht hatte sie die Feuchtigkeit aber auch einfach nicht bemerkt.

»Ich habe auch Lust, etwas mit dir anzustellen«, gab ich zu. »Und wir werden schon noch Zeit dafür haben, alle Zeit der Welt.«

»Woher willst du denn wissen, wieviel Zeit uns noch bleibt? Wer weiß, was morgen geschieht?«

Wir küßten uns nochmals. Ich warf den Lappen in die Spüle. Er fiel genau unter den geöffneten Wasserhahn. Ihre Hand stahl sich in meinen Schritt, der nicht eben schwer zu finden war. Unsere Münder trennten sich wieder voneinander. Die Scheidungsklage wurde von ihr erhoben.

»Bis später also«, sagte sie mit beabsichtigter Grausamkeit. »Ich leg' mich ein bißchen hin.«

Das typische Elsa-Rezept. Zuerst machte sie Dampf, und dann ließ sie einen ziehen. Ich nahm die Pfanne und fing an zu spülen. Ich trank einen Schluck Limonade. Wenn der Geruch einer Rose giftig wäre, so wäre das genau Elsa, dachte ich. Wenn Zitronensaft Gift wäre, dann wäre auch das genau Elsa. Als ich mit dem Abwaschen und dem Trinken fertig war, nahm ich mir eine Decke und legte mich auf das Sofa. Die Star steckte noch immer in meiner Hose. Mit ein wenig Glück würde ich von uns dreien träumen, wie wir alle zusammen über- und untereinander in meinem schnuckeligen kleinen Bettchen lägen.

21

Als ich aufwachte – ich hatte einen furchtbaren Traum, in dem ein paar riesige, graue Ratten es darauf angelegt hatten, mir in den Hintern zu beißen, und es auch schafften –, fühlte ich mich so einsam wie eine 1. Meine Siesta hatte länger gedauert als die der beiden. Rosa hatte mir eine Notiz unter die Decke geschoben, vermutlich um sie den Blicken ihrer Schwester zu entziehen. Sie teilte mir mit, daß sie Godo suchen und eine Runde Basketball im SEU spielen gehen würde. Sie schlug mir vor, daß ich sie um sieben Uhr dort abholen sollte. Elsas Notiz, die auf dem Tisch lag, schlug mir nicht vor, daß wir uns treffen könnten. Sie berichtete mir einfach, daß sie ausgegangen wäre, um einzukaufen, »damit sie keinen Rost ansetzte und die steif gewordenen Muskeln ein wenig in Schwung brächte«. Es war einer von diesen Notizzetteln, die mich immer wieder in einen Zustand des Verliebtseins versetzten. Ich sage das keineswegs im Scherz.

Sie würde mich anrufen.

Ich nahm einen Hammer und schlug einen Nagel in die Wand meines Schlafzimmers. Das würde fürs erste das Problem lösen, daß ich zwei Anzüge, aber bloß einen Kleiderhaken besaß. Danach warf ich einen Blick auf das beziehungsreiche kleine Bildchen von *Lola's* und steckte es wieder zurück in meine Tasche. Die kleine Zeichnung war gar nicht so schlecht. Arme Künstler, ich habe sie schon immer bewundert.

Ein Typ mit angeborenem Talent, und dann mußte er sich mit solchen Sachen abgeben. Zumindest, was die Lebensbedingungen und den Job anging, schien die Dame auf dem Bild ein ausgeglicheneres Verhältnis gefunden zu haben.

22

Es war fünf, als ich mich auf den Weg machte. Meine beiden Bleispritzen hatte ich wieder dabei. Beide verfügten über 9-mm-Parabellum-Geschosse, fünfzehn plus eins im Patronenlager der Astra, acht plus eins in dem der Star. Der Mond, der bloß noch ein winziges Stückchen brauchte, um voll zu leuchten, strahlte an einem blauen, klaren, aber sehr kalten Himmel. Er war bestimmt voller kleiner zitternder Engelchen in Unterhosen. Von mir aus sollten sie doch zur Hölle fahren und dort in Ruhe tanzen.

Die breite Masse glaubt, daß der Mond nur nachts seine Nase hervorstreckt. Blödsinn. Ich erinnere mich noch an einen Tag unserer Kindheit, an dem meine Schwester meinte, der Mond hätte sich vertan. Die lustigsten Aussprüche kamen meistens von ihr. Wirklich schade, daß wir uns seit Jahren nicht mehr gesehen haben, aber solche Gedanken spart man sich besser. Vorhang.

Um nicht länger nach einem Parkplatz wie ein uneheliches Kind nach seiner Geburtsurkunde suchen zu müssen, stellte ich den Wagen auf einem Zebrastreifen ab. Dann ging ich ins *Lola's*. Nachdem der Türsteher mich am Eingang erst gleichgültig gemustert hatte, ließ er mich durch. In so einem Loch noch nicht mal die Spur einer verdächtigen Visage vorweisen zu können, fand ich ziemlich erschütternd. Hinter einem Tresen im amerikanischen Stil stand eine fette Frau. Ich gab ihr fünfzig. Fünfzig Jahre, meine ich. Vom Gewicht her gab ich ihr siebzig, siebzig weiche Kilos. Ich nahm an, sie war ungefähr zehn Jahre jünger. Am liebsten würde ich diese ganzen überreifen Bordsteinschwalben in Quarantäne schicken.

»Hallo«, grüßte ich.

»Hallo, mein Schatz«, antwortete sie mit einer gewissen Anmut. »Willst du warmes Fleisch oder kalte Getränke?«

»Gib mir fürs erste ein paar Eiswürfel«, sagte ich und legte das Bildchen auf die Theke, das fünfzig Prozent Rabatt auf das erste Getränk versprach. »In Whisky getränkt, meine Hübsche.«

»Das Angebot gilt nur mittwochs.«

»Mittwoch ist Bumstag, oder was?«

Während das nuttige Weib zwei Eiswürfel und den Schuß verwässerten Dyc in ein Glas kippte, stellte ich mich an den Flipper und schob eine ruhige Kugel mit Lola, dem Häschen. Ich legte sie flach. Eine Nutte, die ich nicht bemerkt hatte, kam auf mich zu. Sie war ein gutes Stück jünger und dunkelhaarig. Sie mußte um die fünfundzwanzig sein. In dem Alter war Napoleon bereits der jüngste General Europas. Der griechische Geschichtsschreiber Plutarch hätte sich ganz schön das Hirn zermürben müssen, um etwas Anständiges aus ihr zu machen. Sie tat mir leid. Nutten erregten immer mein Mitleid, auch wenn die meisten es überhaupt nicht verdient hatten. Sie streichelte mir sachkundig den Arm und schob dabei die Finger unter die Ärmel. Jawohl, auch einen Arm kann man auf unterschiedliche Art und Weise streicheln. Ich sage das nur für den Fall, daß irgendein Klugscheißer etwas dagegen einzuwenden hat.

»Möchtest du nicht ein Weilchen mit mir verbringen? Ich bin sehr liebevoll . . . ich meine, ich bin ein ausgesprochen böses Mädchen«, fügte sie hinzu und umspielte mit der Zunge ihre Lippen.

»Wo denn?«

»Da drüben.«

Sie zeigte mit dem Kopf auf eine Treppe, die ins obere Stockwerk führte.

»Na dann. Los, gehn wir, meine Kleine. Wir sind ja nicht hier, um Mensch-ärgere-dich-nicht zu spielen.«

Ich trank den miesen Segovia-Whisky aus und stand auf.

»He, mein Hübscher, das macht zehnfünf.«

Ich drehte mich um. Es war die Madame an der Theke. Das fette Stück bekam wirklich alles mit. Ich legte einen Tausender und eine Golddublone hin. Dann folgte ich der Jüngeren. Hinter meinem Rücken hörte ich, wie die Stimme des nuttigen Weibes mir alles Gute wünschte.

»Guten Appetit, du Geizkragen.«

Durchaus möglich, daß sie ein Trinkgeld erwartet hatte. Aber nicht mit mir. Sollten sie doch einfach die Preise für diese kleinen, privaten Laster senken.

23

Das arme Mädchen führte mich in ein winziges Zimmer ohne Fenster. Ein Klappbett, ein Stuhl und eine Dusche mit Bidet in einer Ecke. Ein Teppich mit Brandflecken, eine Porzellanvase mit künstlichen Blumen, ein Poster mit einer nackten Frau, die zwei Melonenbrüste und eine mit Wasserstoffsuperoxyd blond gefärbte Möse hatte. Immerhin hygienisch rein, aber gut. García hatte sich mit diesem Bordell wirklich selbst übertroffen. Auf dem Nachttischchen, das neu geschliffen und lackiert werden müßte, lagen ein Päckchen Fortuna und ein Los der Lotterie mit zwei Richtigen. Eine Kerze sorgte für den romantischen Touch. Das Mädchen zündete sie mit einem Streichholz an. Dann drehte sie sich zu mir um und legte den Finger auf die Nase.

»Hast du etwas dabei . . .?«

Sie wollte sich eine *Line* reinziehen. Ich nickte mit dem Kopf.

»Du kannst damit zahlen, wenn du willst . . . In letzter Zeit sind die vielleicht knauserig geworden . . . Mach's dir bequem.«

»Danke, ich sitze bereits. Ich könnte dir vielleicht etwas von dem zukommen lassen, was du dir wünschst. Hängt ganz von dir ab. Was weißt du über einen gewissen Godo? Ein stürmischer, junger Kerl.«

Sie sah mich mißtrauisch an. In ihrem Beruf redet man besser nicht mehr, als unbedingt notwendig. Offensichtlich war sie aber zu der Überzeugung gekommen, daß ich kein Bulle war, und fing an, mir das Hemd aufzuknöpfen.

»Der Typ tauchte ab und zu hier auf, um einzulochen. Ziemlich eingebildet. Sagte immer, daß er zwei Schwestern vögelte. Aber das reichte ihm nicht. Wenn du mich fragst, war er ein Schwätzer.«

Entweder war Godo seit längerer Zeit nicht mehr hergekommen, oder sie hatten ihn bereits den Würmern zum Fraß vorgeworfen: Für das Mädchen jedenfalls war er Vergangenheit.

»Warum?«

»Manchmal bekam er nicht mal einen hoch. Er tankte Koks und Whisky, bis er den Arsch voll hatte, und nachher bekam er nichts mehr geregelt. Panzbirne...«, schnaubte sie verächtlich.

Das freute mich, denn mir vorzustellen, wie Godo meine geliebte Elsa durchzog, machte mich irgendwie wütend. Die Nutte zog sich die Bluse aus. Ihr BH war rot. Sie war keine Schönheit, aber nach der Mikrowellenpackung, die Elsa mir verabreicht hatte, waren meine Verteidiger eher auf dem Rückzug, während meine Stürmer sich bereits erhoben hatten. Glücklicherweise redete das Dingelchen weiter. Bei soviel Gequatsche hätte selbst ein Eber den Schwanz hängen lassen.

»Aber sie haben ihm schon ein Plätzchen zugewiesen. Soll er doch zur Hölle fahren. Von mir aus soll er da tanzen. Bin ich deswegen ein schlechter Mensch? Wann bekomme ich den Schuß?«

»Hängt davon ab. Was ist ihm denn zugestoßen?«
»Vor zwei Stunden brachten sie seinen Daumen und seinen Personalausweis in einer Schachtel vorbei. Die Fingerabdrücke stimmten überein. Das hat zumindest Prinzessin Margot gesagt.«
Prinzessin Margot war anscheinend das nuttige Weib von unten.
»Darf ich?« Ich deutete auf die Zigaretten. Das Mädchen nickte zustimmend.
»Guck mal«, sie holte ein Stück Papier mit einem Fingerabdruck aus der kleinen Schublade in der Kommode. »Das ist der Fingerabdruck. Jede von uns hat einen bekommen, damit wir nicht auf falsche Gedanken kommen.«
Sie ging zu der Kerze und zündete das Papier an. Die Ränder kräuselten sich, während sie langsam verkohlten.
»Ist er tot?«
»Nehme ich an. Hol mich hier raus«, wisperte sie.
»Ich käme in Schwierigkeiten, wenn ich das täte. Dreh dich um.«
Das Mädchen drehte sich um. Sie beugte sich nach vorne und stützte die Hände dabei auf die Tischkante. Ich zündete die Zigarette an der Kerze an.
»Möchtest du mir nicht den Büstenhalter ausziehen?«
Den Büstenhalter. Warum zum Teufel gibt es bloß immer wieder Ausdrücke, die mich traurig machen? Als ob der Rest nicht schon reichen würde. Diese übersteigerte Empfindsamkeit würde mich noch um den Verstand bringen.
»Nein. Heb deinen Rock hoch.«
»Ich mache dich darauf aufmerksam, daß der Rastapopoulos teurer ist.«
»Mein Latein beschränkt sich auf *Alea iacta est*, und um jetzt noch Griechisch zu lernen, bin ich schon zu alt.«
Das Mädel schob ihren Minirock hoch. Auf einer der beiden Hinterbacken prangte eine Tätowierung: eine

Schlange, die sich um eine Rose ringelte. Genau das hatte ich sehen wollen. Außerdem zeigte ihr Körper ein paar häßliche blaue Flecken. Wahrscheinlich ein weiterer Grund für sie, von Anfang an mitzuspielen.

»Gibst du mir jetzt den Koks oder nicht?«

»Ich hab' keinen. Du kannst den Rock wieder runterlassen. Diese Tätowierung da, wo hast du die her?«

Das Mädchen drehte sich um und zog den Minirock übelgelaunt wieder herunter.

»Hör mal, meine Möse ist nicht dazu da, der Kloschüssel Freude zu machen. Wozu zum Teufel bist du eigentlich hergekommen? Wenn du nichts mit mir anstellen willst, dann bezahl gefälligst und hau ab.«

»Sag's mir. Dann bezahle ich dich und haue ab.«

»Ein halbschwules Arschloch in einer Straße namens San Gregorio. Hausnummer sieben oder neun. Willst du auch so eine haben, oder was? Und jetzt her mit der Kohle. Macht sechstausend Eier.«

»Sechstausend? Wir haben nicht mal gebumst!«

»Leck mich. Ich glaube echt, ich muß gleich kotzen. Du hast mir eine *Line* Koks versprochen, du mieses Schwein. Also, gib Kohle und verpiß dich.«

Sie zeigte drohend auf eine Klingel neben der Lampe und zog die Bluse wieder an. Ich nahm das Portemonnaie und suchte nach den zwölf Fünfhundertern, die von mir verlangt wurden.

»Hier, nimm. Betrachte es als einen Vorschuß. Irgendwann komme ich vielleicht noch mal vorbei und schiebe das Nümmerchen mit dir.«

»Dann bring aber Koks mit, Lahmarsch.« Sie riß mir die Scheine aus der Hand, die mir mit einem Knistern und einer Menge Gefühl auf Nimmerwiedersehen sagten. »Ich werde auf dich warten. Es macht wahnsinnigen Spaß, sich mit dir zu unterhalten.«

Ich drückte die Zigarette im Aschenbecher aus.

»Und das, wo ich dir noch nicht mal einen Witz erzählt habe. Ich habe ein paar auf Lager, die zum Schreien sind.«

Ich verließ das Zimmer und ging die Treppe hinunter.

»Wie war's, Fittipaldi?« frage mich das verdorbene fette Weibsstück, das am Tresen stand.

»Super, Margot. Wirklich allererste Sahne.«

Und ohne stehenzubleiben ging ich langsam humpelnd zum Ausgang.

24

Die Straße hieß mich mit einem eiskalten Windstoß willkommen, und ich knöpfte den Kragen meines Hemdes zu. Das mit Godo war mir egal. Ich hatte ihn noch nie gesehen, und alles, was ich von ihm wußte, nahm mich nicht gerade für ihn ein. Außer der unangenehmen Kleinigkeit mit dem Daumen störte mich bloß, daß ich Rosa die schlechte Nachricht überbringen mußte. Ein Knöllchenkleber war gerade damit fertig geworden, ein amtlich genehmigtes Zettelchen zu schreiben, als ich zum Wagen kam. Ich wartete ab, bis er es hinter den Scheibenwischer geklemmt hatte. Er war langsamer als Vater Staat mit der Lohntüte.

»Sind Sie fertig?«

»Gucken Sie doch nach.«

Ich nahm den Strafzettel, riß ihn in zwei Teile, und gerade als ich ihn auf den Boden werfen wollte, kam mir Rosa in den Sinn. Ich steckte die Schnipsel also in meine Tasche, während der Knöllchenkleber unerschütterlich auf den nächsten Wagen zusteuerte.

Ich fuhr nach *Moncloa*. Im Radio lief ein Bolero, der mich dummerweise nostalgisch, romantisch, sentimental und sonstwas stimmte. Die Straße war voller Menschen, in erster Linie Frauen, die mit Geschenken vollgepackte Tüten nach Hause schleppten. Für Leute, die eine Ehefrau und kleine Kinder besitzen, ist Weihnachten wahrscheinlich prima. Leuten wie mir macht Weihnachten dagegen nur um so klarer, wie einsam sie sind. Und der verdammte Bolero ließ mich an Elsa denken. Ich fühlte die Gefahr so nah, daß ich ihren Atem schon im Nacken spüren konnte. Ich hatte solche Angst, noch einmal in ihre Fänge zu geraten, daß ich mir Rettung plötzlich nur noch von einem zynischen und harten Umgang mit ihr versprach. Die Ewigkeit währt manchmal Minuten. Manchmal aber auch sechs Jahre. Diese sechs Jahre waren ein unglaubliches Stück Ewigkeit gewesen. Aber ich war ja gar nicht auf dem Weg zu meinem Blondschatz. Ich war ja auf dem Weg zu meiner Schwarzen.

Mir blieb noch eine Menge Zeit. Also parkte ich den Wagen am Ostpark und ging bis zum Amerika-Museum. Das Knie tat mir etwas mehr weh als gewöhnlich, und ich nahm an, daß es wohl regnen würde. Ein Zigeuner drehte die Kurbel seiner Orgel, die mit ihren bunten und schrägen Klängen die Luft überflutete. Ein anderer spielte auf seiner Klarinette, und ein dritter – er war klein und trug das bißchen Haar, das ihm geblieben war, sehr lang – hielt den Hut hin. Ich holte ein Täfelchen Schokolade hervor und warf es ihm in den Hut.

»Vielen Dank, der Herr. Möge Gott Sie behüten.«

»Und die Musik niemals abstellen.«

Während ich so allein auf dem ungepflasterten Weg herumspazierte, kam mir plötzlich die Idee, ordentlich Rotz hochzuziehen und einen dicken Gelben auf den Boden zu setzen. Früher konnte ich überhaupt nicht spucken, aber mittlerweile traf ich eine Fünfundzwanzig-Peseten-Münze auf fünf Schritt Entfernung genau in die Mitte. In Anwesenheit von jungen Fräuleins tue ich das natürlich nie. Ich meine die alten Münzen, nicht diese neuen kleinen Scheißdinger mit dem Loch in der Mitte. Als ich zum Sportplatz kam, sah ich von oben ein paar jungen Mädchen eine Weile bei einer Partie Basketball zu. Warum schrien die nur so rum? Die ansehnlichste von ihnen war mit Abstand Rosa.

Also gut, mancher wird behaupten, ich wäre ein beschissener Macho, aber Basketball spielende Frauen fand ich immer schon ein wenig albern. Ich bin sicher, ich – fünfunddreißig Jahre alt und lahm auf einem Bein – würde in einer Damenmannschaft überhaupt nicht auffallen, wären da nicht die vielen Haare an den Armen und Beinen. Ich ging nach unten, als das Spiel gerade vorüber war. Rosa begrüßte mich fröhlich und kam zu mir herüber.

Sie ging mit der Anmut einer Veilchenverkäuferin und der Eleganz einer Greta Garbo.

»Wie schön, daß du da bist«, sagte sie feierlich. »Ich war mir nicht sicher, ob du wirklich kommen würdest.«

»Zieh dich an. Ich warte am Kiosk auf dich.«

»Du bist aber mies drauf, mein Süßer«, mokierte sie sich und lief zu den anderen Mädchen in die Umkleide.

Ich machte mich auf den Weg zu der verglasten Bar. Sie sah heruntergekommen und schäbig aus, so wie es sich für die Dinge in diesen Krisenzeiten gehört, ganz besonders natürlich für die Studenten. Ganz schöne Schmarotzer. Wenn ich die Wahl hätte, ich wäre gern noch auf der Uni. Ich bestellte beim Kellner einen Dyc mit Wasser, ohne Eis. Wenn Elsa mir nicht bald meine kleine, versilberte Freundin wiedergeben würde, könnte ich Konkurs anmelden. Außer mir saßen nur noch zwei fiese Sportlerinnen herum, denen man offensichtlich eine Wasserkur verschrieben hatte. Für mehr Leute wäre kaum noch Platz gewesen. Ich setzte mich an den einzigen freien Tisch. Die Tür stand offen, und ein unsympathischer kalter Luftzug wehte herein.

Glücklicherweise wehte bald darauf auch Rosa mit ihrer Trainingstasche herein.

»Habe ich lange gebraucht?«

»Ein bißchen länger, und ich hätte Rauhreif angesetzt.«

»Tut mir leid«, entschuldigte sie sich schüchtern. »Ich habe noch geduscht.«

Wenn sie es darauf angelegt haben sollte, mich spitz zu machen, war sie auf dem besten Weg dazu. Ich hielt es nämlich nicht wie Napoleon. Sie wissen schon, der alte Stratege, der Josephine zuflüstern ließ: Wasch dich nicht, ich komme gleich.

»War nur ein Scherz«, sagte ich. »Du kannst sowieso niemals pünktlich sein, denn ich werde immer hoffen, daß du bereits da wärest.«

Sie lächelte mich an, um sich für das Kompliment zu bedanken. Sie hatte wunderschöne, weiße, kräftige Zähne. Ein wahres Reklamegebiß. Und wo wir gerade von Werbung sprechen, ich mußte ihr noch den Tod von Godo anzeigen. Ein zweiter Segovia-Schnaps im Magen würde mir die Aufgabe erleichtern.

»Möchtest du etwas trinken?«

»Eine Cola-light«, sagte sie. »Nein, doch nicht, lieber einen Orangensaft.«

Ich stand auf und bestellte beim Kellner einen Dyc und einen Orangensaft. Er holte einen schiefen Quader aus Karton hervor und goß etwas, was man wohl eher zufällig als Orangensaft bezeichnete, in ein Glas. Diese Flüssigkeit hatte mit Fruchtsaft ungefähr soviel Ähnlichkeit wie ich mit einer Galatänzerin. Andererseits stimmt es natürlich auch, daß mein Getränk von richtigem Whisky etwa soviel hatte wie Rosa von einem Forstbeamten. Ich setzte mich zu ihr. Sie spielte nervös mit einer Gabel herum. Schon möglich, daß sie mit einer schlechten Nachricht rechnete. Eigentlich war es besser so.

»Sieh mal, Rosa«, sagte ich. »Ich will nicht um den heißen Brei herumreden. Je schneller du es weißt, desto schneller wirst du darüber hinwegkommen. Godo ist tot.«

Rosas Finger bewegten sich plötzlich nicht mehr, und draußen fing es an zu regnen. Das Regenwasser schlug heftig gegen die Scheiben. Bald darauf begann das Wasser an ihnen herabzufließen und die Außenwelt verschwommen erscheinen zu lassen. Ich beschloß, den abgeschnittenen Finger nicht zu erwähnen.

»Die Männer, vor denen Elsa auf der Flucht ist, haben ihn umgebracht. Garcías Männer.«

Dreißig oder vierzig Sekunden lang redeten wir kein Wort. Rosas Augen, zwei glänzende Haselnüsse, die aussahen wie frisch lackiert, tropften, und zwei winzige salzige Rinnsale durchfurchten ihr niedliches Gesicht. Draußen regnete es weiter, und ein Wasservorhang, der in unmittelbar aufeinanderfolgenden Wellen heranschwappte, fegte weiterhin über die großflächigen Scheiben der Bar. Früher konnte ich eine Zeitlang keine Frau weinen sehen, aber seit ein paar Jahren dachte ich, daß das Weinen der Frauen wie Morgentau war und daß der Sonnenschein des Tages ihn wieder trocknen würde.

»Heul nicht«, sagte ich schließlich. »Deine Tränen sind so sauber wie der Regen, der draußen fällt, und sie tun mir weh.«

Ich ergriff ihre Hand und drückte sie kraftvoll und sanft zugleich. Es war eine zerbrechliche Hand, und sie war kalt. Ich dachte daran, daß ich sie knacken könnte, so wie man eine Nuß knackt.

»Wer ist García?« fragte sie.

Erst in diesem Augenblick kam ich darauf, daß Elsa sie aus der ganzen üblen Geschichte herausgehalten hatte, und ich dankte ihr wirklich dafür.

»Ein Mann, der verliebt ist in Elsa. Der Mann, der für mein Hinken verantwortlich ist. Hast du Godo geliebt?«

»Ich weiß es nicht«, sagte sie, verneinte aber mit dem Kopf. Sie hatte aufgehört zu weinen und wischte sich mit einem schneeweißen, unbefleckten Taschentuch übers Gesicht. Ich sah die Fenster an. Es hatte jetzt auch aufgehört zu regnen, genauso plötzlich, wie es vorher angefangen hatte. Der Regen hatte auf den Fenstern tiefe Kratzspuren hinterlassen, als ob er eine fauchende Katze gewesen wäre. »Ich glaube nicht. Er zitterte nachts wie ein kleiner Vogel. Eltern hatte er auch keine. Ich glaube, er tat mir leid«, sie hatte geredet, ohne mich dabei anzusehen. Jetzt aber sah sie mich an: »Glaubst du, man kann jemanden lieben, der einem leid tut?«

»Vermutlich schon«, sagte ich und ließ ihre Hand los.

Ich zum Beispiel hatte damit überhaupt kein Problem. Ich brauchte gar nicht lange zu suchen. Ich tat mir leid und liebte mich trotzdem, manchmal bewunderte ich mich sogar.

Ich hob das Glas und erleichterte es um seinen Inhalt. Das ist der einzige effektive Trostspender, den ich kenne, außer einer verständnisvollen Frau.

»Erzähl mir von dir«, bat mich Rosa. »Du bist spurlos verschwunden, einfach so. Du hättest mir schreiben können, oder . . .«, die Hand, die ich streichelte, entfloh mir, um in der Luft eine Geste der Ohnmacht zu zeichnen, ». . . oder so.«

»Es tut mir leid«, sagte ich. »Als du mich kennengelernt hast, ging es mir gut. Ich arbeitete als Leibwächter für Mafiosi, Banker und Geschäftsleute, wenn sie nicht sogar all diese Berufe gleichzeitig ausübten und außerdem auch noch Trinker und Hurenböcke waren. Manchmal spielte ich sogar den Leibwächter für ehrenwerte Leute. Ich fand so etwas schon immer attraktiv. Dann bekam ich eine Kugel ins Knie. Ich verlor Elsa und stieg in die zweite Liga ab. Ich arbeitete als Rausschmeißer in Diskotheken und fing an zu saufen. Keine besonders schöne Geschichte, aber es ist die einzige, von der ich behaupten kann, daß sie meine ist. Es tut mir leid, daß ich nichts von mir habe hören lassen, aber viel Gutes wäre sowieso nicht dabeigewesen. Und du?«

Ich war erschöpft. Meine Kehle war ausgedörrt. Ich hatte schon lange nicht mehr soviel geredet.

»Ich war damals fünfzehn. Ich mußte mich ganz schön anstrengen, um dich nicht Onkel zu nennen . . . Kannst du dich noch daran erinnern? Du warst fast wie ein Vater für mich.« Ihre Augen glänzten bezaubernd. Sie stand wieder kurz vor dem Heulen. »Du verschwandest, und Elsa gab mir niemals eine Erklärung dafür. Ich war fünf Jahre im Ausland. Wir hatten etwas Geld von einer entfernten Großtante geerbt, und Elsa wollte, daß ich Englisch und Französisch lerne.«

Ich frage mich, ob Rosa die Geschichte mit der Großtante immer noch schluckte. Mit fünfzehn vielleicht, das war gut möglich, aber jetzt?

»Nachher bin ich dann hierhergekommen. Ich lernte Godo kennen und . . . na ja, sie haben ihn also wirklich umgebracht?« Hilflos sah sie mich an. »Ich kann mir überhaupt nicht vorstellen, was das heißen soll, ich kann es einfach noch nicht glauben. Meine Eltern starben, als ich gerade zwei Monate alt war. Ich kannte sie gar nicht, aber das ist etwas anderes . . . Ich glaube, ich habe nur geweint, weil ich zu weinen hatte, weil ich mich dazu verpflichtet fühlte.«

»Rosa«, sagte ich und nahm noch einmal zärtlich ihre Hand. »Du wirst bald eine Frau sein, in Wirklichkeit bist du schon eine . . . Aber für mich wirst du immer ein kleines Mädchen bleiben, auf das ich aufpassen muß . . . Ich werde dich niemals enttäuschen, weil du das einzige Anständige bist, was auf die Idee gekommen ist, in meinem Leben aufzukreuzen . . .«

Während wir redeten, war ein kleiner Typ mit einem großen Kopf hereingekommen. Er hatte eine Kamera bei sich und glotzte zu uns herüber. Die Zecke zögerte nicht lange.

»Möchtet ihr ein Foto haben?« fragte er. »Kostet euch bloß zweihundertfünfzig lausige Peseten.«

»Nein«, sagte ich. Ich hatte meine gewohnte Kaltschnäuzigkeit wiedergewonnen, und meine Hände befanden sich an ihrem Platz.

»Doch«, widersprach mir Rosa. Sie drehte sich zu mir um. »Ein Foto von zwei traurigen Geschichten für nur zweihundertfünfzig Peseten. Ist das vielleicht kein guter Preis?«

Wir sahen den Fotografen an, und der Blitz erwischte Rosa mit lächelndem Pokerface.

»Ich zahle«, sagte Rosa. »Wir hätten gerne zwei Abzüge.«

Ich notierte unsere Adresse auf dem zerrissenen Strafzettel, während Rosa, die eine Fünfhundert-Peseten-Münze auf den Tisch gelegt hatte, die Drinks bezahlen ging. Ich schämte mich ein wenig, dachte aber gleichzeitig daran, daß sie wahrscheinlich mehr Geld hatte als ich und daß ich gerade 7500 Eier in einem widerlichen, miesen Bordell losgeworden war. Vernügt griff die Zecke nach der Knete. Mir kam es ziemlich beschissen vor, daß er von dem bißchen Gewinn gleich einen solchen Auftrieb erhielt.

»Das ist nicht weit von mir«, erläuterte er. »Ich bringe sie gleich morgen vorbei. Und danke, vielen Dank.«

»Schon gut, schon gut, mein Freund«, beruhigte ich ihn.

Rosa kam auf mich zu. Sie zählte ein paar Münzen in ihre Hand und verstaute sie sofort behutsam in ihrem Geldbeutel. Sie wirkte genauso zufrieden wie er.

»Versprochen?« sagte sie.

»Was?«

»Das mit dem Weihnachtsessen.«

Ich machte eine zustimmende Kopfbewegung, und Rosa drückte mir jauchzend einen Kuß auf die Wange. Es war genauso, als wäre ich ihr Vater gewesen, der Vater, von dem sie nichts wußte außer den paar Geschichten, die ihre große Schwester ihr vielleicht hatte erzählen können.

»Ich werde für uns kochen«, sagte sie abschließend.

25

Wir verließen den Kiosk und spazierten in aller Ruhe zum Wagen. Der Regen hatte einige Pfützen entstehen lassen, die von den Straßenlaternen zum Funkeln gebracht wurden. Ohne ein Wort zu verlieren, schob Rosa ihren Arm unter meinen, und so gingen wir daher, schweigsam. Als wir zum Ausgang des SEU gelangten, bemerkten wir eine dunkle Gestalt, die uns den Rücken zukehrte.

»Da wartet Godo nach dem Training immer auf mich«, erklärte Rosa. »*Wartete*«, korrigierte sie sich ein bißchen leiser und ließ meinen Arm los.

Wir durchschritten das eiserne Portal. Der dunkle Schatten drehte sich um und blieb dabei dunkel: Es war ein Schwarzer, größer als ich, aber nicht ganz so breit. Er kam mit mürrischem Gesicht direkt auf uns zu und griff Rosa am Arm.

»Du mußt mitkommen, Rosa«, sagte er in annehmbarem Spanisch.

»Laß mich los«, sagte Rosa und schüttelte die Hand ab. Sie trat einen Schritt zurück, und der Schwarze trat einen Schritt vor.

»Wer ist das?« fragte ich.

»Keine Ahnung«, sagte Rosa.

»Du genau weißt, wer ich bin«, sagte der Unbekannte.

Für mich zumindest war er einer. »Ich bin Julius Cäsar. Godo uns einmal bekanntgemacht. Wir viermal gesehen.«

»Kann ich mich nicht dran erinnern.«

»Du kannst erinnern.« Der Dunkelhäutige war nervös und bewegte sich die ganze Zeit über. »Lüg nicht. An einem Abend vor ein Monat. Wir machten Vertrag mit Godo. Jetzt ist Godo nicht mehr da und schuldet viel Geld. Du kommen mit mir.«

»Ich bin mit ihm hier unterwegs«, sagte Rosa und meinte damit mich.

»Du wartest«, sagte der Schwarze, ohne mich anzusehen. »Du spielen mit Brand, Rosa.«

»Ich glaube, er meint Feuer«, erklärte mir Rosa.

»Machen keine Mätzchen, du weißt nicht, was du tust. Komm mit!« Er packte ihren Arm. »Muß zeigen dir Video.«

»Hör mal«, griff ich ein. »Laß sie doch einfach selbst entscheiden.«

»Du still«, sagte er, ohne mich dabei anzusehen. Er sprach durch die Zähne, um seinen wachsenden Unmut zu verbergen. »Komm mit mir. Du mußt das ansehen. Keine Ausflüchten.«

Er holte ein Videoband hervor, das er in der Manteltasche trug.

»Was ist das?« fragte Rosa.

»Weiß nicht«, versetzte der Schwarze. »Video. Du mußt es ansehen.«

Er erhöhte den Druck seiner Hand auf Rosas Arm und zog so kräftig, als würde er sie, wenn es sein mußte, mitschleifen. Die Blume schrie auf. Meine Geduld näherte sich ihrem Ende.

»Laß sie los«, sagte ich. »Du tust ihr weh. Ich habe gesagt, du sollst sie loslassen.«

»Du Arschloch«, antwortete er und ließ sich zum erstenmal dazu herab, mich anzusehen. »Hau ab, oder wird dir schlecht gehen. Sie weiß, was mit Godo. Godo schuldet viel Geld. Sie lügt.«

»Bist du immer so schlecht gelaunt, mein Junge?«

»Nein. Manchmal ich viel schlechter Laune«, sagte er und verwandelte seine Worte dabei in Messerklingen.

Seine Augen schleuderten Blitze. Ich interpretierte das als eindeutiges Zeichen, und nachdem mittlerweile feststand, daß er vernünftigen Argumenten kaum zugänglich sein würde, kam ich ihm zuvor. Bei einem Wettkampf, sagen wir: bei einem legalen, würde ich als erstes immer auf den Schwarzen setzen. Das mit der weißen Hoffnung ist bloß ein Mythos, ein Teil des kollektiven Unbewußten. Hier aber lag der Fall anders. Ich hämmerte ihm meine Faust gegen das Kinn. Es krachte, als wäre es aus böhmischem Kristall. Der Typ ging zwar nicht zu Boden, aber er ließ Rosa los und sah dank meiner Aktion ein bißchen benommen aus. Ich hatte ihm das Gesicht mit meinen Ringen nicht einschlagen wollen und brachte das Spielchen mit einem Tiefschlag zu Ende, mit einem von denen, die in jeder Sportart, die so genannt zu werden verdient, verboten sind. Hatte ich Ihnen nicht geraten, nicht auf den Schwarzen zu setzen? Noch ein paar klare Worte: Ich verpaßte ihm einen Stoß in die Eier, mit dem gesunden Knie, versteht sich. Rosa beobachtete die Szene entsetzt. Sie war stocksteif geworden und kaute an den Fingernägeln. Gewaltkundgebungen waren nicht ihre Sache. Julius Cäsar fiel mit einem Stöhnen zu Boden. Ich hatte mich wirklich wie ein echter brutaler Brutus verhalten. Ich beugte mich herunter, um ihm etwas ins Ohr zu flüstern.

»Ich weiß ja nicht, was du so an Waffen mit dir herumträgst, aber bleib lieber, wo du bist. Ich habe nämlich diese hier.«

Lauflänge 96,5 Millimeter, Gesamtlänge 180 Millimeter, Hahn mit Sporn. Ich ließ meine Astra einen Augenblick lang vor seiner Nase aufblitzen. Nachdem ich ihn noch von dem Gewicht des Videos befreit hatte, drehte ich mich Rosa zu.

»Nimm's mir nicht übel«, sagte ich, »aber Godo scheint wirklich eine Vorliebe für Schwierigkeiten gehabt zu haben.«

Schweigsam gingen wir zu meinem Wagen. Ich umarmte ihre Hüfte, und sie wies mich nicht zurück. Wir sahen aus wie zwei junge Leute auf ihrem ersten gemeinsamen Spaziergang. Ich bin sicher, wenn einer von diesen sogenannten politisch Korrekten vorbeigekommen wäre, hätte er uns wegen des Schwarzen sofort angepißt. Aber damit hier eines klar ist: Ich habe ihm nicht etwa eins aufs Maul gehauen, weil er ein Schwarzer war, sondern weil er ein mieser Typ war. Außerdem war es Notwehr, um die Blume zu beschützen, deren Taille ich jetzt umschlungen hielt.

Es hatte mir ganz und gar nicht zugesagt, daß Rosa diese Szene mit ansehen mußte.

Als wir beim Wagen ankamen, traute ich mich wieder, ihr ins Gesicht zu sehen. Sie blickte weiter geradeaus. Ich hatte keine Ahnung, wie sie die Aktion fand, und zog es vor, sie auch nicht danach zu fragen. Das Unwissen ist bekanntlich der Untergang für die Dummheit und die Zufluchtsstätte der Intelligenz.

»Ich muß mir dieses Video ansehen, Rosa. Du läßt es vielleicht besser.«

Ein Bekannter meiner Eltern lebte direkt in der Nähe. Ich hatte ihn einmal aus einer unangenehmen Situation gerettet, um es mal so auszudrücken. Er sagte zu mir, daß ich ihn jederzeit um einen Gefallen bitten dürfte. Nun gut, dieser Moment war jetzt gekommen. Nach acht Jahren würde ich ihn darum bitten, mir für eine halbe Stunde seinen Videorecorder zu überlassen.

26

Als der Freund meiner Eltern mich sah, wurde er ziemlich blaß. Folgerichtig war er heilfroh, als er hörte, daß ich mir in seiner Wohnung lediglich allein ein Video anschauen wollte. Er wollte wohl ein bißchen plaudern, aber ich ging darauf nicht ein, so daß er, seine Frau und Rosa in das Café gleich um die Ecke abdampften und mich allein ließen. Der Film dauerte ungefähr zehn Minuten. Nach allem, was Elsa mir erzählt hatte und was man auf dem Band sehen konnte, war Alfredo Garcías Haus in der Tat ein richtiges Haus und nicht etwa so ein Schweinestall wie der, in dem ich seit fünf Jahren langsam vor mich hin schimmelte. Der Exleibwächter hatte ganz schön etwas aus sich gemacht. Er hatte zuerst einen privaten Wachdienst aufgezogen, aber da er mit dem Verkauf von Alarmanlagen und dem ganzen dazugehörigen Quatsch auch kein Millionär wurde, beschloß er, sich weniger durchsichtigen Geschäften zuzuwenden, die dafür mehr abwarfen. Er verfügte dabei über »gute Beziehungen« und über ein bißchen Kohle, die er gespart hatte, indem er eine der Liegenschaften ausgeraubt hatte, die er eigentlich hätte bewachen sollen. Beweise wurden nie gefunden. Ich nehme an, aus dieser berühmten Geschichte von vor sechs Jahren hatte er ebenso Kapital geschlagen. An den Wänden im Wohnzimmer hingen ein paar große, abstrakte Gemälde. Sie waren mit dünnen Stahlseilen an den hohen Decken befestigt. Ich glaube weder, daß sie García gefielen, noch, daß er etwas von Kunst verstand, aber wahrscheinlich nahm er an, daß sie dem Haus das gewisse Etwas verliehen. Vielleicht steckte ja auch Elsa dahinter, wer weiß? Elsa war durchaus zu dem Gedanken fähig, daß Bildung darin besteht, ein paar Flecken den Vorzug vor einem Porträt zu geben. Das obere Stockwerk öffnete sich über großflächige Glasfenster auf das Wohnzimmer. Von dort aus schickte sich García mit einem Chivas in der Hand und einem Tellerchen mit gerösteten, gesalzenen Mandeln dazu an, mit offensichtlichem Desinteresse dem Verhör beizuwohnen, wenn man das, was nun ablaufen sollte, tatsächlich ein Verhör nennen konnte. García war mittlerweile ungefähr fünfzig und immer noch 1,78 Meter groß, aber mir schien, er war etwas fetter und kahler als vor sechs Jahren. Er hatte große, schwere Hände, für seinen Körper ein wenig zu kurze Beine und einen dichten Bart, so dicht, daß er, um korrekt rasiert zu sein, zweimal am Tag die Gilette benutzen mußte. Es gab drei Varianten, wie man ihn sehen konnte: mit Anzug, im Bademantel oder nackt.

Wenn ich daran dachte, daß Elsa ihn in allen drei zu Gesicht bekommen hatte, wurde mir übel.

Mit neunzehn war er Hobbyboxer gewesen, gar kein schlechter, und das zu einer Zeit, in der man die Nasen noch mit einem Beutel voller Sand zu brechen pflegte. Die gebrochene Nase verlieh ihm aber trotzdem kein unangenehmes Aussehen. Wir waren nur ein einziges Mal aneinandergeraten. Die Kräfteverhältnisse waren ausgeglichen, obwohl er damals zugegebenermaßen noch ein bißchen betrunkener war als ich. Der Grund war, daß ich einer Kellnerin zu Hilfe kam, der er auf die Nerven gegangen war. Seitdem versicherte er stets, daß wir unzertrennlich wären. Er rauchte Zigarren, beträufelte die Mittag- und Abendessen immer mit etwas Wein und besuchte mit bewundernswerter Regelmäßigkeit Bordelle. Er nannte das das Leben genießen, ein *bon vivant* sein. He, Kollege, man sollte immer ein Bonn Vivang sein! Da sein Haar langsam schütter wurde, trug er es nach hinten gekämmt und schmierte sich schon damals Wundertinkturen auf den Kopf, die eher eine Avocado als sein Haar sprießen lassen würden.

Seine Lohnknechte kamen durch die Tür, die in den Garten führte. Der erste war Krüger. Danach kam Godo, der von dem Einarmigen reingeschubst wurde, und als letzter das angenehme, unvollständige Geschöpf, von dem bereits die Rede war, der Einarmige selbst. Da der Schweigsame nirgends zu sehen war, nahm ich an, daß er die ganze Szene filmte. Sie war zugegebenermaßen gar nicht so schlecht aufgenommen, auch wenn die Kamera von einer Seite zur anderen schwankte, von García im oberen Stockwerk zu seinen Schergen und dem Opfer im unteren. Das Bild wurde manchmal unscharf. Wenn es länger gedauert hätte, hätte ich Kopfschmerzen bekommen. Die Qualität des Bandes war sehr gut. García gehörte zu der Sorte Menschen, die, wenn sie einen Laden betreten, das beste Gerät verlangen. Wenn es dann nicht auch gleich das teuerste war, glaubte er, man würde ihn betrügen. Godo war nicht besonders groß, aber er sah ganz ansehnlich aus. Er war von normaler Statur, hatte dunkles Haar und mußte etwa ein Vierteljahrhundert alt sein. Er trug Sportschuhe, Bluejeans und eine schwarze Lederjacke. Daß er ziemliche Angst hatte, sollten wir ihm nachsehen, denn er hatte wirklich allen Grund dazu.

»Ihr habt ja eine halbe Ewigkeit gebraucht«, ließ sich García von oben vernehmen. Er trug einen Bademantel und zerkleinerte mit seinem gewaltigen Unterkiefer eine Mandel. »Was war denn los, zum Teufel?«

»El Mudo mußte unbedingt noch irgendeinen Scheiß für seine Gören kaufen«, petzte Krüger. »In der Calle Rafael Calvo.«

»Wie Rafael Calvo, was ist das für ein Glatzkopf?« beschwerte sich García und faßte sich an die kahle Stelle auf seinem Kopf.

»Ist bloß ein Straßenname«, erläuterte Krüger hastig.

»Stimmt das?« fragte García.

Man hörte ein Grunzen, das als ja interpretiert werden konnte und die Annahme bestätigte, daß El Mudo die Kamera bediente.

»Verdammt«, seufzte García. »Eines Tages werde ich euch alle zum Teufel jagen. Mir ist scheißegal, was ihr mit eurer Freizeit anfangt, aber während der Arbeit seid ihr nur für mich da. Verstanden? Los jetzt!«

Ohne ein Wort zu verlieren, hielt Krüger Godo fest, und der Einarmige nahm mit seiner einzigen Hand den rechten Zeigefinger des Jungen, um ihn nach hinten zu biegen und zu brechen. Das Knacken hörte man kaum, weil im Hintergrund die Habanera aus *Carmen* lief. García hatte die Lautstärke mit der Fernbedienung erhöht. Das mit Bizet und der Oper kam mir auch etwas seltsam vor, denn in den guten alten Zeiten schwärmte García für Blaskapellen und Sevillanas. Sein Lieblingslied besang eine gewisse Romana, die besonders dicke Titten hatte. Sei's drum. Vielleicht hörte sich *Carmen* für ihn ja besonders folkloristisch und rassig an. García drehte den Lautstärkeregler wieder etwas herunter. Krüger ließ Godo los, der sich mit einem Gesicht, als ob er noch immer nicht begreifen konnte, was da geschah, mit der unverletzten Hand den gebrochenen Finger hielt. Er kniete auf dem Teppich.

»Also, Godo, unsere Fragestunde ist eröffnet«, sagte García, der nicht im Bild war. El Mudo schien es Vergnügen zu bereiten, den leidenden Godo auf Knien zu filmen. Vielleicht hatte er es aber auch bloß satt, mit der Kamera hin- und herzuschwenken. »Jetzt bist du dran mit Reden, es sei denn, du möchtest, daß wir noch ein bißchen weitermachen. Versteht du, was ich meine?«

Ich sagte ja bereits, daß man gerade Weihnachten feierte, und García war, auf seine Art, ein ausgesprochen traditioneller Mensch. Zwischen den Tischen, Stühlen, Stehlampen und Sofas ragte ein kleiner Tannenbaum mit einer blinkenden Lichterkette hervor. Er war übersät von silbernen Kugeln, solchen, die das Gesicht eines schönen Mannes im Spiegel in das von Quasimodo verwandelten, und das von

Quasimodo in das eines Käfers. Neben dem Kamin, in dem ein anheimelndes Feuer flackerte, stand eine Weihnachtskrippe mit Hirten, Schafen, einem Fluß mit dazugehöriger Brücke, den Heiligen Drei Königen, einem Stadttor, der Heiligen Familie, einem Esel, einer Eselin und dem ganzen Humbug. Mitten auf dem Tisch stand ein Korb, der vor Süßigkeiten aus Marzipan und südländischem Naschwerk nur so überquoll. Eine noch nicht angebrochene Tafel Mandelkonfekt ragte aus dem Rest hervor.

Godo hielt sich nicht gerade wie ein Held, was ihm sein körperlicher Zustand allerdings auch nicht unbedingt erlaubte. Jetzt, mit einem gebrochenen Finger an der Hand und Schiß in der Hose, erst recht nicht. Trotzdem stand er mit einer Bewegung, die Entschlossenheit verriet, auf und sah García ins Gesicht. Immerhin, dazu gehörte Mut.

»Ich habe nicht gestohlen«, sagte er wutentbrannt. »Ich habe nichts mitgenommen.«

»Wie hat Madrid gestern gespielt?« fragte der Einarmige, ohne Godo Beachtung zu schenken.

»Unentschieden«, antwortete der Weinkrug.

»So eine verdammte Scheiße.«

»Es war ein Freundschaftsspiel«, versuchte der Weinkrug ihn zu beruhigen.

»Freundschaftsspiel? Freundschaftsspiele gibt es überhaupt nicht. Soll diese verdammten Pfeffersäcke doch der Teufel holen.«

Der Einarmige warf Godo einen mörderischen Blick zu. Der hatte die absurde Unterhaltung wie gebannt verfolgt.

»Gut, mein Junge«, mischte García sich mit gelangweiltem Tonfall ein. »Lächle mal ein bißchen, du siehst ja aus, als hätte man dir eine Gurke in den Arsch geschoben. Wir sind doch alles ehrenwerte Menschen, Mann. Wir sind doch keine Kanabalen. Du hast ja richtig Angst . . . Aber dafür gibt es doch gar keinen Grund. Also, wo sind meine sechs Kilo?«

Godo sah erneut nach oben.

»Was weiß ich denn? Ich habe mit der ganzen Scheiße, in der du herumwühlst . . .«

García erhöhte die Lautstärke, was Krüger und der Einarmige als Befehl verstanden. Mit vereinten Kräften ließen sie noch ein paar von Godos Gelenken knacken. Diesmal war ein Ringfinger dran. Als Godo sich befreit hatte, taumelte er wie ein Zombie gegen die Krippe. Er fegte dabei zwei Figuren zu Boden, die sich den Hals brachen. García stellte die Musik leiser. Godo lag jetzt wieder auf Knien und heulte. Er war einfach ein armer Schlucker, der hin und wieder ein bißchen Droge verhökerte und Autoradios klaute, ein kleiner Fisch. Wenn es ihm wirklich in den Sinn gekommen sein sollte, den großen Sprung zu wagen, so wäre das die schlechteste Idee seines Lebens gewesen. Der Einarmige sah sich die Verwüstung an, die Bethlehem heimgesucht hatte, ging zur Schublade des Tischchens, auf dem das Telefon stand, und holte eine Tube Klebstoff heraus. Sich das Ganze ansehen zu müssen war wirklich nicht besonders angenehm, nicht mal für jemanden, der einigermaßen abgehärtet und an Gewalt gewöhnt war wie ich. Aber ich empfand es dennoch als nützlich, den Männern, die ich umlegen mußte, bei ihrem Treiben zuzusehen.

»Du wirst noch bei der dreckigen Wäsche enden, mein Junge«, drohte García, der erneut von der Kamera eingefangen wurde. »Du hättest dir vorher überlegen sollen, ob du zu so was in der Lage bist. Nur keine Angst. Zwei Fingerchen sind gar nichts, sie heilen ja wieder, na und? Hast du etwa noch nie Basketball oder Rugby gespielt? Wir sind noch gar nicht richtig wütend geworden. Probleme kriegst du, wenn die sechs Kilo nicht auftauchen, und zwar dalli, prompto sozusagen. Wie, ist mir scheißegal.

Vor drei Wochen trieb sich ein gewisser Juan in der Gegend rum und bot überall Koks an. Dumm gelaufen, mein Junge, man hat mir die Geschichte erzählt, und wie's der Teufel will, paßt die Beschreibung dieses Juanito genau auf dein Milchgesicht. Du hast nicht mehr allzu viele Glückspunkte, also teil sie dir gut ein. Ich kann dir nur empfehlen auszupacken. Nachher wirst du sowieso singen, mehr als die Caballé beim Duschen, das schwör ich dir, verdammtnochmal, zum Teufel auch, du mieses kleines Schwein.«

Während García redete, schraubte der Einarmige die Tube Klebstoff mit den Zähnen auf, kleisterte den Hals des weißbärtigen Königs damit ein und pappte den Kopf fast zärtlich wieder an seinen Platz. Die Szene war von der Kamera, die von Garcías langer Rede gelangweilt war, aufmerksam aufgenommen worden. Danach griff er nach dem schwarzen König, Balthasar. Er warf einen verächtlichen Blick auf ihn, ließ ihn kopflos auf dem Boden herumliegen und legte die Tube wieder zurück an ihren Platz.

»Ich weiß von nichts«, verteidigte sich Godo. »Ich habe nichts getan. Vielleicht sieht irgendein Juan so aus wie ich.«

»Jaja, wahrscheinlich hat er dieselben Haare am Hintern. Willst du mich verarschen?« sagte García, diskret wie gewohnt. »Du solltest mit deiner Zukunft und meiner Geduld keinen Mißbrauch treiben, mein Junge, beides kann nämlich bald schon zu Ende sein. Als nächstes ist der Daumen dran: du weißt ja, daß deine Versicherung dir das Dreifache für ihn bezahlt. Die werden schon wissen, warum . . . Weißt du, wir können uns nicht den ganzen beschissenen Morgen für dich Zeit nehmen. Vier Männer beschäftigen sich ausschließlich mit dir. Hast du eine Ahnung, was das bedeutet? Einen Haufen Knete, Mann. Wir haben nämlich alle Hände voll zu tun.«

In diesem Moment miaute eine Katze, die sich durch die offene Terrassentür hereingeschlichen hatte.

»Scheiße«, sagte García. »Macht doch die verdammte Tür zu. Man merkt, daß ihr weder die Heizkosten noch das Holz im Kamin bezahlen müßt. Schmeißt dieses Mistvieh raus, aber prompto.«

»Miezmiezmiez...«

Krüger hatte sich hingekniet und versuchte die Aufmerksamkeit der Katze auf sich zu lenken. Als sie sich nahe genug an ihn herangeschlichen hatte, packte er sie am Kragen. Der hilflose Kater vergaß vor Angst zu miauen. Das Fell stand ihm zu Berge, und er streckte die Pfoten steif wie Kabeldrähte von sich.

»Darf ich ihm etwas Milch geben, Chef?« fragte Krüger.

»Okay, Mann, okay, gib ihm Milch, bis er platzt, wenn dich das beruhigt«, seufzte García, tatsächlich erstaunlich geduldig. »Dieses verdammte Weihnachten scheint euch alle in Betschwestern zu verwandeln.«

Der Weinkrug nahm den Kater mit und ging durch eine Tür, die wahrscheinlich in die Küche führte. Wenn dem so war, dann hörte er von dort, wie die Musik von *Carmen* auf volle Lautstärke gestellt wurde. Die Kamera wechselte eine Minute lang nicht die Einstellung und zeigte lediglich die Wand. Ich nahm an, El Mudo hatte sie sich selbst überlassen, während sich Krüger um den Kater kümmerte, damit Godo keine Chance zur Flucht bekam.

Als Krüger wieder ins Wohnzimmer schlurfte, schluchzte Godo. Er hielt sich die Hand. Auch der Nagel des Daumens hatte nun dem Handgelenk guten Tag gesagt.

El Mudo hatte seine Beschäftigung als Haus- und Hofberichterstatter wiederaufgenommen. Krüger stellte eine Untertasse mit Milch nach draußen. Der Kater begann sie aufzulecken. García senkte mit der Fernbedienung den Lautstärkepegel wieder. Godo bedauerte mit gesenktem Haupt den Zustand seiner Hand und seinen eigenen. Er sah einsam aus.

»Sieh mich an«, sagte García. »Sieh mich gefälligst an, wenn ich mit dir rede.«

Godo hob den Blick. Er war wie weggetreten, aber er hatte beschlossen, die Geschichte tapfer durchzustehen.

»Du würdest am liebsten schwimmen gehen und dir dabei die Klamotten nicht naß machen, aber das geht nun mal nicht. Du hast bewiesen, daß du Ideen hast. Also gut. Ich schätze so was. Aber niemand fängt ganz oben an, ohne dafür teuer zu bezahlen. Keiner kann einfach so die Treppenfolge übergehen.«

Es stand nicht fest, ob García »die Reihenfolge« oder die »Treppenstufen« sagen wollte, aber für subtile Feinheiten und schlaue Bemerkungen waren die Jungs da nicht zu haben. Noch nicht mal ein halbes Lächeln ließ sich blicken.

»Das Hemd, das du anziehen wolltest, ist dir um ein paar Ellen zu groß«, fuhr der Mann, auf dessen Kopf ich es abgesehen hatte, fort. »Man hat dich dabei beobachtet, wie du die Wohnung mit einer Tasche betreten hast. Woher wußtest du, daß da die sechs Kilo drin waren?«

»Ich wußte von nichts«, sagte Godo. »Es war Rosas Sporttasche. Ich hatte eine Nachricht von ihr auf dem Anrufbeantworter. Nachher erzählte sie mir, daß sie es gar nicht gewesen war.«

»Hast du ihre Stimme nicht erkannt?«

»Sie hatten aus einer Kneipe angerufen. Es war ziemlich laut. Ich bin wieder gegangen.«

»Mit den sechs Kilo.«

»Wieso wollt ihr mir unbedingt sechs Kilo anhängen? Es waren doch bloß drei.«

García machte die Musik aus. Die Stille wurde nur noch vom Ticken einer Wanduhr unterbrochen, die aussah wie eine große Armbanduhr.

»Drei? Woher weißt du denn, daß es nur drei waren?

Ich habe doch immer nur von sechs gesprochen. Weißt du, worauf ich hinauswill, mein Junge?«

Godo verstummte. Er hatte einen Fehler begangen. Der Einarmige verschlang einen Marzipanriegel und griff nach der ungeöffneten Tafel Mandelkonfekt der Marke 1880.

»Möchtest du etwas *Turrón*?« bot er an. »Das ist das bißfesteste *Turrón* der Welt. Hast du etwa nicht die Werbung gesehen? Möchtest du ein bißchen probieren?«

García drehte die Lautstärke wieder hoch. Godo begriff, daß er nicht mehr viel zu verlieren hatte. Er sprang mit einem Satz auf den Schürhaken zu und schaffte es sogar, ihn zu berühren. Für mehr hatte er keine Zeit. Der Weinkrug, der, obwohl er so fett war, die Beweglichkeit eines Affen besaß, hielt ihn fest, und der Einarmige schlug ihm das Mandelkonfekt ins Gesicht. Godo wich dem Schlag, der direkt auf sein Nasenbein zielte und nun sein Ohr streifte, mehr schlecht als recht aus. Der Einarmige verpaßte ihm noch einen Schlag, und Godos Nase fing an zu bluten.

»Elsa«, stieß Godo hervor, der García außer sich vor Wut ansah. »Es ekelt sie, wenn du sie nur berührst! Du mieses Schwein! Du Arschloch! Sie sagt, daß sie sich vor einer Kröte nicht so sehr ekeln würde wie vor dir! Sie hat mir verraten, daß es drei Kilo waren! Wir waren zusammen im Bett! Elsa hat mir gesagt, wo sie versteckt waren!«

Wenn Godo beabsichtigt hatte, García herauszufordern, dann hatte er auf den richtigen Knopf gedrückt. Der Koks jedenfalls war nicht der Grund: García verlor die Kontrolle wegen Elsa.

»Krüger«, schrie García. »Bring ihn zum Schweigen, und zwar für immer!«

Krüger hatte die Arme in die Seiten gestützt. Er sah wirklich aus wie ein Krug und machte seinem Spitznamen alle Ehre. Ihm hatte es auch überhaupt nicht gefallen, sich die böse Geschichte anzuhören, die der Rotzlöffel da über Elsa erzählte.

»Das ist dafür, daß du schlechte Dinge über Fräulein Elsa sagst«, sagte er.

Und er verabreichte ihm einen Schlag in die Magengrube. García drehte die Musik bis zum Anschlag auf. Wutentbrannt heftete er seinen Blick auf das Foto von Traumfrau Elsa, das in einem Rahmen an der Wand im unteren Stockwerk des Hauses hing, und schleuderte das Whiskyglas dagegen. Sie schleiften Godo in den Garten. Die Kamera folgte ihnen. Mit seinem Stilett drückte Krüger zweimal wie ein Eilbriefträger auf den Klingelknopf, der auch Bauchnabel genannt wird, und schickte ihm zwei Grüße in den Unterleib. Nachher schnitt er ihm die Kehle durch. Als er bereits tot war, schnitt er ihm den Daumen ab.

Mir war schlecht geworden. Es ist schon nicht besonders prickelnd, so was im Kino zu sehen, aber zu wissen, daß das hier eine Live-Vorstellung war, die Rosa sich hätte ansehen sollen, war kaum weniger als unerträglich. Ein paar Sekunden lang sah man nur schwarze und weiße Pünktchen. Der Klang verwandelte sich in das Surren eines elektrischen Insekts, bis schließlich García wieder auftauchte. Er sah aus wie ein Nachrichtensprecher.

»All das ist diesem Stück Scheiße nur widerfahren, weil er mit mir herumspielen wollte, Rosa«, sagte der García auf dem Videoband. »Auch wenn du noch so sehr Elsas Schwester sein magst, denk daran. Der Nigger, dieser, wie heißt er noch?, Julius Cäsar hat den Befehl, dich zu mir zu bringen. Wenn du dich beschweren möchtest, kannst du das also direkt bei mir tun . . .«

Mehr wollte ich gar nicht sehen. Ich holte das Band heraus und zerstörte es mit ein paar Fußtritten. Man hätte damit García und seine Bande einlochen können, aber ich betrachtete das Ganze bereits als meine Privatangelegenheit, und das war es ja auch wirklich. Bei so etwas die Polizei einzuschalten war nicht mein Stil. Hier ging es um eine Privatangelegenheit, um mein eigenes Leben nämlich. Nicht, daß es mir gerecht erschienen wäre oder unmoralisch im Sinne irgendwelcher Ganovenehrenkodizes, denen ich sowieso nicht folge: nichts davon. Ich wollte mir lediglich das Vergnügen bereiten, García Auge in Auge gegenüberzutreten, ohne daß sich irgendwer einmischte. Was ich da gesehen hatte, war vielleicht nur der kleinste Teil, und Garcías Verrat wog eigentlich viel schwerer, sein Verrat, Toni, die Kugel, die er mir ins Knie geschossen hatte, und Elsa in seinen Armen. Aber auf jeden Fall war das, was sie mit dem jungen Burschen da angestellt hatten, ein weiterer Posten auf der Rechnung. Was Godo angeht, so wurde seine Leiche später mit zwei gebrochenen Fingern – zwei von den vier übriggebliebenen Fingern der rechten Hand – in einem völlig zerstörten Golf GTI gefunden, auf einem Friedhof außerhalb der Stadt. Die Zeitungen berichteten darüber. Es war gut möglich, daß der Intelligenzquotient Krügers ein kleines bißchen höher war als der einer Kaulquappe, aber dennoch: Ich war keineswegs bereit anzunehmen, daß er die Absicht hatte, den Mord als Verkehrsunfall zu tarnen. Ich glaube eher, das Ganze hing mit einem merkwürdigen Sinn für Humor zusammen, den ich noch nie so richtig verstanden habe. Ich habe es allerdings auch noch nie wirklich versucht.

    Sie standen auf der einen Seite, und ich auf der anderen. Das war eigentlich alles, und mir schien das ganz in Ordnung so. Es würde ein erbarmungsloser Kampf werden. Was mich anging, so war die rote Fahne bereits gehißt.

27

Ich ging runter ins Café, verabschiedete mich von meinem Bekannten und seiner Gattin und erzählte Rosa, daß auf dem Videoband eine Fernsehsendung aufgenommen war, in der Julius Cäsar zusammen mit ein paar drallen Stewardessen im Badeanzug aufgetreten war. Natürlich kaufte sie mir diesen Schwachsinn nicht ab, aber sie stellte auch keine weiteren Fragen. Sie wußte, daß Godo tot war. Mehr wollte sie gar nicht wissen. Sie tat gut daran. Ich erwähnte ja bereits, daß die Unkenntnis der Zufluchtsort für intelligente Menschen ist, und Rosa war wirklich kein bißchen auf den Kopf gefallen. Auf dem Weg zum Wagen warf ich das Video in einen Mülleimer. Als wir nach Hause kamen, hing ich als erstes das Jackett an den Nagel, als zweites schnallte ich mir das Schulterhalfter ab, und als drittes goß ich mir einen Whisky ein, was Rosa mit einem mißbilligenden Blick kommentierte. Also gut, dachte ich mir, da ich eine Hochzeit mit einer der beiden Schwestern keineswegs vollkommen ausschließen konnte – mit welcher, wußte ich noch nicht – und außerdem daran dachte, anläßlich dieses Ereignisses das Trinken aufzugeben, konnte man die paar Schluck durchaus als eine Hommage an meine vom Aussterben bedrohten Tage der Freiheit betrachten.

Rosa ging ins Bad. Ich nutzte die Gelegenheit dazu, das Gläschen zu leeren, und machte mich daran, es ein zweites Mal aufzufüllen. Das Telefon klingelte. Ich hob ab. Es war Elsa. Möglicherweise war es bloß ein Zufall, daß es sofort klingelte, als wir den Raum betraten, aber wenn man Elsa kannte – sie war in ihrer Freizeit eine ausgemachte Psychopathin –, war es genausogut möglich, daß sie seit einer Stunde ausschließlich damit beschäftigt gewesen war, alle zehn Minuten anzurufen. So war diese Wunderbraut einfach: Zwei Monate lang konnte sie nicht die geringste Lust haben, mit dir zu reden, und plötzlich brauchte sie deine Stimme so dringend wie Sardinen das Salzwasser. Ja, genau, so war diese Wunderbraut: Entweder man nahm sie so hin, oder man ließ es bleiben. Und ich nahm sie meistens so hin.

»Max«, sagte sie. »Was soll dieser Blödsinn mit dem Sofa? Ich möchte die Nacht gerne mit dir verbringen. Wenn nicht, bin ich zu allem fähig.«

»Aber . . .«, setzte ich an.

»Unterbrich mich nicht«, unterbrach sie mich. »Ich lasse mich heute nacht jedenfalls nicht von der Kälte umarmen. Meine Entscheidung ist gefallen. Weißt du was? Wir könnten nach Buenos Aires fliegen oder irgendwohin nach Südamerika. Da ist jetzt Sommer. Ich habe gehört, daß es da sehr schön sein soll, und das Wetter ist ganz bestimmt wunderbar.«

»Aber Elsa, nicht . . .«

»Hör mal, wenn du dir ins Hemd machst, dann verpiß dich. Gib dir doch gleich die Kugel.«

»Aber Elsa«, sagte ich, »sie haben ihn umgebracht . . .« Ich stellte fest, daß ich ins Leere sprach. »Elsa . . . Elsa!« Langsam brachte sie mich zur Verzweiflung. Miß Ahnungslos machte wirklich in den passendsten Momenten auf frivol oder launisch.

Da ich weder katastrophengeil noch paranoid veranlagt bin, nahm ich nicht an, daß sie von irgendwem entführt worden war. Ich dachte eher, daß ein feuriger und bis vor kurzem noch unbekannter junger Mann an ihr herumfummelte, dem sie ein paar süße und verführerische Worte ins Ohr flüsterte. Auch möglich, daß er ihren Hals küßte.

»Schatz?« Sie kam wieder ans Telefon. »Bist du noch dran?«

»Ich bin noch dran«, sagte ich. »Jetzt hör mir mal zu . . .«

»Nein, du hörst mir zu«, schnitt sie mir das Wort ab. »Wie langweilig wir sind. Ich bin ja auch noch da, obwohl wir schon längst auf der südlichen Halbkugel überwintern könnten. Was sagst du dazu, Max? Das Geschöpf hier neben mir ist wie eine Krankheit, und du weißt ja, wie ich bin. Immer versuche ich, den Männern zu widerstehen, aber wenn ich verliere, ist es für mich trotzdem ein Sieg.«

Rosa kam aus dem Bad und verschwand höchst diskret auf die Straße. Ich kam mir vor wie ein Verlierer unter einem Haufen Gewinnerinnen.

»Hör jetzt auf mit dem Unsinn«, sagte ich. »Und komm sofort her. Nur hier bist du sicher. García und seine Männer . . .«

»Du langweiligst mich, Schätzchen. Den zeig mir, der deine Fürsorglichkeit erträgt. Da ist ja ein Zephapolode noch unterhaltsamer, Herzchen.«

Sie legte auf.

»Das heißt Zephalopode!«

Ich warf den Hörer mit einer solchen Wucht auf die Gabel, daß ich den Apparatschutz fast zerschmettert hätte. Um mich zu beruhigen, zählte ich bis zehn, trank das Glas Whisky in einem Schluck leer und ging fluchend nach draußen, trotz des angenehmen Nachgeschmacks auf meinem Gaumen.

Rosa war nicht nur vor die Tür gegangen. Sie war die Straße ein wenig heruntergespaziert, saß auf einer Holzbank und wandte mir den Rücken zu. Die Bank war voll mit obszönen Sprüchen. Es gefiel mir nicht, daß Rosa sich auf diesem Mist ausruhte, den ich fast auswendig kannte.

Ein paar der Sprüche waren gar nicht so schlecht. Im Frühling saß ich häufig dort, vormittags oder mittags, mit einer Flasche Rotwein und altem Brot, das ich zerbröselte, um es an die Spatzen zu verfüttern. Es waren friedvolle Momente.

»Das war Elsa«, informierte ich sie. »Ich glaube, sie wird nicht bei mir übernachten.«

»Weiß sie das mit Godo?«

»Nein«, sagte ich, obwohl ich mir nicht ganz sicher war. Außerdem dachte ich: Du weißt es auch nicht wirklich. Ich bin der einzige, der die Wahrheit kennt. »Sie hat mir keine Zeit gelassen, ihr davon zu erzählen.«

»Ich will nicht alleine sein«, sagte sie. »Schlaf bitte nicht auf dem Sofa.«

Dem Anschein nach war es derselbe Vorschlag, den auch Elsa gemacht hatte. Nur daß die Ältere Sex im Kopf hatte und die Jüngere so etwas wie Angst und das Bedürfnis nach Schutz. Aber ich war mir nicht sicher, ob ich mich anständig verhalten würde.

»Hat er sehr gelitten?«

»Nein«, log ich. »Sie haben ihm eine Kugel verpaßt. Er war auf der Stelle tot.«

»Godo zitterte immer wie ein kleiner Vogel, aber ich hatte viel mehr Angst als er. Godo hatte ja immerhin mich«, fuhr sie nach einer kurzen Pause fort, »aber in letzter Zeit merkte ich langsam, daß es umgekehrt nicht dasselbe war. Und mittlerweile weiß ich, daß Elsa auch nicht für mich da ist.«

»Sprich nicht so von deiner Schwester«, hielt ich ihr vor. »Elsa liebt dich, sie hat sich immer um dich gekümmert. Ich werde auf dem Sofa schlafen. Laß die Tür offen, wenn du möchtest. Wenn du mich brauchst, kannst du mich wecken.«

»Tust du das wegen meiner Schwester?« fragte sie mich.

»Was denn?«

»Auf dem Sofa schlafen.«

»Nein. Ich tu' es für mich, oder für dich, keine Ahnung, für wen von uns beiden.«

»Also, meinetwegen brauchst du es nicht zu tun.« Sie wurde frech.

Rosa stand auf und ging ein paar Schritte zu der Laterne, die einige Meter entfernt stand. Sie trat unter den gelblichen Lichtkegel. Im Licht sah sie aus wie eine Heilige, die für mich viel zu gut war, eine betörende Jungfrau, dazu verdammt, bald schon keine mehr zu sein.

»Ich weiß, daß du diesen Mann nicht gern verprügelt hast«, sagte sie. »Das hast du getan, um mich zu beschützen. Ich würde gern einfach mal in die Luft springen und an die Sterne reichen. Warum haben wir bloß eine so wundervolle Welt in einen Ort des Schreckens verwandelt?«

Weil wir alle einfach schrecklich sind, dachte ich. Aber ich verkniff mir die Bemerkung, weil sich in ihren Augen zwei Tränen bildeten wie im Hochgebirge ein Fluß.

»Jeder Stern . . .« Rosa machte eine Handbewegung, die das ganze Firmament umfaßte. Sie zögerte und hielt mit der Ängstlichkeit und der Unsicherheit eines kleinen Mädchens inne. »Du wirst mich doch nicht auslachen, oder?«

Ich schüttelte den Kopf.

»Jeder Stern«, sie zeigte noch einmal auf die Himmelskuppel, »ist der Wunsch eines Mannes oder einer Frau, der in Erfüllung gegangen ist . . .«

Frau Luna kämmte sich, vollkommen nackt, wie sie war, absolut schamlos und von ihrer eigenen Schönheit wie betäubt, ihr langes Haar, und ein zerbrechliches, erhabenes Schweigen hüllte uns ein. Nach dem Regen hatten die Wolken sich verzogen. Es war eine klare Winternacht, und wenn man Rosa ansah, die so verletzlich wirkte und wie von einem Leuchten der Unschuld umgeben, erschien sie noch klarer.

Aber meine Überraschung war noch lange nicht an ihrem Höhepunkt angelangt. Sie näherte sich mir mit feuchten Wangen und küßte mich, weder schüchtern noch besonders zögerlich, mitten auf den Mund.

»Du verstehst dich aber wirklich darauf, einen . . .«, flüsterte ich einigermaßen verwirrt.

»Und du . . . du verstehst dich aber wirklich darauf . . . zu küssen«, versetzte sie verträumt und mit geschlossenen Augen.

»Alles Übungssache«, prahlte ich.

Zum Prahlen war die Zeit nicht günstig. Rosa ließ mich los und verwandelte sich in eine Raubkatze. Ihre Augen glänzten, aber diesmal waren es nicht die Tränen, sondern der Zorn, der ihnen dieses feurige Funkeln verlieh.

»Du schamloser Kerl!«

Sie war noch nicht fertig mit den Beleidigungen, beziehungsweise damit, mich einzuordnen, als ihre Hand auch schon eine Notlandung machte. Die Ohrfeige zerschellte mit einem lauten Knall auf meiner Wange.

»Komm bloß nicht auf die Idee, mein Zimmer zu betreten. Auch nicht, um mich um Verzeihung zu bitten.«

Ihre Augen leuchteten noch einmal auf, bevor sie sich umdrehte. Mit fünf langen, energischen Schritten war Rosa am Eingang der Hütte angelangt und überquerte die Schwelle, ohne sich noch einmal umzudrehen. Ich streichelte meine Wange. Ein unglaublicher Charakter. Die Kleine konnte es mit der Großen ohne weiteres aufnehmen. Ich fand mich damit ab, eine weitere lange Nacht zu verbringen, in der ich mit meinen Ängsten und den Gespenstern der Vergangenheit allein war.

28

Jawohl, der fieseste und zynischste unter Ihnen hat es bereits erraten: Um Mitternacht wachte ich auf und konnte den stillen Worten, die Astarot, der Gott der Wollust, wie ein tödliches Gift in mein Ohr träufelte, nicht widerstehen. Mit erotischen Absichten – oder kriegerischen, denn die

Liebe ist eine wunderschöne Schlacht – drang ich in mein Schlafzimmer ein. Rosa, die gleichfalls wach war, empfing mich mit offenen Armen und ihrem warmen, jungen und biegsamen Körper. Tatsache ist, daß zwischen ihrem Vorschlag und dem von Elsa gar kein so großer Unterschied bestand. Ich wußte also nicht genau, was ich von der ganzen Geschichte mit der Furcht und der Schutzbedürftigkeit halten sollte. Auch wußte ich nicht, was sie wohl von der Sache denken mochte, daß sie für mich immer ein kleines Mädchen bleiben und ich sie immer beschützen würde. Der Französischunterricht, der Elsa so am Herzen gelegen hatte, war auf jeden Fall nicht umsonst gewesen, dafür habe ich Beweise. Und für mich, auf dessen Retina immer noch die Bilder von Godo flackerten, wie er gerade gefoltert wurde, mischten sich dabei zu gleichen Teilen Schmerz, Wohlgefallen, Erlösung, Schuld, Genuß und Perversion. Man kann vielleicht nicht gerade sagen, daß ich stolz auf mich war, aber dennoch sagte ich mir ein wenig verworren, vielleicht, um über mich die Oberhand zu gewinnen, daß so nun einmal das Leben spielte. Man muß es genießen. Es dauert schließlich nicht ewig, wie García sagen würde. Zum Teufel, würde er sagen, hör endlich auf zu jammern!

»In Madrid schneit es nie«, sagte Rosa während eines kleinen Zwischenspiels. Meine Sorgen waren ihr fremd, sie war in ihre eigenen versunken. »Als ich ein kleines Mädchen war, war morgens manchmal alles weiß, daran kann ich mich noch genau erinnern . . . Ich hatte solchen Spaß daran, im Schnee zu spielen . . . es machte mir Spaß, den Schnee schmelzen zu lassen und ein bißchen davon zu trinken. Ich dachte nämlich, das wäre ganz besonders sauberes Wasser.«

»Das stimmt ja auch«, sagte ich. »Ich weiß auch nicht, was mit dem Klima los ist. Aber wenn etwas nicht richtig funktioniert, dann muß man es eben reparieren. Bin gleich wieder da.«

Ich ging aus dem Schlafzimmer und kam mit der Spitzhacke zurück.

»Beweg dich nicht«, warnte ich sie.

Mit der Spitzhacke schlug ich einmal in das Kopfkissen, eine Handbreit von ihrem Kopf entfernt. Rosa schrie erschrocken auf.

»He, was machst du da? Bist du wahnsinnig?«

»Wolltest du nicht Schnee haben? Jetzt haben wir soviel wir wollen!«

Ich nahm das aufgeplatzte Kopfkissen, schüttelte es, und der Raum füllte sich mit kleinen, weißen Federn, die langsam zu Boden schwebten. Mit gekreuzten Armen fing ich an, mich zu drehen wie ein dressierter Bär, oder wie eine Vogelscheuche. Rosa gluckste vor Vergnügen. Ich schloß den Ventilator an, der seit mehreren Monaten in einer Ecke Trübsal blies, und die Federn schwebten nach oben und nach unten, ohne auch nur einen Moment lang zur Ruhe zu kommen. Wir schliefen unter den Schneeflocken miteinander. Die Zweifel, wen ich heiraten würde, verringerten sich dadurch nicht. Mein Gefühlsauflauf wurde immer größer. Ich wußte nicht mehr, ob ich Blondinen bevorzugte oder ob ich einer von denen wäre, die eine Brünette wollten.

29

Ich dachte, ich würde beim Aufstehen Rosa in Unterwäsche sehen, mit einer Zahnbürste in der Hand. Aber die Wirklichkeit hatte mit Werbeblöcken wenig zu tun. Eine geheimnisvolle und schnelle Hand zog mir die Star aus dem Hosenbund, und als ich reagieren wollte, sah ich vor mir den Lauf einer Astra aus dem Jahr 1921, Modell 400, ungefähr zwei Handbreit von meinem Gesicht entfernt. Ich hob den Blick. Es war El Mudo, der sie in seiner Faust hielt, mit acht Patronen 9 Millimeter Largo, Einfachmechanismus. Er steckte sich meine Star nach hinten in den Gürtel. Der Einarmige war da und García, der es sich in meinem einzigen Lehnstuhl bequem gemacht hatte. Ich hatte ihn aus einem Müllcontainer gerettet. Rosa stand am Herd. Sie sah sehr erschrocken aus. Ich richtete mich auf und beglückwünschte mich für die Hose, die ich noch anhatte, trotz der bewegten Nacht.

»Dein Schlaf ist ja tiefer als ein Bohrloch, mein Kleiner«, sagte García belustigt. »Früher warst du anders.«

Mit meinem Blick hätte ich jeden Verachtungswettbewerb der Welt gewinnen können.

»Du dagegen hast dich überhaupt nicht verändert, Fred.«

»Nenn mich nicht Fred, Max«, warnte er. »Hört sich ja an, als wäre ich ein Gangster. Nenn mich einfach Alfredo oder auch García. Pate auch nicht, aus genanntem Grund, selbst wenn du für mich so etwas bist wie ein Patenkind. Also, kommen wir zur Sache. Ich nehme an, du weißt bereits, warum wir dich mit unserem Besuch beehren.«

»Du könntest mir wenigstens die Ehrengäste vorstellen.«

»Der mit deiner Bleispritze ist El Mudo.« García kam meiner Bitte zuvorkommend entgegen. »Wenn du ihn dazu bringen solltest, mehr als drei zusammenhängende Worte zu reden, bekommst du den Hauptgewinn. Wenn's dir lieber ist, nenn ihn einfach den Stummen. Das gefällt ihm zwar nicht besonders, aber er wird die Klappe halten. Der, dem der Arm fehlt, ist der Einarmige. Sieh ihn dir nur an«, fügte er stolz hinzu. »Der lächelt noch nicht mal auf Fotos.«

»Ihr habt euch ja mit den Spitznamen echt Mühe gegeben«, bemerkte ich. »Der mit dem unvollendeten Arm ist ein alter Bekannter von mir.«

»Wart nur. Du bekommst auch noch dein Fett«, grunzte das Freundchen. »Du kennst mich nicht, aber ich muß dir das hier wiedergeben.«

Ohne die Star PD loszulassen, Kaliber 45 ACP, mit besonders heftigem Rohrrücklauf und Stangenmagazin, herausnehmbar und einreihig, zeigte er mir die Kette mit der Medaille der Heiligen Jungfrau, die Paella gehört hatte. Wir sahen uns an wie zwei tollwütige Hunde. Was für Blicke! So was nennt man wohl: Haß auf den ersten Blick.

»Natürlich kenne ich dich. Soviel macht ein Strumpf über dem Gesicht bei dir auch nicht aus.« Immer schön ruhig bleiben. Ich drehte mich zu García um. »Wenn du nichts dagegen hast, werde ich frühstücken, solange wir uns unterhalten. Ach, übrigens, du riechst ja gar nicht mehr nach diesen elenden Duftwässerchen. Steht dir gut.«

»Jetzt nehme ich Andros.«

Mein Blick verriet höhnische Bewunderung. »Elsas Tip«, erklärte er mir bescheiden.

»Ich kannte die Jungs wirklich schon, García. Ich habe mir das Videoband angesehen, bevor Rosa es sah. Sei nicht böse auf den Römer. Er hat es verteidigt, so gut es ging.«

Ich ging zur Spüle. Meine Leibwächter beobachteten mich streng. Ich nahm mir das Whiskyglas, das ich am Vorabend benutzt hatte, und griff zu der Flasche Dyc, die zu drei Vierteln leer war. Während ich einen Teil ihres stärkenden, karamelfarbenen Inhalts eingoß, sah ich, wie mich Garcías spöttischer Blick streifte, der seine Besorgnis ein wenig verschleierte. Rosa machte zwar den Mund nicht auf, aber ein Schatten der Enttäuschung flog über ihr schönes Gesicht wie ein Flugzeug über einen einsamen Strand. Ich änderte meine Meinung, ließ den Whisky stehen, halbierte ein paar Orangen und fing an, mir einen Saft zu pressen.

»Wo ist das Band?« fragte García.

»Immer mit der Ruhe«, sagte ich. »Es ruht da, wo ihr alle eigentlich hingehört, in einem Mülleimer.«

»So solltest du nicht mit mir reden, Max«, sagte García, sichtlich erleichtert. »Ich erlaube dir fast alles, aber alles auch wieder nicht: Vergiß das nie.«

»Will noch jemand?« Niemand äußerte sich. »Um so besser. Ich spar' mir die komplizierten Erklärungen.«

Während ich die Orangen auspreßte und ihr leckerer, fruchtiger Saft das Glas langsam füllte, zermarterte ich mir das Hirn, um herauszufinden, wie sie uns gefunden haben mochten. Daß Rosa oder Elsa uns verraten hatten, fand ich absurd. Plausibler war, daß sie Elsa gefunden hatten. Das ganze Hin und Her hatte mir überhaupt nicht zugesagt. Aber es war schließlich nicht ihre Schuld. Sie erregte eben mehr Aufsehen als ein Lächeln auf dem Gesicht eines Verkehrspolizisten.

»Du hinkst ja gar nicht so sehr, mein Kleiner. Ich habe mich wirklich gefreut, das zu sehen. Sieht aus, als wäre es nicht mehr als eine Verstauung.«

»Es heißt Verstauchung, Fred, mein Pate.«

»Hab' ich doch gesagt, Mann, eine Knöchelverstauung. Ist doch ein lustiges Wort, Verstauung, oder etwa nicht? Kommt wahrscheinlich von den Skinheads, diesen Kahlköpfen, bei denen sich die Leute die Knöchel verdrehen, wenn sie sie sehen und versuchen, vor ihnen wegzurennen . . . Du ahnst ja nicht, wieviel Spaß es mir macht, die Sprache zu betrachten und zu beobachten, wie sie sich entwickelt . . . Wenn der Tag bloß achtundvierzig Stunden hätte . . .« García ließ den Blick träumerisch über die Mauern schweifen, von denen langsam der Putz abbröckelte. »Dann würde ich mindestens eine davon dazu verwenden, Grammatik und Latein zu lernen und die gegenseitigen Ein- und Ausflüsse, aber man kann ja nicht alles machen . . .

Ich schwör's dir, mein Kleiner, ich bin richtig neidisch geworden, als ich gesehen habe, wie wohl du dich in den riesigen Häusern in *Puerta de Hierro* oder *La Moraleja* oder auf den Hochzeiten in *Jerónimos* fühltest. Du warst der einzige, der aussah wie ein Gast. Kannst du dich noch an die eine erinnern, an dieses aufgedonnerte Fräulein, das mich für einen Chauffeur hielt? Ich donnerte ihr auf dem Klo mein Ding rein, nimm, Donnerfrau, ich donnerte und donnerte und donnerte . . . Aber ich habe natürlich etwas aus mir gemacht, das siehst du ja. Mein Vater war Schneider für ganz ehrenwerte Leute, und meine Mutter hat in dem öffentlichen Pissoir im Nordbahnhof den Boden gewischt, sie mögen ruhen in Frieden, Gott hab' sie selig . . .«, García bekreuzigte sich. »Deine dagegen, deine Mutter war eine richtige Dame, sie hatte mehr Klasse als die ganze Universität von Madrid. Und dann dein Vater, ein richtiger ehrenwerter Gentleman im mustergültigen, alten Stil. Aber du siehst ja, am Ende liefen die Sachen bei dir schief, und nicht bei mir . . . Meine armen Eltern nannten mich immer das tapfere Schneiderlein, in Kämpfen war ich immer der erste, und Tobi«, er bekreuzigte sich von neuem, »nannten sie die Schneidertruhe, weil seine Taschen immer bis zum Platzen gefüllt waren, wie die von dem Marx-Brother, von dem, dessen Name nach einem Musikinstrument klingt, Mann, der Stumme, der die ganze Zeit hinter den Mösen herläuft . . . Und was ist mit deinen Alten, Max? Was ist aus ihnen geworden?«

»Ausgewandert.«

»Da hatten sie recht, verdammt. Spanien ist auch nicht mehr das, was es einmal war. Mit dieser Geschichte von wegen Europäischer Binnenmarkt und der Verblödung der Landschaften und dem Naßmilchpulver lassen sie hier alle möglichen Leute rein, Neger, Kolumbianer, Chinesen, Italiener. In ein paar Jahren werden wir zum Frühstück Spaghettis essen, was willst du wetten? – Wo waren wir gerade? Ach ja. Da unterhältst du dich ein bißchen mit mir, und schon schweife ich ab. Wir haben da ein Problem, eine Problem, wie der Engländer immer gesagt hat, erinnerst du dich noch?« Er wechselte den Akzent. »Es ist eine Sache, gutmütig zu sein, und eine andere, für die ganze Stadt den Trottel zu spielen. Drei Kilo Ware der reinsten Sorte sind verschwunden.« Garcías Stimme wurde wieder normal.

»Der Verantwortliche dafür hat seine verdiente Strafe schon bekommen«, mischte sich der Einarmige ein und warf mir einen drohenden Blick zu.

»Halt den Mund, Krüppel.« García schnitt ihm das Wort ab, ohne seinen Ärger zu verbergen. »Wenn schmutzige Wäsche gewaschen werden muß, redet nur einer, und das bin ich.«

»Ich weiß, daß Godofredo tot ist. Ich sagte dir doch bereits, daß ich den Werbespot gesehen habe. Übrigens: Er wurde Godo genannt, nicht Fred.«

»Was willst du damit sagen?« fragte García mißtrauisch. »Könntest du dich vielleicht ein bißchen klarer ausdrücken? Manchmal redest du, als wärst du eine Pfütze, mein Kleiner.«

»Wenn der Name Fred nach Gangster klingt, dann paßt er vielleicht besser zu dir als zu ihm.«

»Du sollst meine Geduld nicht mißbrauchen, Máximo Lomas. Du sollst die Zuneigung nicht mißbrauchen, die ich für dich empfinde.«

Der Saft war fast übergelaufen. Ich bot ihn Rosa an. Ich dachte, sie hätte vielleicht eine trockene Kehle.

Ich begann, mir selbst einen zuzubereiten. Dafür benötigte ich etwa dieselbe Zeit wie mein Exchef für das Loslassen seiner philosophischen Betrachtungen.

»Mit dem Typ stimmte etwas nicht«, konstatierte Alfredo García. »Ob er Godo oder Fred genannt wurde, spielt überhaupt keine Rolle. Er verschacherte alles mögliche, mal hier, mal da. Er war ein Betrüger, er war sehr umtriebig, fast wie so ein Fußballbonze . . . Er klaute Stereoanlagen und Autoradios, manchmal auch die ganze Kutsche . . . Max, der Typ hat einfach Scheiße gebaut. Ich bin noch nicht mal zweihundertprozentig sicher, ob er sich den Koks wirklich unter den Nagel gerissen hat, aber ein Verlust ist sein Tod jedenfalls nicht . . . Er war doch bloß Unkraut. Er schuldete ein paar Negern in *Lavapiés* hundertfünfzig Tausender, nicht besonders viel, aber für so ein Teerfaß, für so einen Nigger, ist es eine Menge Knete, verdammt. Die Nigger sind ja eigentlich ganz okay, aber andererseits, sieh's dir noch mal an, der komische Julius Cäsar, der, dem du es gezeigt hast zum Beispiel, ist ein Taugenichts. Vielleicht wird er morgen schon ausgewiesen und merkt es noch nicht mal. Also, soll er doch zur Hölle fahren, aber gut, Koks klauen ist wirklich ganz schön paranoid . . .«

»Was heißt das, paranoid?« fragte der Einarmige.

»Diskussionen lohnen nicht«, fuhr García fort, ohne dem Einarmigen auch nur einen verdammten Moment Aufmerksamkeit zu schenken, »und irgendwann muß man mal mit einem anfangen. Es hat überhaupt keinen Zweck, lange herumzufackeln. Der Junge hat sich einen Anzug angezogen, der ihm zu groß war. Man muß Schritt für Schritt anfangen, von unten anfangen und dann aufsteigen . . .«

»Schritt für Schritt, so wie der da?« Ich zeigte auf den Einarmigen, der im Kühlschrank herumstöberte. Viel würde er nicht finden. »Was ist er denn jetzt? Obergefreiter? Oder deine rechte Hand?«

Der Einarmige holte ein Ei aus dem Kühlschrank. Er warf mir einen feindseligen Blick zu und zerquetschte das Ding mit Daumen und Zeigefinger, die er an den äußersten Enden angesetzt hatte. Man muß ziemlich viel Kraft haben und ausgesprochen wütend sein, um ein Hühnerei so zu zerdrücken. Er warf es ins Spülbecken und wischte sich die Hände mit einem Lappen ab. Der arme Einarmige: fast tat er mir leid. Wenn er sein Junggesellendasein zu verabschieden gedachte, müßte er außer dem Häschen auf der Torte und dem Lokal auch gleich noch ein paar Freunde dazumieten.

»Die Schulden sind immer noch nicht beglichen«, fuhr García fort. »Godo ist tot, und ein totes Stück Fleisch ist nichts wert, es bezahlt seine Schulden nicht . . . Mir ist alles scheißegal«, stieß er plötzlich hervor, als ob es sich um eine spontane Entscheidung handelte, »Rosa werde ich mitnehmen, mit deiner Erlaubnis, mein Kleiner. Er war ihr Verlobter, oder ihr Partner, wie die jungen Leute heutzutage sagen. Vielleicht taucht der Stoff ja so auf. Wenn nicht, wird sie die Schulden eben abstottern.«

»Pure Verschwendung. Man wirft doch den Schweinen keine Margeriten vor, García. Und Rosen schon gar nicht.«

»Dann eben du, Max. Du weißt ja bestimmt, was ich meine, oder etwa nicht?«

»Nein. Wieso?« Ich setzte ein dämliches Gesicht auf. »Was willst du damit sagen?«

»Daß du etwas tun sollst, verdammt noch mal!« Wenn García sich plötzlich aufregte, wurde sein Gesicht rot, und die Halsschlagader schwoll an, bis sie fast platzte. Danach erlangte er schnell sein normales Aussehen wieder. »Klau etwas, bring jemanden um, überfahr eine alte Frau oder kill eine Fliege, was auch immer. Wenn nicht, dann schlag wenigstens einen Teller kaputt, verdammte Scheiße, nimm einem kleinen Jungen ein Bonbon weg oder mach seinen Luftballon kaputt, wie in dem Film, dem einen, dem von Jitschkock, dem Zauberer des *suspense*. Zum Teufel, tu etwas. Komm in meine Mannschaft, und in zwei Wochen bist du der zweite Mann an Bord, diese Pißnelken hier können dir doch nicht das Wasser reichen. Fürs erste mußt du dir einen gestreiften Anzug kaufen. Du wirst bestimmt nicht zu den Bullen gehen, da bin ich mir sicher. Du weißt so gut wie ich, daß man die schmutzige Wäsche bei sich zu Hause wäscht. Du bist einer von der alten Schule, genau wie ich, Kleiner. Wir sind nicht mehr viele, es wird immer weniger Wert auf Prinzipien gelegt. Ich sag' dir das nicht aus Rachsucht. Tu was, damit Elsa wieder was von dir hält.

Elsa hat in dir einen Verlierer gesehen. Sie rechnete sich aus, daß du in deinem Rhythmus 127 Jahre gebraucht hättest, um ein Haus wie meins zu bekommen, und das auch nur, wenn ihr gespart hättet wie die Nutten. Sieh mich an. Sehe ich etwa aus, als wäre ich 127? Ich besitze vier verkabelte Häuser, fünfzehn Badezimmer und fünf Autos mit mindestens sechzehn Ventilen. Ich habe Gemälde von wichtigen Leuten, Mann. Ein paar von den Künstlern sind sogar schon im Fernsehen aufgetreten. Ich habe sechs Abonnements für die Stierkämpfe in *Las Ventas*, bis ins Jahr 2010, mehr wollten sie mir nicht verkaufen, ich habe drei komplette Silberbestecke und einen Haufen Zedes, und zwar von den allerbesten und alle nagelneu. Bei manchen habe ich noch nicht mal die Plastikverpackung abgerissen . . . Guck mal, das Feuerzeug hier.« Er holte ein großes, goldenes Feuerzeug aus der Tasche. Es sah solide aus. »Pures Gold, vierundzwanzig Karat. Los, sieh's dir an. Wiegt mindestens einen Zentner. Weißt du, was ich dafür bezahlt habe? Eine vierköpfige Familie könnte davon fünf Monate lang leben, und gar nicht so schlecht, den Geldschwund bedacht.« García steckte seinen Schatz wieder ein. Ich sah ihn verblüfft an. Er hob gerade ganz offensichtlich ab. Was sollte dieser Vergleich? »Und ich will noch viel mehr besitzen.«

»Es ist vollkommen klar, daß die größten Ungerechtigkeiten von denen begangen werden, die aus Maßlosigkeit handeln, und nicht von denen, deren Beweggrund die Not ist«, zitierte ich, beeindruckt von jener spontanen Grundsatzerklärung.

»Kein schlechter Satz für einen Türsteher, der vor Diskotheken und miesen Bordellen stand«, versetzte García.

»Ist nicht von mir. Stammt von Aristoteles.«

»Aristoteles? Den Namen habe ich schon mal gehört.« Der Einarmige landete einen Griff ins Klo. »Ist das nicht der Spitzname von dem Herumhänger in der Bar unten in deinem Haus, Stummer?«

Ein echtes Juwel. Ganz bestimmt, dieser schwachsinnige Tölpel war wirklich vom Allerfeinsten. El Mudo machte sich noch nicht einmal die Mühe, ihm zu antworten. Seine Dyslalie hatte den Vorteil, daß er nicht auf jeden Schwachsinn eine Antwort geben mußte. Er paßte auf mich auf und wahrte gebührenden Abstand. Ich hegte langsam die Befürchtung, daß der Moment der Unaufmerksamkeit, auf den ich inmitten des ganzen Waschweibergeschwätzes lauerte, nie mehr kommen würde. Der Einarmige warf El Mudo einen feindseligen Blick zu. Der tumbe Schwachkopf blieb jedoch stur.

»Also gut«, sagte García, indem er sich aus dem Lehnstuhl erhob und sich Staub vom Hintern klopfte, den es nicht gab. »Weißt du eigentlich, was es mich kostet, diese Figuren da am Leben zu erhalten? Ich werde es dir sagen: eins von meinen Eiern, nicht mehr und nicht weniger. Ein Ei und noch ein halbes dazu.

Von den Währungsschwankungen erst gar nicht zu reden . . . Wer würde mir schon raten, Dollar zu kaufen? Und dann noch diese beiden Schlitzaugen, die sich aus dem zigsten Stockwerk in Hongkong gestürzt haben . . . Von mir aus können die ruhig alle in den Tod springen. Man könnte Broker-Chop-Suey aus ihnen machen oder Chinapamps aus Menschenfleisch in Tüten.

Und da kommt so ein Bürschchen daher, will mitmischen und geht mir auf die Nüsse . . . Begreift dein flachgewichstes Hirn, wovon ich rede? Weißt du was? Solche Weicheier koche ich gar.«

Garcías verbaler Dünnschiß begann mich zu langweilen.

»So, mein Junge. Wir haben noch zu tun. Siehst du das hier?« García griff sich mit der Hand an die Hüfte. Als er sie wieder hervorzog, hatte er seine Beretta 92 F in der Hand, mit zweireihigem Magazin, fünfzehn Patronen und einem Rahmen aus Ergal 65, einer besonders leichten Legierung in Bruniton-Schwarz, einer speziellen Oberflächenbehandlung der italienischen Firma gleichen Namens. »Ich werde dir noch ein Beispiel geben, nur damit du weißt, was ich meine. Weißt du eigentlich, was ich dir mit all dem sagen möchte? Ich hatte dieses Deutsch-Schweizer Fabrikat, verdammt, die SIG Sauer P226, 9 Millimeter Parabellum, kannst du dich daran noch erinnern? Ein Superding, wird sogar vom Efbiei benutzt, okay? Stark. Aber was passiert, was passiert? Ich höre also, daß sie in allen Tests geschlagen wird, und zwar von der Beretta 92. Also gehe ich hin und kauf' mir eine Neue, eine Beretta, Mann, achtundachtzig war das. Außerdem wird dieses Ding hier«, er klopfte zweimal auf das Pistolenhalfter, »von den teksanischen Renschers benutzt, und wenn ich die Wahl habe zwischen den Renschers und dem Efbiei, scheiße ich natürlich auf das Efbiei. Das nennt man Fleck-Si-Bi-Li-Tät, Kleiner. Du dagegen . . . Was ist bloß mit dir los? Deine Astra wurde von der Llama M-82 geschlagen, als die neuen Pistolen für die spanische Armee ausgesucht wurden, und du, was soll's, kaufst dir keine neue, du kaufst dir einfach keine, was soll's, denkst du, was soll's. Stimmt's oder hab' ich recht? Wenn ja, nick mit den Eiern. Aber Elsa legt Wert auf so was. Ach ja, noch was: Hast du eigentlich immer noch nicht die leiseste Ahnung, wer dir deine dämliche Kniescheibe zerschossen haben könnte?«

»Im Gegenteil, ich habe immer noch dieselbe Ahnung, Fred«, gab ich zurück. »Wer, glaubst *du* denn, war es?«

»Woher soll ich das wissen?« antwortete er, ohne sich daran zu stören, daß ich ihn Fred genannt hatte. »Da liegt eine ganze Menge schmutzige Wäsche herum. Weißt du, was ich dir damit sagen will? Derjenige, der dir das angetan hat, schätzte dich auf jeden Fall sehr, fast wie seinen eigenen Sohn: Du könntest jetzt nämlich genauso tot sein wie die Eintagsfliege von gestern. Er hätte dich mit einem winzigen Pups ins Jenseits befördern können.«

»Logisch. Wahrscheinlich mit einem Schuß ... aus ... nächster ... Nähe ... Ich hätte es vielleicht sogar selbst tun können. Wer weiß? Vielleicht bringen er und ich ja eines Tages die ganzen halben Sachen ins reine«, sagte ich, um die Unterhaltung in die Länge zu ziehen. Ich konnte nicht zulassen, daß sie Rosa einfach so mitnähmen. Vielleicht würde sich ja eine Gelegenheit ergeben, um etwas zu unternehmen. Aber der Schweigsame beobachtete mich weiterhin aufmerksam. Mittlerweile hätte man ihn durchaus den Einäugigen nennen können.

»Ja, vielleicht. Aber vergiß nie, daß der Typ sein eigenes Leben aufs Spiel setzte, als er dich laufenließ«, sagte García. »Er hätte es tun können. Aber er tat es nicht, weil ihr Freunde ward. Was würde ohne die Freundschaft bloß aus der Welt werden? Er wäre ein mieses Schwein gewesen, der Arme, das wäre alles. Jetzt seid ihr zwar keine Freunde mehr, okay, aber immerhin *ward* ihr welche, Max, also laß ihn laufen.«

»Wer hat Toni auf dem Gewissen? Den Barkeeper«, fügte ich hinzu, als sie mich verständnislos ansahen.

»Es war keine besonders gute Idee von Elsa, in diese Kneipe zu gehen«, gab García zurück. »Es tut ihr ausgesprochen leid. Toni wiegt den Paella auf, und damit hat sich's. Kein schlechtes Geschäft für dich. Du hast ja keine

Ahnung, was ich der Frau vom Paella alles bezahlen mußte. Jetzt kommt sie mir damit, daß ihre Kinder auf eine französische Schule gehen sollen oder so ähnlich. Fragen kostet ja nichts, wenn's klappt, dann klappt's eben, und wenn nicht, auch egal. Intilligenz war immer schon teurer als Dummheit.«

»Wo ist Elsa?«

García war drauf und dran, die Beretta aus dem Halfter zu ziehen, dieses Juwel mit seinem innenverchromten Lauf von 125 Millimetern Länge und einem Magazin, dessen Endstück den Griff um 3 bis 4 Millimeter verlängerte, was gut für eine stabile Handlage war. Als er Elsas Namen hörte, hielt er inne.

»Elsa gehört mir, Max«, sagte er im Zeitlupentempo und mit plötzlich schneidender Stimme. »Um nichts auf der Welt würde ich sie hergeben. Sie ist wie mein eigen Fleisch und Blut. Wenn ich hören sollte, daß irgendwer an ihr herumfummelt, und sei es auch nur an einem Faden oder einem Knopf ihrer Bluse, dann ist Aus-die-Maus. Nou Surrender«, schloß er. »Was Elsa angeht, gibt es keine Gefangenen. Ich bin nicht so eifersüchtig wie der Maurenkönig Moctezuma oder wie der andere da, Mortadelo, ich meine Othello, oder wie zum Teufel er auch immer heißen mag, der vom Shakespier, dem Genie aus dem Nebel, aber meine Elsa rührt mir keiner an.«

García tat mir fast leid. Abgesehen davon, daß er ein Bauer war, war er auch noch einer von denen, die auf offenem Feld Türen errichten. Elsa war ungebundener als ein Vögelchen. Sie war schon immer so gewesen, und niemand auf der ganzen weiten Welt würde daran etwas ändern. Elsa traf die Entscheidungen: Das war die einzige Regel. Wer damit nicht einverstanden war, brauchte das Spiel gar nicht erst anzufangen.

»Elsa ist eine Frau. Frauen dienen in den Filmen nur der

Dekoration«, philosophierte der Einarmige. Ein ganz schöner Schlaumeier. Jedesmal, wenn er etwas sagte, war es von außerordentlicher Wichtigkeit. »Eine traumhafte Fassade, aber nichts dahinter.«

Ich wünschte, ich wäre genauso dämlich, denn selig sind die geistig Armen. Aber für García und mich war Elsa doch einiges mehr. Für El Mudo übrigens auch, wenn man das nach dem scheelen Blick beurteilen wollte, den er seinem Mitstreiter zuwarf.

»Gut, jetzt reicht's mit dem Gelaber.« García wurde ungeduldig. »Wir haben heute noch 'ne Menge zu tun. Bessere dich. Ach richtig, mach dir keine Sorgen um die Kleine. Es wird ihr an nichts fehlen, sie ist in guten Händen.«

»Auch wenn eine fehlt?« fragte ich mit einem verschmitzten Blick auf den Einarmigen.

Der verzog keine Miene. Wirklich, dem Mann fehlte noch der Humor eines Tausendfüßlers.

»Das Bürschchen habe ich umgelegt«, sagte er. »Aber zuerst habe ich ihm die Hand zerquetscht. Es hat gekracht, wie wenn du einem Huhn die Knochen brichst. Krrracks. Ist 'ne tolle Soße geworden. Tomatenketchup und Blut, konnte man sich die Finger nach lecken.«

Die Feier begann da, wo ich es am allerwenigsten erwartet hatte. Rosa hatte sich die ganze Zeit über still und bewegungslos gehalten. Das einzige, was sie noch zustande brachte, war, den Saft zu trinken, den ich für sie gemacht hatte. Ich weiß nicht, ob es einfach die letzte Gelegenheit gewesen war oder ob sie das mit dem Bürschchen so verstanden hatte, daß damit Godo und nicht Toni gemeint war. Auf jeden Fall ging sie auf den Einarmigen los, der mich wütend ansah, und stanzte ihm mit dem Saftglas eine Prägung in den Kopf. Ein Zufall wie dieser war genau das, was ich brauchte. El Mudo verlor mich einen Moment lang aus den Augen, und für mich ist ein Moment unter bestimmten Umständen etwa so lang wie ein halbes Leben: Ich verpaßte ihm einen Schlag gegen die Luftröhre, so daß er die Astra 1921, Modell 400, losließ, ein Überbleibsel aus dem Bürgerkrieg. Es gibt fast überhaupt keine Munition mehr dafür. Ich bin sicher, er lädt seine Patronen selbst wieder auf, genau wie ich. Der Schlag drückte ihm die Luft ab. Ich wollte mich gerade um García kümmern, als mir irgend jemand eins auf den Schädel verpaßte. Ich sah fünfzig Sternchen, gelbe und rote. Der Einarmige verpaßte mir eins mit der Pistole, die mit Magazin lediglich 850 Gramm wog. Für mich aber fühlte sie sich an wie ein Ziegelstein, mit Bleikugeln, die von einem verzinkten oder chromierten Mantel aus Eisen umgeben waren. Na gut, der Typ war zwar ein bißchen klein, aber dafür anscheinend aus Stahlbeton: das Glas, das auf seinem Kopf zerschellt war, hatte ihn jedenfalls nicht besonders beeindruckt. Ich fiel auf die Knie, obwohl ich nicht die geringste Lust verspürte, jetzt meine letzten Gebete zu sprechen. García griff nach Rosa, die auf diese Art der Rache des Einarmigen entging. Letzterer blieb direkt vor mir stehen, während El Mudo sich erholte und der grünliche Violetton in seinem Gesicht langsam wieder in eine gesunde dunkelbraune Erdfarbe überging. Eine dicke Flüssigkeit lief aus meinem Kopf heraus. Das Blut lief mir über die Stirn, und ein Tropfen fiel auf den Boden. Der Einarmige berührte mich am Kopf und nahm die besudelten Finger in den Mund. Mir wurde schlecht.

»Warum soll ich ihn nicht hier direkt kaltmachen, Boß?« fragte er, während er die rote Grütze probierte. »0 Rhesus negativ, so eine Scheiße. Der Typ hat die weitverbreitetste Blutgruppe.«

»Weil ich der letzte große Romantiker bin«, gab García von der Tür aus pathetisch zurück. »Alle wollen meinen Kopf, die Bullen, Canuto, die vom *Arenal*, einfach alle. Sie alle haben sich gegen Alfredo García verschworen. Aber dieser Junge da hält zu mir. Max war für mich wie mein eigener Sohn. Krümm ihm bloß kein Haar, Einarmiger, oder die Ameisen bekommen deinen letzten dir zur Verfügung stehenden Arm zum Fraß vorgeworfen. Und du, Mudo, gib ihm die Bleispritze zurück, wenn wir abhauen. Ein Leibwächter ohne Pistole ist wie ein Mann ohne Schwanz. Das gilt auch für Ehemalige.«

El Mudo zog Rosa durch die Tür. García blieb auf der Schwelle stehen, um sicherzustellen, daß der Einarmige mir nicht den Rest gab. Auf dem Rücken seiner einzigen Hand las ich in blauen Lettern eintätowiert den Satz: »Du sollst deine Mutter ehren.«

»Auf dem Grab deiner Mutter werde ich tanzen, du Scheißkerl«, sagte ich noch, halb benommen, nicht nur von dem Schlag, sondern auch von der abstoßenden Erscheinung dieser Kreatur, die mit Kennermiene mein Blut kostete. Und recht hatte die Ratte auch noch: Ich war 0 Rhesus negativ.

Ich werde nie lernen, meinen Mund zu halten. Der zweite Schlag mit dem Griff, der noch brutaler war als der erste, ließ mich die gesamte Milchstraße sehen und schickte mich auf direktem Weg ins Land der Träume, in dem Schatten und Schrecken herrschen. Währenddessen versank Alfredos Stimme, die dem Einarmigen befahl, mich in Ruhe zu lassen, langsam in der Schwärze.

30

Das Klingeln des Telefons weckte mich. Mit Mühe stand ich auf, schaffte es bis zu dem Apparat, nahm ab und ließ mich auf einen Stuhl sinken. Dabei gab ich mir Mühe, mich nicht auf der Stelle zu übergeben. Außer dem Kopf tat mir die Seite weh. Vermutlich hatte der Einarmige mir noch ein paar ordentliche Fußtritte verpaßt, bevor García ihn von mir losreißen konnte.

»Es ist fast niemand dran«, sagte ich. »Wer ist denn da?«
»Ich bin's, Lady Mystery.« Ich erkannte Elsas Stimme.
»Dann bin ich der Kurier des Zaren.«

Ich ließ meinen Blick im Zimmer umherschweifen, bis ich die Star gefunden hatte. García hatte sie neben das Lyman-Gerät gelegt.

»Ich habe García angerufen, um ihn zu fragen, wie diese Komödie hieß, die wir uns einmal zusammen angesehen hatten. Ich hatte mich darüber geärgert, daß ich mich nicht mehr daran erinnern konnte. Er ist fast durchgedreht. Ich fürchte, er könnte jetzt ärztlichen Beistand gebrauchen.«

»Und dafür hast du ihn angerufen?« fragte ich mit aufrichtiger Bewunderung. Elsa war einfach unglaublich.

»Ja. Findest du das bemerkenswert?«
»Bei dir eigentlich nicht. Ich dachte, du wärst bei ihm.«
»Jetzt werd nicht gleich wieder absurd.« Sie wurde unruhig. »Es ist wichtig. Es geht um Rosa.«
»Glühwürmchen, hör mal. Ich glaube, ich liebe dich noch genauso sehr wie früher.«

Am anderen Ende der Leitung entstand ein drei bis vier Sekunden langes Schweigen, bis Elsa sich schließlich von der Überraschung erholt hatte.

»Was ist denn mit dir los, Max? Max? Geht es dir gut?«
»Keine Aufregung, Schätzchen. Wahrscheinlich sind es nur die Schläge, die ich auf den Kopf bekommen habe. Wie spät ist es?« fragte ich, während mein Verstand sich langsam wieder erholte. Seit irgendso ein Spaghettifresser mir in einer feuchtfröhlichen Nacht die Uhr und die Geldbörse gefilzt hatte, war das mit der Uhrzeit immer ein lästiges Problem. Aber am meisten hatte mich gestört, daß die kleine Taschenuhr ein Geschenk von Elsa gewesen war.

»Halb acht Uhr abends an einem widerlichen Dezembertag. Ort der Handlung: Planet Erde. Zeit der Handlung: Ausgang des zwanzigsten Jahrhunderts. Handlung: Eine verliebte Frau versucht dem Mann, der ihr Herz in Stücke geschnitten hat, etwas mitzuteilen. Ich warte in einer halben Stunde am Denkmal des Traurigen Generals auf dich, mein Schatz. Bring Kondome mit.«

»Nimmst du nicht mehr die Pille? Dann . . .«

»Dann sei jetzt still. Weißt du was? Mir ist wieder kalt geworden. Ich weiß auch nicht, was mit mir los ist, Max.«

»Es ist Winter, Elsa, das ist mit dir los.«

»Du sollst doch nicht wieder absurd werden. Das ist es nicht. Meine automatische Frostschutzeinrichtung fällt bloß ein bißchen zu oft aus. Mach die Augen zu . . . Sind sie schon zu?«

»Ja«, sagte ich.

»Ganz bestimmt? Ehrenwort?«

»Ja«, wiederholte ich.

»Dann aufgepaßt. Konzentrier dich jetzt. Du bist ganz Ohr. Bist . . . ganz . . . Ohr . . .«

Sie gab mir einen Kuß, der klang wie eine himmlische Musik, und legte auf.

Das Denkmal des Traurigen Generals. Das hörte sich nach einem amourösen Rendezvous an, selbst ohne die zweideutige Bemerkung am Schluß. Ich war ein wenig benommen, und mein Hemd war blutgetränkt. Ich dachte mir, daß ich wieder aufleben würde, wenn ich duschte und mich umzöge. Halbe Stunde? Mit meinem Flitzer würde mir mehr als genug Zeit bleiben, um mich in neuem Aufzug wie ein frisch verpacktes Weihnachtsgeschenk zu präsentieren.

31

Das Denkmal des Traurigen Generals hieß natürlich nicht wirklich so: Die Stadtverwaltung ist selten so poetisch. Den Namen hatte Elsa ausgesucht, und gerechterweise muß man sagen, daß er gar nicht so schlecht gewählt war. Es handelte sich um das Reiterdenkmal eines berühmten, aufrührerischen Militärs aus dem neunzehnten Jahrhundert, und in seiner ungewöhnlichen Haltung lag etwas Melancholisches, so als wüßte er, daß selbst in den Siegen immer auch der Verlust mitschwingt. Früher, in meiner Sturm- und Drangzeit, verabredeten Elsa und ich uns fast jeden Abend dort, den ich frei hatte, manchmal auch am Nachmittag. Wir waren hitzig und glühend verliebt, trafen uns auf dem kleinen Platz in der Altstadt von Madrid, auf der sich drei oder vier winzige Kneipen, ein paar Hundehaufen auf dem Sand, einige Spatzen und Tauben und ein paar ältere Damen von trauriger Gestalt tummelten, die sonst in den Hauseingängen verwelkten. Gewöhnlich tranken wir ein Glas Wein in einer von diesen Kneipen. Elsa bevorzugte den »Buho Tuerto«, weil sie der Ansicht war, das klänge nach den Ritterromanen und Melodramen, die sie so liebte. Danach nahmen wir ein Taxi und fuhren in die Pension *La Paloma*, nie ohne vorher immer noch eine kleine Runde zu drehen: Wir fuhren erst in Richtung *Puerta de Toledo*, dann vorüber am *Palacio Real* und an der *Plaza de Oriente* in die *Calle Mayor*, bis wir schließlich in die enge Gasse einbogen, in der wir Quartier bezogen. Am *Palacio de Oriente* vorbeizuschauen war Teil des Rituals: Elsa stellte sich immer vor, wir wären zwei Königskinder, und diese proletarischen Träumereien erwärmten ihren Körper merklich. Ich griff gewöhnlich auf die Flasche Rotwein zurück, um romantisch zu werden. Meistens nahm ich mir eine aus der Kneipe mit, manchmal hatte ich aber auch den Flachmann dabei, meine kleine silberne Freundin, wie Glühwürmchen sie nannte. Wenn das erste Mal nicht ausreichte, bat Elsa den Taxifahrer, nochmals vor dem Palast herumzukreuzen. Wenn ich mich recht erinnere, war eine dritte Runde niemals nötig gewesen. Was mich anbelangte, so brauchte ich außer Elsas Majorettenbeinen sowieso keinen weiteren Anreiz. Im Grunde war die Weinflasche nichts weiter als meine mehr oder weniger überzeugende Bohemien-Verkleidung, nachdem ich in den Fußstapfen von Modigliani gescheitert war.

An all das dachte ich, während ich mich ausgehfertig machte. Als ich meine Hütte verließ, traf ich auf den Polypen mit den Stinkfüßen, der mit einem anderen Typen an meinem Wagen lehnte. Der Neue war klein, hatte ein breites Gesicht und Schlitzaugen. Ich ging zu ihnen. In fünfzig Metern Entfernung spielte eine sechs- oder siebenköpfige Kinderbande auf einem ziemlich abschüssigen Gelände ein anarchistisches Spielchen mit ein paar Holzpfählen, Steinen und einem Ball. Eines der Kinder schlug ein anderes mit einem Holzpfahl. Sie verhedderten sich und rollten über den eiskalten Boden, ohne daß irgend jemand Anstalten gemacht hätte, sie voneinander zu trennen.

»Máximo Lomas González«, begrüßte mich mein Bekannter. »Wir sehen uns wieder, ganz wie ich dir gesagt habe. Du hast nur noch achtundvierzig Stunden.«

»Achtundvierzig Stunden wofür?« gab ich zurück, während ich die Schlüssel aus der Tasche holte und seinen Begleiter zur Seite treten ließ.

»Für deine Abrechnung mit Alfredo García, ohne daß ich mich einmische. Spiel nicht den Dummen. Wir wissen, daß du für ihn gearbeitet hast und daß er dir ins Leben gepfuscht hat. Heute morgen ist einer seiner Leute beerdigt worden, José Sánchez, alias Paella, Indiana-Paella. Außerdem ist die verstümmelte Leiche von Godofredo Heredia auf einem Schrottplatz gefunden worden, ein junger Bursche, der sich mit García angelegt hatte. Ich habe die Schwuchtel schon lange auf dem Kieker. Manchmal hat man den Eindruck, daß das Gesetz ausschließlich für solche Typen verfaßt worden ist. Wir können ihre Methoden nicht verwenden, aber du, wenn ich beide Augen zudrücke.«

Ich öffnete die Tür des Skoda.

»Ich habe keine Ahnung, wovon Sie reden.«

»Wenn es nach uns ginge, würden wir Ihnen eine ganze Woche Zeit geben, inklusive Spesen«, mischte sich der Schlitzäugige ein. Er hatte eine unangenehme Art, auf den Wörtern herumzukauen. Bevor er weiterredete, ließ er ein paar Sekunden verstreichen, in denen er verdaute. »Wir wissen ganz genau, daß solche Dinge Zeit brauchen, aber unsere Vorgesetzten wollen Resultate sehen, so schnell wie möglich. Wir können allerhöchstens achtundvierzig Stunden warten.«

»Ist das alles?« fragte ich und sah dabei unbeteiligt zu den jungen Burschen hinüber. Die beiden, die sich vorher gebalgt hatten, prügelten sich jetzt nicht mehr.

»Nein«, sagte der Typ mit den Käsemauken.

Er verpaßte mir zwei Schläge in die Nierengegend, eine Linke und eine Rechte, und ich klappte unter heftigen Leidensbekundungen zusammen. Ich hätte ihn zusammenschlagen können, aber mir war nicht nach noch mehr Ärger. Der mit den Schlitzaugen sah mich lächelnd an.

»Das war für das Käsebrötchen.«

Ich sagte zwar, daß meine Leidensbekundungen heftig gewesen waren, aber das soll nicht heißen, daß eine Näherin so einen Schlag einfach weggesteckt hätte. Als ich wieder zu Atem kam, hatten sie sich schon auf den Weg gemacht. Einer von den Jungs kam zu mir. Er heiß Santi und wohnte in einem der Häuser neben meiner Hütte. Ich hatte schon öfters mit ihm Ball gespielt. Er war ungefähr zehn Jahre alt.

»Ich habe alles gesehen, Señor«, sagte er. »Tut es sehr weh?«

»Bloß ein Kratzer. Ich hab' dir doch schon mal gesagt, daß du mich duzen kannst. Nenn mich einfach Max. Dann komme ich mir ein bißchen jünger vor.«

»Möchtest du rauchen, Señor?«

»Nein«, ich begleitete meine Ablehnung mit einem Kopfschütteln.

Der Bursche zündete sich eine Ducados an und sog den Rauch gierig ein.

»Zeigst du mir deine Knarre?«

Ich zog die Star.

»Nicht anfassen«, gab ich ihm zu verstehen. »Wenn du deiner Mutter erzählst, daß ich eine Pistole habe, sage ich ihr, daß du rauchst.«

»Weiß sie schon lange.«

Das Bürschchen verzog die Nase zu so etwas wie einem Lächeln. So sah er noch häßlicher aus. Er war dunkelhäutig und mager. Seine Oberlippe war verkrustet. Er trug einen Ring im Ohr, hatte einen dunkelblauen Pulli an und ein Paar graue Hosen von schlechter Qualität.

»Hast du eine Freundin, Señor?«

»So ähnlich«, sagte ich.

»Und? Ist sie hübsch?«

Mit sechzehn Jahren hatte Elsa einen Schönheitswettbewerb gewonnen. Die Entscheidung war einstimmig gewesen. Kann schon sein, daß das nichts Besonderes ist, aber wenn man weiß, daß eine ihrer Mitbewerberinnen zwei von den Jurymitgliedern einen geblasen hatte und sich mit dem Titel Miss Sympathy abfinden mußte, so bedeutet das schon ein bißchen mehr. Diesem Bürschchen die Sache detailliert zu schildern erschien mir allerdings nicht angebracht, auch wenn er noch so aufgeweckt sein mochte.

»Hast du schon mal einen Sonnenuntergang gesehen, mein Junge?«

»Eine ganze Menge davon«, sagte er. »Immer wenn ich auf meinen Vater warte.«

Sein Vater war ein Säufer, der selten vor Gott-weiß-wann nach Hause kam, nach Anisschnaps stank und ein Riesentheater veranstaltete. Ich hatte Santi schon oft auf der Treppe des Hauseingangs sitzen sehen, mit einer Decke auf den Knien, während er auf ihn wartete. Der Bursche stieß den Qualm durch die Nase aus und mimte den Erwachsenen.

»Siehst du. So hübsch ist sie.«

»Santi! Santi!«

Eine fette Frau mit schwarzen Ringen unter den Augen und rotgefärbtem Haar rief vom Hauseingang aus nach ihrem Sohn. Sie wischte sich die Hände an der Schürze ab, vielleicht, weil sie schmutzig waren, vielleicht aber auch, weil sie nervös war. Sie hatte ihn noch nie gern in meiner Gesellschaft gesehen, nicht mal, wenn wir Fußball spielten. Mein Ruf im Viertel war nicht besonders gut.

»Du wirst gerufen«, sagte ich.

Ich steckte die Star ein und stieg in den Wagen.

»Auf Wiedersehen, Señor«, verabschiedete sich mein Nachbar.

Ich antwortete mit einer Handbewegung, ließ den Wagen an, schob den ersten Gang ein und beschleunigte. Im Rückspiegel beobachtete ich, wie Santi einen Rüffel bekam. Er achtete mehr auf seine Spiel- und Kampfgenossen als auf die mütterlichen Anweisungen und Ratschläge. Schlechter Umgang, würde seine Mutter wahrscheinlich zu ihm sagen. Schlechter Umgang, denk daran, ich habe es dir gesagt, der Klumpfuß ist kein . . . du wirst noch enden wie . . . denk an deinen Vater.

32

Man konnte nicht gerade behaupten, daß die Dinge besonders gut für mich liefen. Nach dem Schußwechsel in den Blauen Kater zu gehen war eine riesige Dummheit gewesen. Langsam wurde aus mir ein alter Hengst.

Ich parkte so, daß ein Reifen in den Saum eines Zebrastreifens biß, und streunte einsam durch die Straßen in Richtung des Platzes mit dem Traurigen General. Aus einer der benachbarten Straßen drang eine verzerrte Stimme, die versonnen *La bien pagada* dahinschnulzte. Die Stimme näherte sich mir – oder ich näherte mich ihr – und wurde dabei immer lauter. An einer Straßenecke fehlte bloß eine Handbreite, und ich wäre mit dem Sänger zusammengestoßen, der es nicht mal bemerkte. Eine Stimme, die ich hinter mir gelassen hatte. Ich warf ihm einen letzten Blick zu: Er taumelte und kreiste mit seinen Händen gefühlsselig durch die Luft. Dann kniete er sich hin: Er sah aus wie ein Schauspieler auf einer leeren Bühne oder wie Kolumbus, der in seiner Verwirrung glaubte, er hätte Indien betreten. Ich dachte mir, daß er betrunken war oder handfesten Liebeskummer hatte. Wahrscheinlich beides zugleich.

Elsa wartete unter der Bronzestatue auf mich und streute Brotkrumen unter die Vögel. Dieses Postkartenmotiv hätte mein Herz erweicht, wenn es sich nicht in letzter Zeit sowieso schon wie ein weiches Kaubonbon angefühlt hätte. Einen Augenblick lang ergötzte ich mich an ihrem Anblick, während im Hintergrund weiterhin *La bien pagada* zu hören war, langsam schwächer wurde und dann verstummte. Elsa hatte für den Anlaß einen Pullover mit schwarzen und etwas breiteren weißen Streifen angezogen. Der Pullover war sehr schön, nur daß sein Muster an die Zeichnung mancher Schlangen erinnerte. Von dem Mantel keine Spur: Elsa war bereit, auf einen Schlag sechs Jahre zurückzuschrauben.

Sie trug enge Jeans, in denen sie sehr jung wirkte, fast wie eine Braut von achtzehn Jahren. Manch andere hätte sie darum beneidet. Auf der Schulter des Traurigen Generals hatte sich anstelle eines mächtigen Adlers eine Taube niedergelassen, die sich von der graugrünen Farbe des Denkmals kaum abhob. Sie verwandelte ihn mehr in einen Friedensbotschafter als in einen Todes- und Feuerbringer, also in das, was er im Grunde auch war: in einen Krieger, der vor lauter Durst und Blut müde geworden war, vor lauter Anstrengung, lauter Arbeit für die Mächtigen, für dieselben wie immer, die Reichen mit den manikürten Fingernägeln.

»Du siehst gut aus, Glühwürmchen«, schmeichelte ich ihr. »Wirklich blendend.«

Elsa sah mich an. Dann senkte sie den Blick auf ihre Schuhe, während sie den Brotlaib in kleinere Brocken zerteilte. Sie warf sie auf den Boden und umarmte mich. Ich küßte sie auf den Hals. Sie erschauerte.

»Langsam, mein Schatz, oder willst du mir einen Elektroschock versetzen? Und nenn mich nicht Glühwürmchen«, protestierte sie kokett, »du siehst mich ja schließlich nicht mehr nur nachts.«

»Stimmt«, sagte ich. »Jetzt gehst du ja nicht mehr in die Tanzschule oder zu den Englisch- und Schreibmaschinenkursen.«

»*Tea is at five, don't be late, dear*«, lachte sie.

»Aber du bringst immer noch ein bißchen Licht in ihre Hütten.«

»Du stinkst fürchterlich.« Mein Kompliment war offensichtlich umsonst gewesen. »Was war es diesmal?«

»Ein halber Liter von meinem Lieblingsduft.«

»Dann sei dir verziehen, daß du den Anzug nicht trägst, den ich dir geschenkt habe. Weder den Anzug noch die Schuhe. Ich habe gestern im *La Paloma* übernachtet und das Zimmer für heute reservieren lassen, aber vorher möchte ich gerne noch unsere kleine Runde drehen. Warum bin ich bloß so verdammt romantisch veranlagt? Meine Eltern waren anders.«

Elsa hatte mir einmal erzählt, daß sie sie im Alter von zwei Monaten an der Pforte eines Nonnenklosters ausgesetzt hatten. Ich habe nie erfahren, ob an der Geschichte etwas dran war. Ihr Unheil führte sie auf ein schwarzes Muttermal am Rücken zurück.

In Gedanken versunken stand sie da und beobachtete ein Mädchen, das auf der Straße spielte.

»Was ist los mit dir? Was guckst du denn so?«

»Das Mädchen da. Es erinnert mich an mich.«

Ich sah zu dem Kind hinüber. Es war ein ganz normales Mädchen, das mit Gummitwist spielte. Nichts Besonderes an ihm. Eine Frau lehnte sich aus einem Balkon.

»Esther, Abendessen! Komm schon, du frierst dich ja zu Tode!«

Das Mädchen hüpfte noch zwei- oder dreimal über das Band und verschwand dann im Haus.

»Oder besser ausgedrückt: Sie erinnert mich an das Mädchen, das ich niemals gewesen bin. Los, gehn wir.«

33

Ich folgte ihr. Wir gingen in den »Buho Tuerto«.

»Zwei Gläser Wein«, sagte sie zum Kellner. »Und ein paar eingelegte Sardellen mit Oliven.«

»Wie in alten Zeiten«, sagte ich.

»Ja. Nur ein anderer Kellner, und die Heizung ist kälter. Wenn sie überhaupt an ist.«

Es war warm, aber ich sagte nichts. Der Wein und die Portion Sardellen wurden serviert.

»Wie war es gestern mit deiner Krake?«

»Nicht besonders. Er wollte es von vorne und von hinten haben, aber das lasse ich nicht mit mir machen. Besser gesagt: Da würde ich nie jemanden dranlassen. Er wurde so lästig, daß ich eine Whiskyflasche nehmen mußte, um ihn wieder loszuwerden.«

»Hast du ihn betrunken gemacht?«

»Nein. Das dauert zu lange. Er wandte mir den Rücken zu, und ich schlug ihm die Flasche J&B über den Schädel. Vielleicht hat er auf diese Art verstanden, warum ich mich nicht gern umdrehe. Außerdem, so was Billiges! Er glaubte wohl, er könnte mich mit einer Flasche J&B rumkriegen. Ich habe ihm die Brieftasche geklaut. Hier ist die Beute.« Elsa holte drei Zehntausenderscheine hervor. »Blau wie meine wilde Seele, treu und melancholisch. Willst du sie haben?«

Ich verneinte mit einem Kopfschütteln, in vollem Bewußtsein, daß sie mir sehr gelegen gekommen wären.

»Gib mir Feuer.«

Ich hielt ihr das Feuerzeug hin. Die Flamme streichelte die Spitze der Kippe, aber Glühwürmchen machte eine Handbewegung, als wollte sie sich das Haar kämmen, und die Zigarette ging nicht an.

»Gib her«, sagte sie ein bißchen ungeduldig.

Sie griff nach dem Feuerzeug, zündete sich die Kippe an und hielt die Flamme, anstatt sie zu löschen, an die Geldscheine, die sie noch immer mit der anderen Hand umklammerte. Sie verglimmten wie die zahlreichen Abende und Nächte, die wir zusammen verbracht hatten, wie all die Träume, Hoffnungen und Weizenfelder hier und überall auf der Welt, die verschwunden waren, um sich irgendwann einmal erneut aus der Asche zu erheben, wenn auch auf anderen Feldern und in anderen Herzen.

»Ich will sie auch nicht haben. Ich habe es bloß getan, um ihm eine Lektion zu erteilen.«

»Und nachher?«
»Wie, nachher?«
»Nachher.«

»Das habe ich dir doch schon gesagt: Nachher habe ich im *La Paloma* übernachtet. Du hast keine Ahnung, wie sehr ich dich vermißt habe. Jedesmal wenn ich Luft geholt habe, spürte ich, daß du nicht da warst. Jeder Zentimeter des Lakens erinnerte mich an die Zeit, in der du darauf deinen Geruch hinterlassen hast, jede Pore in meiner Haut verwünschte deine Abwesenheit. Wie lang die Nächte waren, Max«, Elsa nahm meinen Arm, »wie hartnäckig der Schmerz ist, wenn man einmal wirklich geliebt hat. Komm zurück. Geh nie mehr fort von mir. Komm zurück. Bitte, verlaß mich nicht noch einmal.«

Elsa drückte meinen Arm. Ich platzte fast, hielt mich aber zurück. Im neutralsten Tonfall, zu dem ich fähig war, sagte ich:

»Ich habe dich doch überhaupt nicht verlassen, Traumfrau.«

»Wir rachsüchtig du bist, mein Schatz«, sagte sie dreist und ließ mich gleichzeitig los. Die Vorstellung war beendet. »Wer nicht vergessen kann, versteht nicht zu leben, und wer nicht zu leben versteht ... Was zum Teufel tut so einer hier? Du bist bloß ein Spartaner im Hofe des Pharaos, ein Asket auf einer Orgie von Caligula. Ich habe keine Ahnung, warum zum Teufel ich mich in dich verlieben mußte. Wahrscheinlich sind unsere Unterschiede so ausgeprägt, daß wir uns ausgeprägt ähnlich sind.«

Ich trank einen Schluck Wein und spießte drei Sardellen und eine Olive zugleich auf.

»Wie viele Männer haben dich geliebt, Elsa?«
»Fast alle. Ein paar davon, weil sie wußten, wie ich war, und ein paar, weil sie es nicht wußten.«
»Und wie viele davon hast du mißhandelt?«

»Alle. Weil ich wußte, wie sie waren, Max.«

»Ich werde eine Erzählung mit dem Titel *Das kleine Herzchen* schreiben. Es wird von einem Mädchen handeln, dessen Spur man verfolgen kann, wenn man auf die Herzen achtet, die es auf dem Weg gebrochen hat. Ihr eigenes Herz dagegen zerbricht nie, denn es ist aus Stein. Das Vorbild meiner Geschichte ist *Der kleine Däumling*. Ich weiß schon, das ist nicht gerade der Typ Daumen, an den du dich anlehnen würdest, und die entsprechende Größe hat er auch nicht, aber was soll man machen.«

»Schreiben ist nicht deine Stärke, Max«, sagte Elsa, ohne den schmutzigen Schlag, den ich ihr zu verabreichen versucht hatte, sofort dem Schiedsrichter zu melden. Es war genau wie vorher bei dem Kompliment, das sie mit unbewegter Miene zur Kenntnis genommen hatte: Elsa lag genauso auf der Lauer wie ich. »Ich habe dir gerade gesagt, daß ich sie alle mißhandelt hätte, aber das war gelogen. Eine einzige Ausnahme habe ich mir erlaubt. So war das nämlich bei mir, und so wird es bei mir wohl auch immer bleiben. Setz nicht so ein Gesicht auf, wir machen schließlich alle Fehler. Ich bin auch nur ein Mensch. Darüber kannst du in deiner verdammten Erzählung etwas schreiben.«

Elsa betrachtete den Teller mit den Sardellen, der noch fast unberührt dastand. Sie hatte noch nicht mal davon probiert. Ich dachte schon, gleich würde sie in Tränen ausbrechen, aber sie beherrschte sich. Die Elsa von einem Jahrfünft später wies ein paar Sprünge auf, die vorher durch Abwesenheit geglänzt hatten.

»Mich ist nicht nach Essen zumute«, sagte sie. »Mir.«

Ich schob mir die Sardellen und die Olive in den Mund. Sie trank ihren Wein aus, ohne mich anzusehen.

34

Sie bezahlte die Rechnung, ohne daß ich mich dagegen gewehrt hätte. Der Kellner warf uns einen haßerfüllten Blick zu, weil wir vor seinen Augen dreißigtausend Kröten verbrannt hatten und ihm noch nicht einmal dreihundert als Trinkgeld gönnten, und wir verließen den Laden. Bei der Visage hätte sich wohl keiner eine kurze Abhandlung über die bedrohlich ansteigende Inflationsrate erlaubt.

Die Taube, die sich zuvor auf der Schulter des Generals ausgeruht hatte, war weggeflogen.

»Wenn du nichts dagegen hast, fahren wir in meinem Wagen. Ach, richtig. Hast du zufällig an meinen Flachmann gedacht?«

»Nein.« Elsa biß sich auf die Unterlippe und tat so, als wäre sie überrascht von ihrer eigenen Vergeßlichkeit.

»Sie haben deine Schwester. Wußtest du das?«

Ihr Gesichtsausdruck wurde ernst.

»Ja«, sagte sie. »Ich wollte mit dir darüber reden.«

»Glaubst du, daß sie in Gefahr ist?«

»Nicht mehr als wir.« Sie stotterte bei der Antwort ein wenig, und ich hatte den Eindruck, als wüßte sie nicht, ob sie vollkommen ehrlich sein oder sich lieber noch etwas für den Schluß aufheben sollte. »García ist in mich verliebt, er würde ihr nicht ein Haar krümmen. Aber solange sie bei ihm ist, kann ich mich nicht frei bewegen. Er wird sie benutzen, um mich zu erpressen. Ich glaube, Alfredo meint, ich hätte etwas mit dem Koks zu tun.«

»Und . . .?«

»Natürlich nicht, Max. Das fragst du mich doch nicht im Ernst.«

»Schwör's mir.«

»Ich schwöre es dir.«

Schwör's mir: was für ein Schwachsinn. Als ob Elsa der

Typ Frau wäre, der vor einem Meineid zurückschrecken würde. Sie würde noch nicht mal im Angesicht der Hölle inmitten von Flammenmeer und Schwefelschwaden ins Wanken geraten. García hatte denselben Verdacht wie ich. Elsa wußte, wo der Schnee war. Elsa mußte einen Ausweg finden. Und Elsa haßte García, vermutlich.

Wir gingen zum Wagen. Ich hatte ihn an der Einmündung einer engen Straße geparkt, mit einem Rad auf dem linken Bürgersteig in der einzigen Reihe geparkter Wagen. Ungefähr zehn Meter vor uns ging ein Typ mit schnellen Schritten über das Pflaster. Ohne stehenzubleiben, versuchte er die Wagentüren zu öffnen. Vielleicht fand er ja eine, die nicht abgeschlossen war. Der Lärm, den dieser nichtsnutzige Strolch veranstaltete, indem er an den Türgriffen rüttelte, unterlegte unsere Unterhaltung mit seinem lauten Knallen.

»Sie haben Godo umgebracht, um uns zu warnen, Max.«

»Scheint dir nicht besonders viel auszumachen.«

Sie zuckte die Schultern.

»Guck mich nicht so an. Godo war ein Schwachkopf. Er erzählte überall herum, daß er mit mir ins Bett ging. Er spielte gern mit dem Feuer.«

»Wie hast du von seinem Tod erfahren?«

»Ich sagte dir doch schon, daß ich García angerufen habe. Er sagte, das sei eine Warnung, und ich sollte zu ihm zurückkommen. Er flehte mich an, heulte am Telefon herum, drohte mir und versprach mir ein Appartement auf Benidorm, direkt am Strand ... So was Schäbiges. Wenn es wenigstens auf Menorca gewesen wäre ... Was glaubt dieser Typ eigentlich, wie ich mir mitten unter den ganzen englischen Hausangestellten vorkommen würde? Soll er doch verrecken. Er erinnerte sich noch nicht einmal an den Titel dieses Films ... Mein Gott, wie er weinte ...

Dieser Idiot hat es mit den Nerven. Wenn er mir nicht aus der Hand fräße, hätte ich Angst vor ihm.«

In diesem Moment erreichte der kleine Ganove die Tür meines Wagens. Sie ging auf. Die Trägheit ließ ihn zwei weitere Schritte ausführen, dann blieb er überrascht stehen. Seine Rübe verarbeitete die empfangene Information mit der Geschwindigkeit einer Schildkröte. Dann ging er zwei Schritte zurück. Er war im selben Moment da wie wir.

»Sehr freundlich von Ihnen, Johann«, sagte ich und nahm ihm die Tür aus der Hand, damit Elsa einsteigen konnte. »Sie können jetzt gehen.«

Der Junkie sah mich einigermaßen verblüfft an. Er war noch keine dreißig, aber die Droge mußte ihm bereits seit ein paar Jahren zu schaffen machen. Elsa stieg ein, während ich den starren Blick des Fremden unerschütterlich aushielt.

»Weißt du was?« sagte er zu mir mit dem stammelnden Akzent der Vorstadt. Er hatte blaue, blutunterlaufene Augen, die ein bißchen verdreht waren. »Ich wünsche dir, daß du abkratzt, und ich hoffe, es erwischt dich in deinem Wagen, ich wünsche es dir von Herzen . . .«

Er drehte sich um und ging weiter, um die restlichen Türklinken auszuprobieren. Ich öffnete meine Tür und stieg ein.

»Elsa, meine Liebste«, sagte ich. »Der Hebel da drüben dient dazu, die Tür zu verriegeln. Er nennt sich Türsicherung.«

»Es tut mir ja so leid, mein Schatz . . . Wie macht man das denn? So?«

Mit Daumen und Zeigefinger drückte Elsa die Sicherung zärtlich nach unten und fuhr sich dabei mit der Zunge über die Lippen. Ich ließ den Wagen an.

Ich habe in meinem Leben nur zwei Frauen kennengelernt, die mich komplett verrückt gemacht haben, und beide waren sehr verschieden.

Eine wirkte herrisch, schnell, erotisch, nahezu skrupellos und gefährlich. Sie hieß Elsa.

Die andere wirkte zärtlich, verletzlich, vom Unglück verfolgt, großzügig und romantisch.

Und sie hieß auch Elsa.

35

Wir gelangten zur *Puerta de Toledo*, fuhren über die *Calle Bailén* und ein paarmal am *Palacio Real* und an der *Plaza de Oriente* vorbei. Elsa wirkte sehr zufrieden, vielleicht auch gerührt. Ich konnte mich nicht entscheiden, was. Mir fehlte die halbe Flasche Wein. Gelegentlich redeten wir ein bißchen. Der Rest war reine Magie: Zwei Verliebte machten eine Sightseeing-Tour durch die Hauptstadt und fragten sich, ob sie Verbündete waren oder Todfeinde.

»Wenn du Garcías Haus sehen könntest«, hatte Elsa gesagt. »Er hat eine Menge Kohle für die Maler ausgegeben. Für die Kunstmaler, meine ich«, ergänzte sie unschuldig.

Das sollte heißen, daß sie die Bilder meinte, nicht etwa die Anstreicher. Solche Kleinigkeiten ließen mich Elsa gegenüber Mitleid verspüren. Meine humanitären Anwandlungen währten allerdings nur drei oder vier Sekunden, denn auf der Stelle kehrte die schöne Elsa, die berechnende und sinnliche oder sentimentale Elsa wieder, je nachdem. Die andere Elsa eben, die jedes männliche Wesen in einen willenlosen Hampelmann verwandelte. In dem Moment erinnerte man sich augenblicklich daran, daß Mitleid mit Elsa zu haben ungefähr so sinnvoll war, wie die Königin von Saba zu bedauern, weil sie gestern von einer Mücke gestochen worden war. Ich erzählte ihr nicht, daß ich mir die Wohnung auf dem Video angesehen hatte. Wozu auch?

»Ich hasse ihn, Max«, fügte sie hinzu. »Lieber sterbe ich, als daß ich mich aufgeben würde. Ich werde erst frei sein, wenn er tot ist. Wenn wir unsere Haut retten wollen, müssen wir ihn umbringen, das ist eine Tatsache. Du kannst dir nicht vorstellen, wie sehr ich ihn hasse.«

»Ich glaube, ich hasse ihn auch«, sagte ich, während ich ihre Hand streichelte. Ich war mir nicht sicher, ob ich tatsächlich irgendwann einmal wirklich jemanden gehaßt hatte.

»Verglichen mit meinem, entspricht dein Gefühl ungefähr einem Streichholz neben einem Flammenwerfer.« Elsa legte den Finger stets genau auf die Wunde. »Hier, nimm.«

Sie gab mir mit großer Freude ein kleines Päckchen. Mit einer Hand packte ich es aus. Es war eine schöne Uhr, sehr schlicht. Elsa hatte einen guten Geschmack, auch wenn sie nicht gerade zwischen tausend Silbernadeln aufgewachsen war.

»Das ist jetzt schon die zweite Uhr, die ich dir schenke, kannst du dich erinnern? Wenn du die verlierst, bringe ich dich um. Jetzt mußt du wenigstens nicht immer andere Leute nach der Zeit fragen.« Sie schnallte mir die Uhr ums Handgelenk.

»Sie ist wirklich wundervoll. Danke«, sagte ich.

Das war das ganze Gespräch. Der Rest bestand aus Erinnerungen, Gebäuden und Straßenszenen, die sich hinter den Wagenfenstern abspulten, und Schweigen. Bis Elsa das Radio anstellte: . . . folgt jetzt *Put the blame on me*, gesungen von Albert Hammond.

36

Eine der beiden Laternen, die an den Seiten des Ladenschildes vom *La Paloma* angebracht waren, war kaputt. Die Glühbirne fehlte. Die andere flackerte wie die Lider eines Gefangenen, den man soeben aus dem Verlies befreit hatte. Die Zeichnung von einer fetten, weißen Taube war genauso schmutzig wie früher, auch wenn sie noch ein wenig ausgebleichter war. Eine schwarze Katze lief uns über den Weg, als wir kurz davor waren, die Schwelle zu übertreten. Elsa beobachtete sie besorgt und krallte ihre Fingernägel in meinen Arm.

»Komm schon«, machte ich ihr Mut. »Nicht abergläubisch werden. Erinnerst du dich noch, wie ich einmal zweihunderttausend Peseten im Fußball-Toto gewonnen habe?«

»Das war unvergeßlich«, antwortete sie, während sie sich immer noch an mir festhielt. »Wir haben sie noch in derselben Nacht verbrannt, und ich prügelte mit der Handtasche auf eine Frau ein, die dir den ganzen Abend auf den Hintern guckte, sobald du ihn bewegtest, um dir noch einen Whisky zu bestellen.«

Das Lächeln, das auf meinem Gesicht zu erblühen begann, tötete ich ab.

»Am Morgen desselben Tages war mir eine schwarze Katze über den Weg gelaufen, als ich aus dem Haus kam.«

»Vielleicht ist dir deswegen der Hauptgewinn durch die Lappen gegangen«, flüsterte sie. »Dieses Weib war eine . . . Ich werde es nicht aussprechen, um mir meinen Mund nicht schmutzig zu machen. – Also gut, wie du willst: Sie war eine Hure.«

Es war höchst selten, daß Elsa etwas nicht tat, wenn sie Lust dazu hatte.

Einige Meter von uns entfernt bot ein Schwarzer, der als

Krone eine Wollmütze aufhatte und an der Mauer einer Straßenecke stand, *La Farola* zum Verkauf an. Ein paar Exemplare lagen auf dem Boden, eines hielt er in der Hand.

»Ich komme gleich nach«, sagte ich zu Elsa.

»Es ist die Zweihundertvier. Unsere Glücksnummer«, lächelte sie mir zu und versuchte sich damit über das böse Vorzeichen der schwarzen Katze hinwegzusetzen.

Elsa verschwand in dem Eingang. Ich wandte mich an den Verkäufer.

»Was bekommst du?«

»Zweihundert.«

»Wahnsinn«, seufzte ich.

Ich gab ihm das Geld passend und folgte Elsa in das Haus. Aus der Hausmeisterloge fixierte mich eine Alte, die ich nicht kannte, mit dem starren Blick einer Eule.

»Hier ist gerade eine junge Frau hereingekommen . . .«

»Zweihundertvier«, unterbrach sie mich streng.

»Aha.« Ich zeigte ihr meinen abgenutzten Fünftausender. »Ich möchte wissen, ob sie gestern nacht hier übernachtet hat.«

»Ja.«

»Allein?«

Sie bejahte.

»Wenn Sie für jedes Wort bezahlt würden, wären Sie teurer als ein Telegramm, Fräulein.«

Sie streckte die Klauen aus, um ihre Beute zu ergreifen. Sie war allerdings schneller, als ich erwartet hatte, und bekam den Schein in dem Moment zu fassen, in dem ich ihn zurückzog. Das Papiergeld riß entzwei. Jeder hielt einen Teil in der Hand.

»Geben Sie das her«, sagte ich.

»Holen Sie es sich doch«, zischte die Mumie und preßte sich gegen die Wand. Sie versteckte die Hände hinter ihrem Rücken. »Ich werde schreien! Und wie ich schreien werde!«

Wir tauschten einen Blick aus und wußten nicht, was wir tun sollten.

»Für Ihre Hälfte gebe ich Ihnen zweitausendfünfhundert«, schlug die Eule vor.

»Ich werde Ihnen ein besseres Angebot machen«, sagte ich. »Ich schenke Ihnen für Ihre das Leben.«

Sprach's und setzte ihr meine Astra mit der Griffsicherung, die den Schuß verhindert, wenn man sie nicht vollkommen durchgedrückt hat, auf die Brust. Eine simple, aber wirkungsvolle Vorrichtung, die den Transport der Waffe mit einer Patrone im Patronenlager vollkommen sicher macht. Sie zögerte ein paar Sekunden. Wenn Blicke Löcher bohren könnten, hätte man mich neben das entsetzliche Ladenschild an der Wand am Eingang schrauben können, und die Alte hätte ausgesehen wie ein Metallsieb. Schließlich ging sie mir auf den Leim und gab mir ihre Hälfte des Scheins mit einem Blick, der mir aus der Mitte eines Wespennestes entgegenstach. Ich drehte mich um und ging zur Treppe.

»Abschaum«, hörte ich es hinter meinem Rücken.

Es folgte ein Ausspucken.

37

Die Tür der 204 war lediglich angelehnt. Durch den Türspalt stahl sich ein gelblicher Lichtvorhang. Ich drückte sie sanft auf und trat ein. Es war ein winziges Zimmer, in dem kaum ausreichend Platz für ein Bett, eine Kommode und ein Waschbecken war, über dem sich ein rahmenloser Spiegel den Blicken darbot. Eine weitere Tür, die jetzt geschlossen war, führte in ein winziges Bad mit Bidet und Toilette. Hier wenigstens hatte sich gar nichts verändert.

Ich erinnerte mich daran, daß ich Elsa gern dabei zusah, wie sie sich in dem Bidet wusch. Ich glaube, es gibt ein Bild von Degas oder von Toulouse-Lautrec, das eine ähnliche Szene darstellt. Wer es kannte, konnte wohl kaum noch einen Zweifel an meiner künstlerischen Ader hegen. Elsa, die mir den Rücken zuwandte und sich im Spiegel bewunderte, legte ihre Ohrringe ab. Es waren andere als bei unserem letzten Treffen, eine goldene Sonne und ein silberner Mond, der zu drei Vierteln voll war. Die Jeans hatte sie noch an, und ihr Rücken war nackt, einmal abgesehen von dem dünnen Streifen, der von den Trägern des BHs verdeckt wurde. Über der Lehne des einzigen Stuhls hingen ein weißes Unterhemd, eine hellblaue Bluse und der Schlangenpullover.

»Ich werde neue Laken verlangen«, sagte sie, ohne mich anzusehen. »Diese hier habe ich gestern schon benutzt.«

»Mir gefällt es, wenn sie nach dir riechen. Außerdem werden sie kaum auf uns hören. Ich glaube, ich habe bei der Alten keinen besonders guten Eindruck hinterlassen.«

»Sie ist neu hier. Anscheinend hat der Laden die Besitzer gewechselt.«

Elsa drehte sich um. Die Ohrringe hatte sie sorgsam auf die Kommode gelegt. In Jeans und BH sah sie wundervoll aus. Ich war hin- und hergerissen zwischen Chaos und Verwirrung.

»Sieh dir mal diese Ohrringe an«, sagte sie. »Sonne und Mond. Wenn ich sie mir so herum anziehe«, sie nahm sich den Mond-Ohrring und legte ihn an, so daß er wie ein C aussah, »ist er abnehmend, und wenn ich ihn mir so herum anziehe«, sie drehte ihn um, »fehlt ihm nur noch ein Viertel zum Vollmond. Es kommt ganz darauf an, wie ich gelaunt bin. Ich erkläre dir das, weil ihr Männer nie auf so was achtet. Ihr seid so verflucht . . . seelenlos . . . Seit du wieder aufgetaucht bist, drehe ich ihn immer in die zunehmende

Stellung. Bald ist er dann voll, mein Himmel, und du bist die Sonne meines Universums.«

Sie legte den Silbermond zu seiner Partnerin, der Sonne aus Gold.

»Ich habe *La Farola* gekauft, Glühwürmchen«, sagte ich, ohne mich von dem Quatsch mit den Ohrringen erweichen zu lassen, und warf die Zeitung aufs Bett. »Du wirst mit einem Verlierer ins Bett gehen.«

»Das weiß ich doch«, antwortete sie. »Und nur für den Fall, daß es dich interessieren sollte, du wärst nicht der erste, mein Gebieter.«

Im angrenzenden Zimmer, oder besser im gemeinsamen Bad, hatte jemand ein Radio angeschlossen. Die Musik drang mit Leichtigkeit durch die dünnen Trennwände. Das Lied hieß *Espinita*, »Die kleine Gräte«, und der Text, mit dem die Embajadores es spickten, stach in meine Haut, oder vielleicht bohrte er mir auch durch die Seele. *Vorsicht, denn du bringst mich um / du machst Schluß mit meiner Jugend / Ich wünschte, ich wäre dir untreu gewesen und hätte dir einen Betrug heimgezahlt / Du bist wie eine kleine Gräte, die sich in mein Herz gebohrt hat / Vorsicht, denn du läßt mich bluten / du läßt mich vor Leidenschaft vergehen* . . .

»Zieh die Hose aus«, befahl ich.

Es hat mir früher immer sehr gefallen, Elsa dabei zuzusehen, wie sie sich auszog, während ich meine Kleider noch anbehielt. Also gab ich ihr den Befehl, hatte dabei aber eine Kleinigkeit übersehen: Elsa war nicht die Frau, die darauf hörte.

»Zieh du sie mir aus«, forderte sie mich heraus. »Wenn du nackt bist. Ich möchte heute nacht nicht wieder frieren. Daß meine automatische Frostschutzeinrichtung in letzter Zeit nicht mehr richtig funktioniert, weißt du ja. Und mach das Licht aus.«

Hoppla, noch eine Sache, die sich geändert hatte, genau

wie bei Rotkäppchen. Früher wollte Elsa immer etwas sehen. Die Hälfte der Zeit verbrachte sie danach allerdings mit geschlossenen Augenlidern und keuchte und stöhnte. Elsa war eine von der lauten Sorte. Ich hatte nie gedacht, daß sie zu täuschen versuchte, aber eines Nachts kamen mir Zweifel. Elsa hatte sich wegen einer Kleinigkeit über mich geärgert. Über welche, spielt jetzt keine Rolle. Als wir miteinander schliefen, blieb sie eiskalt, und während ich mich anstrengte und dabei immer wütender und beleidigter wurde, sprach sie ununterbrochen über das Wetter und über eine wunderschöne Handtasche, die sie im Schaufenster eines Ladens gesehen hatte. Ihre Worte drangen in mich ein wie Wurfpfeile. Ich könnte noch heute dieses verdammte Krokodilledertäschchen beschreiben, das wahrscheinlich irgendwann in ihren Besitz überging. Sie erlaubte es sich sogar, sich eine Zigarette anzuzünden, während ich mich abmühte. Es war die einzige Zigarette, die ich sie in meinem ganzen Leben selbst anzünden sah. Noch nie hatte ich mich so erniedrigt gefühlt. Bei unseren darauffolgenden Treffen war Elsa wieder die alte. Zwei Wochen später bekam ich den Schuß ins Knie.

»Ich möchte dir dabei zusehen, wie du dich auszieht«, beharrte ich und legte das Jackett und das Schulterhalfter mit der Astra 80 ab, mit ihren Hebeln, die durch eine spezielle Konstruktion die gute Tragbarkeit der Waffe unter der Oberbekleidung garantieren, auch wenn das Gewicht der Pistole in geladenem Zustand für das Tragen außerhalb des Halfters nicht geeignet ist.

Elsa machte das Licht aus. Es gab zwei Schalter: einen in ihrer Reichweite am Kopfende des Bettes und einen anderen gleich neben der Tür, da, wo ich stand. Ich knipste es wieder an und begann mir das Hemd aufzuknöpfen. Elsa, die dabei war, sich den BH auszuziehen, wandte mir den Rücken zu und machte das Licht, als sie das Ding nicht mehr anhatte, wieder aus. Ich knipste es wieder an, und sie löschte es wieder. Ich gab mich geschlagen, und während ich meine letzten Kleidungsstücke auszog, begannen meine Augen das wenige Licht auszunutzen, das nach der anfänglich scheinbar vollkommenen Dunkelheit übriggeblieben war. Nach und nach befanden wir uns in einem geheimnisvollen und vielversprechenden Halbschatten.

»Ich bin deine Hündin«, sagte Elsa und biß ein Loch in die Luft.

Unsere Körper verknäuelten sich ineinander, und wir ließen uns auf das Bett fallen. Die Federn quietschten, das billige Papier von *La Farola* knisterte, als es über das Laken verteilt wurde, und zwischen der ganzen Haut, den ganzen Seufzern und Wörtern fanden unsere Lippen kaum Zeit, sich auszuruhen. »Was für ein Fest für die Haut!« dachte ich. »Was für ein Wahnsinn!« flüsterte sie.

Wenn das keine Liebe war, dann sah es ihr immerhin ganz schön ähnlich.

38

Elsa hatte eine weitere Kippe auf den Scheiterhaufen geworfen, und der Scharfrichter war, wie immer, der Mann gewesen, der sich gerade in der Nähe befand. Wie wir da im Bett lagen, in die Decken gewickelt und den Himmel aus Gips betrachtend, der sich über unseren Köpfen öffnete, sahen wir wahrscheinlich aus wie ein glückliches Ehepaar. Ich vernahm noch einmal den unvernünftigen Ruf der Liebe. Toc, toc, toc. Bei Frauen wie dieser klopfte die Liebe stets zweimal an, oder auch öfter, so lange, bis du die Tür öffnest. Das grüne Päckchen Dunhill Menthol mit dem goldenen Rahmen und den goldenen Buchstaben lag auf der

Kommode, direkt neben den Ohrringen. Früher rauchte sie nie Mentholzigaretten. Sie erriet meine Gedanken.

»Den Minzgeschmack finde ich widerlich«, sagte sie, »aber die Packung paßt gut zu meinen Augen. Wir Frauen müssen solche Opfer eben bringen, mein Schatz. Verdammt schwierig, euch das zu erklären. Ihr seid so... so...«

LONDON–PARIS–NEW YORK. Da die Flüge immer billiger wurden, hatten diese Städte einen Teil ihres Zaubers verloren. Die EG-Gesundheitsminister: RAUCHEN GEFÄHRDET DIE GESUNDHEIT. Diese Buchstaben waren größer als die der Städte.

»Du solltest weniger rauchen«, sagte ich und schnitt ihr das Wort ab, das sie suchte, um unser unedles Geschlecht zu definieren.

»Glaubst du etwa, daß es eine Sünde ist, zu rauchen?«

»Nicht mehr als Alkohol trinken und auf einem Bein hüpfen, aber das spielt keine Rolle.«

»Das ist der einzige Fehler, den diese De-Luxe-Filterzigaretten haben, außer daß sie nach Menthol schmecken: Sie sind noch nicht mal eine Sünde«, sagte sie, und eine Wolke Rauch prallte von meinem Gesicht ab. »Die Zweihundertvier, erinnerst du dich noch?«

Ich nickte mit dem Kopf.

»Wir haben unseren eigenen Rekord geschlagen. Es hat sich kaum etwas verändert. Du schon, du hast dich verändert, ein bißchen.«

»Wir werden älter, Elsa. Was will man machen? Du bist in sechs Jahren sechs Jahre älter geworden und ich ein paar Jahre mehr.«

»Du wolltest wohl sagen, ich bin reifer geworden«, erwiderte sie schmollend. »In genau drei Monaten werde ich einunddreißig, aber ich sehe wirklich nicht so aus, stimmt's?«

Elsa behauptete immer, sie wäre am 21. März geboren, zum Frühlingsanfang. Meine Vermutung war allerdings, daß sie im Sommer Geburtstag hatte. Beweisen konnte ich es nie. In ihrem Personalausweis stand das Geburtsdatum der 21. März, aber da es um Elsa ging, mußte das nicht von Bedeutung sein. Wann auch immer sie das Licht der Welt erblickt haben mochte, sie hatte beschlossen, an diesem Tag ihren Geburtstag zu feiern, und seitdem war es so.

»Wer ist denn für diese Wunde da verantwortlich?«

»Der Einarmige«, antwortete ich. »Sie tut mir immer noch weh.«

»Dieser Blutsauger ist wirklich der brutalste von allen. Er haßt die Frauen, die Neger, die Jugendlichen und die Junkies. Er ist ein einziger Sack voller Haß. Krüger ist leichter zu handhaben. Wußtest du, daß er glaubt, er gefiele mir?« lachte sie. »Er könnte uns vielleicht noch nützlich werden.«

»Und der Einarmige?«

»Was soll mit dem Einarmigen schon sein?«

»Ich meine, ob du ihm auch gefällst.«

»Ach Quatsch«, sie schnaubte durch die Nase, um ihrer Verachtung Ausdruck zu verleihen. »Er kennt bloß ein paar Wörter, und ›Liebe‹ gehört nicht dazu. Wenn du ihm gegenüber das Wort *Sex* erwähnst, denkt er bestimmt an ein Huhn.«

Jedesmal, wenn Elsa einen Zug machte, wurde ihr Gesicht von der Glut der Zigarette leicht erhellt.

»Du wolltest mir etwas über deine Schwester erzählen«, sagte ich. Das Gefühl, daß Elsa mir irgend etwas verheimlichte, hatte mich keineswegs verlassen. »Red schon.«

Es dauerte ein paar Sekunden.

»Sie ist eifersüchtig. Deswegen wollte sie auch nicht auf dem Sofa schlafen.«

Die nächste Eifersuchtsrunde geht an dich, Prinzessin,

dachte ich. Wenn du etwas merkst, wenn du es erfährst. Falls Rosa es dir erzählen sollte. Ich habe das nicht getan, um dich mit einem Verrat auszuzahlen oder um mich zu rächen. Ich habe es getan, weil Rosa und ich es brauchten, und weil meine Kompaßnadel seit dem Schuß in die Kniescheibe verrückt spielt, noch etwas mehr, seitdem du den *Blauen Kater* betreten hast, meine Königin. Sie sagte »verdammte Scheiße« und untersuchte die Zugstrecke, die auf deiner Strumpfhose entstanden war, Elsa.

»Brenn mit mir durch, Max«, stieß Elsa unerwartet hervor und warf mir dabei schnell einen Blick zu. »Laß uns alles vergessen.«

»Und Rosa allein lassen?«

»Stimmt«, sie rief es sich ins Gedächtnis. »Ich weiß überhaupt nicht mehr, was ich sage. Ich drehe langsam durch.«

»Ich habe über das nachgedacht, was du mir vorhin gesagt hast, und ich glaube, du hast recht«, sagte ich. »Es geht hier nicht um Prinzipien, es ist einfach die einzige Lösung. Wenn der Hund stirbt, kann er nicht mehr tollwütig sein. Ich habe es dir noch nicht gesagt, aber ein Bulle ist hinter mir her. Wenn wir schnell etwas unternehmen, läßt er uns vielleicht laufen.«

»Hast du schon einen Plan?«

»Keinen besonders ausgefeilten. Du solltest eine Versammlung im *Blauen Kater* einberufen. García muß dabeisein.«

»Alfredo betet mich an. Er sähe es lieber, ich wäre tot als mit einem anderen zusammen. Ich weiß nicht, ob man das Liebe nennen kann, aber immerhin ist es etwas.«

»Tu so, als wärst du auf seiner Seite. Dann könnten wir eine Gelegenheit bekommen.«

»Mehr kann man nicht vom Leben verlangen«, sagte sie fast ein wenig verträumt. »Eine zweite Chance. Mehr zu verlangen wäre Feigheit vor dem Feind. Wie wär's mit 19.45 Uhr?« fragte sie praktisch.

»Du redest wie die Bahn.«

»Früher bekomme ich sie nicht zusammen.« Sie dachte laut nach.

»In Ordnung. Sag Ihnen, ich hätte einen Teil des Geldes.«

»Halt den Finger mal so.«

Elsa nahm meinen Ringfinger und machte ihn gerade. Danach formte sie Rauchringe, die sauber über den ausgestreckten Finger rollten.

»Der letzte war ein besonderer Ring, Max«, sagte sie und drückte die Zigarette in dem Aschenbecher auf der Kommode aus. »Das war ein Trauring.« Sie machte eine Kunstpause und begegnete danach mit ihren sauberen, hoffnungsvollen Augen meinem Blick: »Was sagst du dazu?«

»Nichts«, antwortete ich. »Der Rauch hat sich verzogen. Und es gab keinen Unterschied zwischen dem letzten und denen davor.«

»Ich bekam ein Kind von dir, Max. Sie haben mich in eine Klinik eingesperrt und mich gezwungen abzutreiben. Sie haben mir Schlafmittel gegeben. Es gibt Ärzte ohne Gewissen, genauso wie es Banditen mit Herz gibt.«

Das mit den Ärzten hatte sie das Leben gelehrt, das mit den Banditen hatte sie aus den Ritterromanen.

»Halt den Mund«, sagte ich.

Ich stand auf und fing an, mich anzuziehen. Ich öffnete die Rolläden ein wenig. Es war Mittag. Die Lichtstreifen verwandelten uns in Sträflinge. Das war vielleicht ein Vorzeichen, so wie die verfluchte schwarze Katze.

»Aber das ist die Wahrheit. García erzählte uns, er würde dir nichts tun und uns einen Teil der Beute abtreten. Ich suchte dich, und niemand wußte etwas von dir. Eine Ameise auf dem Zement hinterläßt mehr Spuren als du.«

»Das will ich alles gar nicht wissen. Würdest du mir den Gefallen tun und den Mund halten, bitte?«

»Sechs Jahre lang habe ich immer nur an dich gedacht. Ich habe nach dir gefragt, Neuigkeiten von dir gesucht, und plötzlich treffe ich dich, als ich am allerwenigsten damit rechne, weil ich ein Päckchen Tabak brauche.«

»Genau in dem Moment, in dem du in der Klemme sitzt. So ein Zufall aber auch.«

»Der Zufall existiert, mein Schatz. Und jetzt bin ich wieder schwanger. Es ist das gleiche Gefühl wie damals. Ich habe mich damals nicht geirrt, und heute irre ich mich auch nicht.«

»Halt den Mund. Du wirst sentimental.«

Elsa nahm das Päckchen Dunhill, drehte es um und gab es mir.

»Lies mal, was da unten steht«, sagte sie.

»Wenig Nikotin und Teer. Na und?«

»Lies weiter.«

»Die EG-Gesundheitsminister: Rauchen während der Schwangerschaft gefährdet das Leben Ihres Kindes. Sehr interessant. Du kannst einem ja fast leid tun.«

»Deswegen bin ich auf Mentholzigaretten umgestiegen, nicht weil sie zu meinen Augen passen: Ich tue es unserem Kind zuliebe, Max. Was soll's, ich habe mich daran gewöhnt, daß du solchen Details keine Aufmerksamkeit schenkst... Wenn wir das Ganze hier hinter uns haben, verspreche ich dir, ganz aufzuhören.«

»Übertreib nicht.« Ich nahm die Hose und zog sie an. Der Geschmack der Rache war bitterer, als ich gedacht hatte.

»Wir Frauen haben so etwas im Gespür, Max. Frag mich nicht, wie wir das machen, aber wir wissen es einfach.«

»Hör jetzt mit dem albernen Gesülze auf. Ich werde mich doch nicht an die Nächstbeste binden, die mir irgendeine Geschichte erzählt.«

»Wir haben keine Kondome benutzt.«

»Ich bin zwar kein Gynäkologe, aber ich glaube kaum, daß du nach zwei Tagen bereits wissen kannst, daß du geschwängert worden bist.« Ich wählte diesen Ausdruck mit Absicht, zweifelte allerdings daran, daß Elsa dieselbe Sensibilität für Wörter besaß wie ich. »Und noch was, wenn du beabsichtigen solltest, daß ich wegrenne, dann brauchst du mich bloß zu fragen, ob ich dich heiraten möchte.«

Elsa war so hart wie ein Felsblock. Um sie zum Umkippen zu bringen, mußte man gezielt Abbrucharbeit leisten: Erst mal einen Schlag auf die eine Seite, dann einen auf die andere. Erst in die Nieren, dann ins Gesicht, danach in die Leber. Sie bekam ihre Strafe, und ich kam mir dabei vor wie ein ganz mieser Boxer.

»Wie kannst du so etwas zu mir sagen? Ich liebe dich . . .«

»Dann beweise es mir heute abend in der Bar.«

»Ich werde dich immer lieben, bis daß der Tod uns scheidet . . .«

Ich bemerkte den Pullover, der über dem Stuhl hing.

»Weißt du, woran du mich in dieser Nacht erinnerst, heute, meine ich, Elsa? An eine Schlange, die sich häutet.«

»Unkraut . . . Das verdammte Unkraut besitzt mehr Gefühl als du . . .«

Elsa, die an der Wand lehnte und ihre Knie umschlungen hielt, weinte hemmungslos, und ich fühlte mich wie eine Mülltüte, in die jemand hineingekotzt hatte. Die Armbanduhr, die sie mir geschenkt hatte, war neben meine alten Schuhe gefallen. Kein Mensch wäre auf die Idee gekommen, sie könnten derselben Person gehören, selbst wenn er sie nebeneinander hätte daliegen sehen.

Ich schnallte mir die Uhr und den Harnisch um, schnürte meine Schuhe und zog mich vollständig an. Ich hatte es satt, nicht ein einziges Wort, das über diese Lippen kam, guten Gewissens glauben zu können. Das hätte die ganze Sache einfacher gemacht, aber Elsa war ein Labyrinth, und ich konnte nicht auf die Hilfe Ariadnes hoffen. Ich nahm mir die Unzertrennlichen.

»Du mußt noch etwas wissen, was den Koks betrifft«, sagte sie und unterdrückte ihr Schluchzen. »Godo hat den Stoff nicht alleine geklaut.«

»Das ist ja wohl klar«, sagte ich. »Ich wußte von Anfang an, daß du es warst, sosehr du es auch abgestritten hättest.«

Elsa schluchzte erneut auf.

Ich haßte mich selbst, aber eine leise, grollende und rachsüchtige Stimme befahl: »Mach weiter, mach weiter, sie ist reif, mach sie rund.«

»Was zum Teufel ist eigentlich los mit dir? Du hast doch früher nicht mal geweint, wenn du ein totes Baby gesehen hast. Sind deine Augen etwa durch Wasserhähne ersetzt worden? Hast du mit dem Klempner gebumst, oder was?«

Ich sah sie an.

In meinem ganzen Leben habe ich nichts gesehen, was der absoluten Perfektion näher kam als diese Frau. Ihre Stimme konnte kalt wie Polarluft sein oder heiß wie der Wind in der Sahara. Auf ihrem Körper hätte man das *Concierto de Aranjuez* spielen können, und ihre Beine sahen aus wie Gladiolenstiele. Edelsteine bemühten sich so auszusehen wie ihre Augen, ihre Wildkatzenaugen, die von einem unglaublichen Grün waren. Ihre Lippen waren wie ein perfektes M aus rotem Fleisch und ihre Augenbrauen wie eine fliegende Schwalbe. Ihre Wangenknochen waren herausragender als die Karten eines Taschenspielers, und was ihr Lächeln anbelangte, so mußte es jedem, der nichts von dem Leid in ihrem tiefsten Inneren wußte, wie die Saat und die Ernte des Glückes zugleich erscheinen. Soviel Schönheit ließ einen jede Orientierung verlieren, sie machte einen schutz- und hilflos zugleich. Es war, als ob man mitten in der Nacht über dem Meer aus einem Flugzeug gestoßen würde. Wenn man danach noch schwimmen konnte, war das bereits eine große Leistung.

Ich öffnete die Tür.

»Ich war es nicht«, hörte ich sie hinter meinem Rücken mit vom Schluchzen gebrochener Stimme sagen.

Es war besser zu gehen. Eine Lüge, die hundertmal wiederholt wird, sieht am Ende wie die Zwillingsschwester der Wahrheit aus. Bei Elsa reichten drei Wiederholungen.

39

Die Straße begrüßte mich mit einer Windbö und einem Stoß eiskalter Luft, und ich dachte darüber nach, wie traurig mein Sieg, wie armselig der Triumph im Zimmer 204 gewesen war. Ich fuhr nach Hause. Im Briefkasten fand ich dasselbe Blatt mit Reklame gleich dreimal und einen Umschlag mit den beiden Abzügen des Fotos in dem Café am Sportplatz. Rosa sah wundervoll aus. Ich schob sie in mein Portemonnaie und sah, daß ich nur noch einen einzigen Geldschein besaß, nämlich den zerrissenen. Ich klebte die beiden Hälften mit Tesafilm zusammen. Dann überprüfte ich den Ladezustand der beiden Pistolen, hängte die alte Hose und das alte Jackett an den Nagel, duschte und zog den neuen Anzug an. Er paßte mir wie angegossen. Es wäre wirklich schade gewesen, wenn sie ihn durchlöcherten, aber wenn ich an jenem Abend sterben sollte, dann möglichst elegant. Mir fiel ein Werbespruch ein: Nennen Sie mich nicht Max: sagen Sie einfach *élégance*. Ich nahm die Schuhe aus dem Pappkarton. Sie verliehen ihrem Träger eine Aura von Ehrenhaftigkeit. Gegen den Preis war also nichts einzuwenden. Ich schaltete den Ventilator an, und in meinem Zimmer fing es wieder an zu schneien. Ich erinnerte mich an die Schneeballschlachten auf dem Schulhof oder auf der Straße. Ich erinnerte mich an einen Ausflug mit meinen Eltern und meiner Schwester nach *La Granja*, wo die Gärten schneebedeckt waren. Ich sollte ihnen mal wieder schreiben, aber ich hatte nicht mal ihre Adresse. Ich sah mir das Foto von uns vieren an, das ich aufbewahrt hatte. Während die Federwirbel die Luft kitzelten, dachte ich daran, daß ich nie mit Elsa zusammen im Schnee gewesen war, und selbstverständlich dachte ich auch an die Nacht mit Rosa. Ich schaltete den Ventilator ab.

Es war eine ordentliche Schießerei angesagt, und ich wäre nicht der erste Unglückselige, dem die Mayonnnaise mißlang, weil er zuwenig Munition dabei hatte. Ich nahm mir den Korb mit den leeren Patronenhülsen und die Lyman All-American, die aussah wie ein Turm, das Mikroskop, wie Elsa sie nannte, um sich über sie lustig zu machen. Anstelle der Vergrößerungslinsen besaß sie allerdings Matrizen, eine Presse, einen Hülsenhalter sowie einen Zündhütchensetzer. Die Patronenhülse erhält ihre ursprüngliche Form zurück, dann preßt man das Zündhütchen ein, darauf kommt das Pulver, und zum Schluß wird das Projektil aufgesetzt. Es sind Teilmantelgeschosse mit einem Gewicht von einhundertvierundzwanzig Grain, wobei ein Gramm genau 15,5 Grain entspricht, Marke Sierra. Beim Aufprall dehnen sie sich seitlich aus, weshalb ihre Wirkung wesentlich größer ist. Das Pulver heißt Norma 1010, 4,8 Grain pro Hülse. Die Berdan-Zündhütchen sind für 9-mm-Luger-Patronenhülsen, heute allgemein bekannt als 9-mm-Parabellum, wegen der Telegrammadresse der DWM, Parabellum-Berlin. So, das würde ausreichen.

Ich rasierte mich und machte mir einen Saft. Die Whiskyflasche rührte ich nicht an. Während ich die Orangen auspreßte, rief ich mir die Adresse des Typen in Erinnerung, der die Tätowierungen machte. Man brauchte wirklich kein

Nobelpreisträger dafür zu sein. Vielleicht hatte García ja denselben ausgefeilten Plan wie ich: mich umbringen und Elsa für sich behalten. Und was Rosa anbelangte, wer weiß? Wenn man ihn ein bißchen kannte, war es gut möglich, daß er sie bereits darauf vorbereitete, sie gewinnbringend für sich anzulegen.

40

Ich nahm den Wagen und machte den Tank voll. Dadurch reduzierten sich meine Ersparnisse auf zweitausend Zossen. Der überhebliche Blick, den der Tankwart auf den restaurierten Geldschein warf, ging mir am Arsch vorbei. Dann warf ich einen Blick auf das Haus mit dem Tattoo-Laden. Es war ein erbärmliches Loch, in dem Ohrringe, Armbänder, Nietengürtel, schwarze Rockerhemden und anderer modischer Fummel verkauft wurden. Man hatte den Eindruck, als hätte der Besitzer zum Dekorateur gesagt: Ich will, daß alles richtig ätzend aussieht, möglix düster und möglix satanisch, verstehst du, was ich meine, Kollege? Und der Kollege hatte es verstanden.

Hinter der Theke bediente ein großer, muskulöser Typ mit einem Trägerhemd. Seine Arme waren voll mit blauen Tätowierungen. Er hatte orangefarbenes Haar, einen Goldzahn, und im linken Ohr trug er einen Silberknopf. Er sah bösartiger aus als Luzifer höchstselbst. Aus dem Lagerraum drang Musik von irgendeiner Heavy-Metal-Band.

»Haben Sie zufällig dieses Mädchen hier gesehen?« fragte ich und zeigte ihm das Foto von dem Pärchen, das so glücklich aussah. Er warf einen Blick darauf, der keinerlei Interesse erkennen ließ. Sein Gesicht war selbstverständlich noch ausdrucksärmer als das der *Señora de Elche*.

»Bist du ein bißchen blöd, Mann?«
»Nein.«
»Bist du vielleicht der Papa der Kleinen?«
»Wieder daneben. Kein einziger Treffer, Bärchen.«
Er stützte sich aggressiv auf die Handflächen.
»Dann hau ab. Oder willst du mit einer Tätowierung auf dem Schwanz den Laden verlassen, du Arschloch?«

Aus dem Lagerraum drangen ein paar Schreie, die die Musik übertönten. Sie klangen nach hungriger oder brünstiger Katze.

»Was war das?« fragte ich.

Und damit er nicht auf dumme Gedanken kam, zog ich die Astra A-80, die 1981 in Guernica als Waffe mit großer Feuerkraft für das Militär entworfen wurde und sich an der SIG Sauer P220 orientiert, an die sie auch in der Linienführung sehr erinnert.

»Meine Hündin«, sagte er. »Sie hat gestern Junge bekommen.«

»Ach, wirklich? Dann möchte ich mir die Welpen gerne mal ansehen. Aber nach dir, du miese Schwuchtel.«

Ich ging hinter ihm her, hielt aber den nötigen Abstand. Er öffnete eine Tür. Ich versetzte ihm einen Stoß mit dem Fuß, damit er nach hinten durchging. Rosa lag zitternd auf einem Ladentisch und zeigte ihren Rücken. Vom Gürtel aufwärts war sie angezogen, vom Gürtel abwärts trug sie bloß ein rosafarbenes Höschen. Auf der Haut einer ihrer Pobacken schlängelte sich, weiß wie eine Hostie und straff wie das Fell einer Trommel, eine Schlange. Ein weiterer Bär, dieser hier allerdings mit kahlrasiertem Schädel, hantierte mit einer elektrischen Nadel herum. Er hatte noch nicht mit der Blume begonnen, obwohl er bereits mit Rosa angefangen hatte.

»Zieh dich an.«

Der Tätowierer drehte sich um. Sein Mund öffnete sich

zu einem Lächeln, das nichts weniger als beruhigend war. Das reichte mir. Ich drückte den Abzug, der, groß und gut konstruiert, wie er war, den optimalen Gebrauch gewährleistete. Der gradlinige Griff garantiert extreme Zielgenauigkeit auch bei instinktiven Reaktionen. Die Kugel traf ihn in den Arm und wirkte trotz seiner stattlichen Bizeps wie ein Keulenschlag. Er ließ die Nadel fallen und ging ein paar Schritte zurück.

»Ich weiß nicht, wo sie meine Hose hingetan haben«, stammelte Rosa.

Sie stand auf und kam zitternd zu mir. Ich bückte mich, um die Patronenhülse aufzulesen und nutzte die Gelegenheit, um mir ihre großartigen Beine anzusehen. Für mich waren es die schönsten Beine der Welt, genau wie für Adam die von Eva.

»Ist nicht so wichtig. Du brauchst sie ja nicht unbedingt«, sagte ich im Aufstehen, während ich dachte, daß der Unterschied darin bestand, daß Adam noch nie in seinem Leben andere Beine gesehen hatte.

Mit einem heftigen Stoß schubste ich sie aus dem Zimmer. Ich war mir nicht sicher, ob sie von selbst reagiert hätte.

»Du hast keine Chance«, sagte der mit dem orangefarbenen Haar.

Der andere sagte noch immer kein Wort und sah sich benommen das Loch in seinem Gladiatorenarm an.

»Halt's Maul, Tarzan. Und denk dran, deine aufblasbare Gummipuppe jetzt zu verbinden. Nicht, daß sie Luft verliert und hier alles mit Anabolika versaut.«

Ich ging in den Laden hinüber und verschloß die Tür. Rosa wartete schon auf mich, ohne zu wissen, was sie tun sollte.

»Gehen wir«, sagte ich.

Flucht war keine schlechte Idee. Wir liefen so schnell wie möglich auf die Straße. Ein paar Schaulustige, die von dem

Knall angelockt worden waren, machten die Tür frei, als wir herauskamen. Kaum einer wird die halbautomatische Pistole bemerkt haben, weil sie Rosas Beine und ihre Unterhose anstarrten. Ich kann es ihnen nicht verdenken. Wir stiegen in den Wagen und schossen los. Die beiden Bodybuilder trugen ihre Visage nicht mehr auf die Straße.

41

Rosa saß bleich an meiner Seite, in Höschen und mit einer halben Schlange, die man ihr gerade auf den Hintern tätowiert hatte. Sie schwieg. Sie war von den jüngsten Vorfällen und meiner Art, den Finger zu krümmen, höchst beeindruckt. Um die Wahrheit zu sagen, das war auch wirklich das mindeste. Wenn ich meinen Finger krummlegte, konnte der eines anderen bald steif werden. Der letzte Ständer für manche, wie García immer sagte. Rosa drehte am Senderknopf, bis sie eine Frequenz fand, auf der es nach ihrem Geschmack wummerte. Ich senkte die Lautstärke. Dieses *chunda-chunda vamos-vamos* macht dir die Ohren kaputt, alter Hengst.
»Ich bringe dich nach Hause«, sagte ich.
»Nein.«
Sie schüttelte sich. Da sie in meiner Wohnung geschnappt worden war, würde sie vielleicht schlechte Erinnerungen in ihr auslösen, dachte ich. Sie sah mich mit weitgeöffneten Augen an, wie eine Irre.
»Du hast mich angelogen!« schrie sie. »Du auch! Und ob er gelitten hat! Sie haben ihm einen Finger abgeschnitten, wußtest du das eigentlich?«
»Da war er schon tot.«

»Sie haben ihm die Finger gebrochen! Sie haben ihn aufgeschlitzt!«

»Das habe ich nicht erwähnt, um dir nicht weh zu tun.«

»Für wen hältst du dich eigentlich, daß du entscheiden kannst, was mir weh tut und was nicht?«

Rosa zitterte. Ich überlegte, ob ich sie ohrfeigen sollte. Ich beschloß, ein wenig abzuwarten. Eine Person, die als Sozius in einem fahrenden Auto einen hysterischen Anfall hat, zu ohrfeigen, ist nicht besonders ratsam.

»Wie hast du davon erfahren?«

»Die Tageszeitungen. Ich lese nämlich Zeitung, weißt du.«

»Ich wollte nur dein Bestes. Deshalb habe ich gelogen. Jetzt weißt du es also: Godo hat gelitten. Ich glaube übrigens, du solltest dir etwas überziehen.«

»Ich auch«, lenkte sie ein, und ihr hysterisches Lachen vermischte sich mit dem Salz ihrer Tränen. »Bring mich in die Wohnung von meiner Freundin«, sagte sie, als sie sich beruhigt hatte. »Sie wird mir Klamotten leihen.«

»Wo ist das?«

»In *Alcorcón*. Es ist eins von den Mädchen, mit denen ich Basketball spiele. Und verzeih bitte den kleinen Auftritt.«

Ich habe es noch nicht erwähnt, aber meine miese Hütte lag in *San Sebastián de los Reyes*.

»Ich habe keine Zeit mehr«, sagte ich. »Kannst du fahren?«

»Ja. Und du? Kannst du tanzen?«

Ich lächelte. Selbst Sterling Hayden hätte es nicht besser sagen können als Rosa.

»Dann steige ich an der Bar aus«, sagte ich, nachdem ich das Lächeln, das sich zwei Sekunden lang meiner Gesichtszüge bemächtigt hatte, wegradiert hatte. »Nimm du den Wagen. In vier Stunden holst du mich bei mir zu

Hause ab. Falls du neben dem Gartentor keinen Stuhl siehst, haust du ab.«

»Was für ein Garten denn«, wunderte sich Rosa. »Oh, entschuldige . . . Einen Stuhl?« fügte sie rasch hinzu.

»Genau. Ist mir gerade eingefallen. Taugt als Code auch nicht schlechter als jeder andere.«

Ich hielt an und zog die Handbremse an. Wir waren da. Wir sahen uns an. Rosa stürzte sich auf mich, und ich konnte einfach nicht widerstehen. Ich hatte auch gar keine Lust dazu. Ihre Lippen legten sich fest um meine.

»Schamloser Typ«, schnurrte sie sanft.

Sie fing noch einmal an, mich zu küssen. Eine ihrer Hände fummelte an meinem Reißverschluß herum.

»Wir haben jetzt keine Zeit für so was.« Ich mußte ihre Hand zweimal zur Seite schieben. »Aber in vier Stunden haben wir das halbe Leben noch vor uns. Hier, nimm«, ich gab ihr ihren Abzug von dem Foto am Kiosk.

Rosa betrachtete es gerührt und gab ihm in einer Aufwallung jugendlicher Gefühle einen Kuß.

Ich stieg aus dem Wagen, und Rosa setzte sich auf den Fahrersitz. Sie kurbelte die Scheibe herunter und sah mich auf eine so seltsame Art an, daß ich sie nie vergessen werde, mit der Hand, die das Foto hielt, auf dem Lenkrad.

»Als ich fünfzehn war, hast du mein Herz erobert, Max. Ich war fast noch ein Kind. Männer aufzureißen war noch nicht drin für mich. Mich hatte noch keiner angefaßt. Du hättest der erste sein können. Auf Wiedersehen, ich liebe dich. Ich liebe dich von Herzen, auf Wiedersehen.«

Es war das schönste Palindrom, das ich je in meinem Leben gehört hatte, auch wenn es nicht ganz perfekt war. Als sie es ausgesprochen hatte, sah sie mich an, als wollte sie mich um Verzeihung bitten oder als ob sie meine Zustimmung suchte. Elsa, Rosa, Rosa, Elsa, Elsa, Rosa . . . Mein Herz glich einem Pendel, das von einer Seite zur anderen schwang, ohne in der Mitte anzuhalten. Die Kleine blies mir den Kuß, den sie gerade auf ihrer Handfläche für mich hinterlegt hatte, entgegen, legte den ersten Gang ein und fuhr davon, als wäre der Teufel hinter ihr her. Ich fuhr mit den Fingern über die Lippen und sah ihr nach, bis sie etwa zweihundert Meter weiter um die Ecke bog. Danach betrachtete ich die Neonschrift der Bar, Blauer Kater, und fragte mich, ob es das letzte wäre, was ich in meinem Leben sehen würde.

42

Jetzt sitze ich hier, im Blauen Kater, frisch rasiert und besser angezogen als früher. Wenn die Herzöge nicht so auf den Hund gekommen wären, würde ich gut und gern aussehen wie ein Herzog. Nun gut, vergessen Sie nicht, daß ich mich immer schon einer angeborenen und unverdienten natürlichen Eleganz erfreut habe, auch wenn ich ein halb versoffener Exleibwächter und Diskotürsteher bin. Also hier sehen Sie mich, bis an die Zähne bewaffnet. Meine Erscheinung ist rundum gelungen, gelungener als eine Acht, und meine beiden Eier habe ich auch noch. Wenn es ans Sterben gehen sollte, dann bitte mit Stil. Ans Sterben, die Herren, wenn Sie Geld haben und gut aussehen. Und wenn das Schicksal uns eine zweite Chance gibt, dann muß man Mut haben und sie nutzen, man muß sie beim Schopf fassen. Wie Elsa sagte: Mehr zu verlangen wäre Feigheit vor dem Feind.

»Einen Dyc on the Rocks. Zwei Finger breit Whisky, wenn's recht ist.«

Kommt Ihnen die Szene bekannt vor? Wir sind wieder am Anfang angekommen. Wir sind wieder beim Whisky mit

Rabatt angekommen. Also, wer weiß? Vielleicht krepiere ich jetzt. Ja, ja, Sie werden denken: Na und? Was geht mich das an? Aber das ist noch lange nicht das beste. Wissen Sie, was das allerbeste ist, das schärfste an der Geschichte? Daß ich mir noch nicht mal sicher bin, ob es mich interessiert. Jetzt hängt alles von Glühwürmchen ab, davon, daß sie nicht noch ein letztes As aus dem Ärmel zieht und es gegen mich ausspielt. Sie hat jetzt zehn Minuten Verspätung. Was wird sie wohl angestellt haben, seit wir uns verabschiedet haben? Sehen Sie sich die Löcher in der Wand an, da, wo vorher ein Spiegel glänzte, die Leerstelle über dem Türrahmen, da, wo vorher der kitschige, blaue Kater stand, und den dunklen Fleck, da, wo der Paella verblutet ist. Sehen Sie sich meinen Anzug an. Rosa suchte ihn aus, Elsa bezahlte ihn, und ich habe ihn behalten. An jenem Morgen hatte ich es gar nicht so schlecht getroffen, nicht wahr? Und was sagen Sie zu den Schuhen? Wie zufrieden ein Kind mit ihnen wäre!

»Heiratet einer von uns?« fragte mich Sabas, dem der Anzug so gefiel.

»Vielleicht ich, aber vorher werden wir erst noch erfahren, wer von uns stirbt.«

Diese langweilige Bar würde sich bald in einen Festsaal verwandeln, und niemand würde den Ball verpassen wollen. Elsa wird kommen, und zweifellos wird sie die schönste Tänzerin sein. Die Konkurrenz wird diesmal nicht sehr hart sein: García mit seinem Mutantenkabinett, Krüger, dem Einarmigen und El Mudo.

García stelle ich mir vor, wie er einen ranzigen Salontanz aufs Parkett legt, in einem alten Tanzsaal voller Motten. Die Wände sind mit karminrotem Samt bespannt, und noch unter den Aschenbechern kann man billige Nutten entdekken. Aber gut, ich brauche mir das gar nicht vorzustellen: Ich habe es schon mit eigenen Augen gesehen, früher einmal. Krüger spielt ganz sicher den Gockel. Er tanzt *Cha-Cha-Cha* und *Meneíto*. Dabei hüpft seine fette Plauze wie Wackelpudding im Speisewagen eines Zuges rauf und runter. Was El Mudo angeht . . . El Mudo besitzt eine gewisse hieratische, wenn nicht gar häretische Eleganz, die ungewöhnlich ist, das muß man ihm lassen. Ein echter Tänzer. Außerdem ist sein Vorteil, während des Tanzes den Schnabel zu halten. Das muß man anerkennen. Der Einarmige hat nichts, aber auch gar nichts Tänzerisches. Darüber braucht man kein Wort zu verlieren. Er ist so steif und unbeweglich, daß er etwas bräuchte, was von allein tanzt, und selbst das würde er noch kaputtbekommen. Wenn ich die Augen schließe, kann ich seinen fettigen Pferdeschwanz von einer Seite zur anderen über seinem Rücken baumeln sehen, etwa so wie der eines alten Kleppers, der die Fliegen verscheucht. Und wenn alles glattgeht, dann tanzen sie ihren letzten Tanz mit dem Tod, jenem Hoffräulein, das schneeweißes Haar und kohlenfarbene Kleider hat. Es stirbt niemals und seine Hände sind mit einer Sense beschäftigt. Sie werden jetzt dafür bezahlen, was sie Toni, Godo, Elsa und Rosa angetan haben. Sie werden damit für die sechs vergangenen Jahre bezahlen. Zum Schluß sind alle tot, und alles ist gerächt. Und alle sind zufrieden.

43

Die Tür ging auf. Es war Elsa. Sie sah glänzend aus. Ich wußte sofort, was sie die ganze Zeit über gemacht hatte: Sie hatte sich schön gemacht. Sie trug hochhackige Schuhe, eine Strumpfhose, eine eher kleine, dunkelgrüne Handtasche, die Sonne-und-Mond-Ohrringe, der Mond selbstverständlich in D-Stellung, und ein schlichtes schwarzes Kleid. Es war unglaublich schön, der Ausschnitt nicht zu weit, und von der Länge reichte es ihr bis knapp übers Knie. Es schien mir zwar für den Anlaß nicht die angemessenste Kleidung, aber ich wußte, daß jede Diskussion umsonst wäre. Außerdem besaß sie ihrerseits alles Anrecht der Welt darauf, stilvoll zu sterben. Ein schmaler Reif aus Silber brachte die Anmut ihres Halses noch besser zur Geltung. Ich ließ die Astra sinken. Ich hatte ganz eindeutig das Glück besessen, eine Frau kennengelernt zu haben, die gleich für mehrere Herzinfarkte verantwortlich sein konnte. Sie stieß einen Pfiff der Bewunderung aus, als sie mich sah. Es war mir ein bißchen unangenehm, denn ich kam mir vor wie ein Gigolo: Immerhin hatte sie den Anzug, die Schuhe und die Uhr bezahlt. Gott sei Dank gehörte wenigstens mein Herz immer noch mir. Zumindest teilweise.

»Hallo«, grüßte sie nach dem Pfiff.

»Zehn Minuten«, sagte ich und tippte dabei auf meine Uhr.

»Schnitt«, witzelte sie. »Das sieht ja aus wie eine Werbung im Goldenen Blatt, mein Goldblatt.« Sie lächelte mich an. »Früher war es immer eine halbe Stunde, und trotzdem hast du dich nie beschwert.«

»Du hattest mich ganz schön am Wickel.«

»Ich habe sie in anderthalb Stunden hierher bestellt. Sie wissen nicht, daß du hier, bist und werden ein bißchen früher kommen, um dir eine Falle zu stellen.« Sie warf einen Blick auf den Whisky. »Hör mal, Süßer«, wandte sie sich an Sabas. »Gib dem schönen Herrn hier keinen Whisky mehr, auch wenn er sich wie ein Wurm winden und dich anwinseln sollte. Wir haben eine Dreiviertelstunde Zeit, um über etwas nachzudenken.« Sie sah mich wieder an.

»Mir fällt nichts anderes ein, als ein Feuergefecht zu veranstalten«, sagte ich.

»Viel ist das nicht«, kommentierte sie gutmütig, »aber um mit der Unterhaltung anzufangen, gar nicht so schlecht.«

»Stell den Wagen in der nächsten Parallelstraße ab«, sagte ich. »Den Hinterausgang kennen sie schon.«

»Hab' ich bereits getan. Und wo sind wohl die kleinen Schlüsselchen, die Schlüsselchen, die Schlüsselchen?«

Elsa holte die Schlüssel des Volvo aus dem Handtäschchen und ließ sie klingeln.

»Ganz unten in der Handtasche, da sind die Schlüsselchen, die Schlüsselchen, die Schlüsselchen ...«, sang sie und verstaute sie wieder. Dann holte sie eine Dunhill heraus, hielt sie sich ein paar Zentimeter vor den Mund und sah mich erwartungsvoll an. Ich griff mit der Hand in die Innentasche meiner Anzugsjacke, mit einer Mischung aus Verärgerung und Genuß.

»Scheiße«, fluchte ich. »Ich habe mein Bic verloren.«

»Besorg mir Feuer, Max«, forderte Elsa unerschütterlich. »Mein gottloses und rachsüchtiges Blut verlangt nach seiner Dosis Nikotin.«

Sie war imstande, sich nicht von der Stelle zu rühren, wenn ich ihr kein Feuer gab, selbst wenn das unser Untergang gewesen wäre. Für irgendwas mußte sie schließlich das Mädchen sein.

»Du hast keins?«

»Mh, mh«, machte sie, ohne auch nur einen Muskel zu bewegen.

»Du hast bestimmt welches.«

»Was spielt denn das für eine Rolle? Ich bin das Mädchen.«

Sie sah mich herausfordernd an. Ich hätte sie umbringen können. In diesem Moment tauchte Sabas rettende Hand auf, mit einem Feuerzeug. Er zündete ihr die Zigarette an. Erleichtert atmete ich auf.

»Danke«, sagte Elsa. »Gut zu wissen, daß es noch ein paar Kavaliere gibt.«

»Hör mal zu, du kleiner Gentleman«, sagte ich zu Tonis Vetter. »Wenn die Leute kommen, auf die wir warten, verdrückst du dich nach hinten und kommst gefälligst nicht mehr raus. Bis dahin verhalt dich ruhig und leg ein bißchen Musik auf.«

»Ja«, sagte Elsa und ließ den Rauch durch die Nase entweichen. »Damit es hier nicht zugeht wie auf einer Beerdigung.«

Sabas ging zum Radiorecorder, schaltete ihn ein und legte eine Kassette auf.

»Also gut.« Ich sah Elsa ins Gesicht. »Und was jetzt?«

»Ich denke nach«, sagte sie und inhalierte tief. »Siehst du nicht, daß ich schon qualme? Obwohl hier gleich ein ganz anderer Rauch die Luft blau färben und ein anderer Geruch als meiner sich verbreiten wird. Gefällt er dir?« Sie beugte sich zu mir herüber, damit ich an ihr röche, zog sich aber sofort wieder zurück, ohne mir Zeit dazu zu lassen. »Du mußt mir einfach vertrauen. Krüger ist sein schwacher Punkt. Frag mich bitte nicht, warum und wieso, aber er glaubt, er hätte mich fast in der Tasche und ich würde mit ihm und dem bißchen Geld durchbrennen. Er ist ganz schön durch den Wind, der Arme.« Elsa sah mich mitleidvoll an. »Ich muß García den Eindruck vermitteln, daß ich auf seiner Seite stehe. Werd nicht nervös, wenn ich allzu überzeugend auf dich wirken sollte. Denk daran, daß ich außer dem Tanzunterricht auch zwei Jahre lang auf einer Schauspielschule war. Ich könnte eine Waffe brauchen: Alleine wirst du es nicht mit allen aufnehmen können.«

Ich holte die zweite Pistole heraus und legte sie mit einem trockenen Schlag auf den Tresen. Sabas trat instinktiv einen Schritt zurück.

»Nicht schlecht!« betonte Elsa feierlich. »Die Star für das

Sternchen.« Und sie blinzelte mir mit einem Auge verführerisch zu. »Perfekt. Ich werde sie da hinten verstecken. Ein Stützpunkt wird uns von Nutzen sein.«

»Und dann werden wir die Welt bewegen.«

»Du übertreibst. Soviel wird gar nicht von uns verlangt. Ich nehme an, sie ist geladen, stimmt's?«

Ich nickte, aber der Wirbelwind sah mich noch nicht einmal an. Sie überprüfte es selbst, während sie auf die einzige Säule in der Bar zuging. Auf einem Bord für die Gläser konnte man die Waffe verstecken.

»Denk dran, daß es acht Schuß sind. Plus die Patrone im Patronenlager, macht neun.«

»Sie sind zu viert. Heute bin ich großzügig. Ich gebe ihnen einen als Trinkgeld und habe dann immer noch vier übrig.«

Elsa ließ die Pistole liegen und kam zu mir herüber. Ich hatte den Whisky gerade ausgetrunken, und Sabas wollte mir, sehr aufmerksam und fleißig, gerade den nächsten einschenken. Elsas Hand war schneller als meine.

»He, du da, Hering«, fuhr sie Sabas an. »Bekommst du Prozente, oder was zum Teufel ist los mit dir? Ich sagte dir doch, daß der Herr ab sofort nur noch Coca-Cola trinkt. Am besten koffeinfreie. Er wird schon noch genügend Aufregung bekommen. Hast du eigentlich gemerkt, wie schnell mein Herz klopft?«

Ohne das Glas loszulassen, nahm Elsa mit ihrer freien Hand meine und legte sie auf ihre Brust. Ihre Hand wärmte meine von oben. Sie erzählte von Liebe und Küssen, und ihre Brust schlug wie wahnsinnig, wild und geheimnisvoll. Als ich anfing, mich zu verbrennen, zog ich meine Hand zurück.

»Dein Herz hat immer schon sehr schnell geschlagen, Elsa.«

»Ja, selbstverständlich«, sagte sie und drehte sich wieder

um zu Sabas, der noch immer die Flasche Dyc festhielt.
»Bist du taub? Ich hab's dir doch schon gesagt, keinen Whisky, nur Cola, am besten koffeinfreie.«

Sabas sah mich an. Er wartete auf meine Zustimmung. Mit resigniertem Gesichtsausdruck nickte ich. In kürzester Zeit öffnete er den Kühlschrank und holte den braunen Saft heraus. Er war sein Geld wert, das mußte man sagen. Elsa hielt das Glas noch immer in der Hand. Sie überlegte, ob sie es gegen die Wand werfen oder in einem Zug austrinken sollte. Sie entschied sich für In-einem-Zug.

»Wie ekelhaft«, rief sie und pfefferte das leere Glas unter den erstaunen Blicken Sabas' gegen die Wand. Mich erstaunte es nicht so sehr. Ich wußte ja, daß Elsa nicht die Frau war, die sich mit einer Sache zufriedengab, wenn sie zwei tun konnte.

»Feg das zusammen«, sagte ich zu Sabas. »Und, wenn ich dir einen Rat geben darf, beeil dich.«

Sabas verschwand, um sofort darauf mit einem Besen und einer Kehrschaufel zurückzukehren. Die Szene erinnerte mich an Toni, auch wenn dieses dünne Hemd keine Krücken brauchte.

»Nennt man so etwas hier etwa Whisky?« verhörte mich Elsa mit ungläubigem Tonfall, als sie die halb aufgerauchte Zigarette gerade im Aschenbecher ausgedrückt hatte. Sie rauchte die Zigaretten nie auf, weil sie glaubt, das gehörte zum guten Ton. »Du wirst mir vertrauen müssen, mein Schatz. Ich habe keine Ahnung, was jetzt passieren wird, aber sechs Jahre in der Hölle reichen mir. Falls ich sterben sollte . . ., du weißt ja: schade, schade, schade. Bloß keine Tränen, das wäre schlechter Stil. Wirst du schön brav sein und für mich beten?«

Sie umfaßte mit beiden Armen meine Hüfte und sah mich mit leicht geneigtem Kopf und halb geöffneten Lippen verführerisch an. Diese Frau stand in der Blüte ihres

Lebens. Als ich mich noch immer nicht rührte, beschloß sie, die Sache selbst in die Hand zu nehmen: Ihre Lippen bewegten sich und trafen schließlich meine, die Anweisung hatten, nicht aufzugeben oder zurückzuweichen. Daß Elsas Mund mir wunderbar schmeckte, selbst nach einer Mentholzigarette und einem Schluck billigen Whisky, war ein unausgesprochenes Gesetz. Die Wunder der Liebe. Sabas, der das kaputte Glas bereits aufgekehrt hatte und wieder hinter den Tresen ging, warf mir von der Seite einen neiderfüllten Blick zu.

»Glühwürmchen«, sagte ich. »Keine küßt so gut wie du.«

Sie bedankte sich für das Kompliment und für die Tatsache, daß ich sie Glühwürmchen genannt hatte, mit einem Aufblitzen ihrer grünen Augen, das ihr gesamtes Gesicht wie eine Stichflamme erhellte. Außerdem gab sie mir noch einen Kuß.

»Denk daran, daß ich auf deiner Seite stehe«, wiederholte sie, als unsere Lippen sich auf Wiedersehen sagten. Ihre Stimme schien aus dem Tiefsten ihres Herzens und vom Grund ihrer Kehle zu kommen. »Denk daran, daß ich dich liebe, Max. Obwohl du nicht küssen kannst. Ich werde zehn Minuten vor ihnen hiersein. Soviel Zeit geben sie mir, um dich einzuwickeln.«

Ich sah sie wortlos an. Zehn Minuten? García überschätzte mich: Diese schöne Viper wäre imstande, mich in vier Minuten einzuwickeln.

»Ich werde García erzählen, daß ich keine Unterwäsche anhabe. Das macht ihn nervös. Er kann dann nicht mehr klar denken.«

»Und? Trägst du keine?«

»Großer Gott, Max. Als ob du mich nicht kennen würdest. Natürlich trage ich welche, das hier ist schließlich kein Auftritt im *Teatro Real*. Wenn ich heute abend sterben muß, dann wenigstens mit Slip und BH.«

Elsa entfernte sich ein paar Schritte von mir, berührte mit den Fingern ihre Fußspitzen, wobei der Rock ihres Kostüms ein wenig hochrutschte. Darunter kam eine schwarze Unterhose zum Vorschein. Sabas und ich hielten den Atem an.

»So toll ist es nun auch wieder nicht, lebendig zu sein, nicht wahr?« fragte sie über die Schulter hinweg zu mir. Sie wandte mir noch immer den Rücken zu, stand aber wieder aufrecht. »Aber ich ziehe es trotzdem dem Totsein vor.« Sie drehte sich um. »Wenn ich ehrlich bin, ich weiß auch nicht genau, wer es darauf abgesehen haben könnte, mich umzubringen, aber vielleicht verirrt sich ja eine Kugel. Ich glaube, mein beschissener Vater war auch so eine verirrte Kugel. Denk daran, daß ich dich liebe, Max. Und fang bloß nicht an, an mir zu zweifeln, so wie der heilige Thomas. Langsam habe ich es nämlich satt.«

Elsa ging zur Tür und verließ die Bar, ohne sich noch einmal umzudrehen. Das tat sie nie. Dieses verdammte Weib *hatte* Stil. Sabas und ich hatten vom Auftritt jener wundervollen Beine und jener Hüften, die einen ins Taumeln brachten, keinen Augenblick verpaßt, bis sie den Blauen Kater, eingehüllt von dem rhythmischen Klang ihrer Absätze, verlassen hatten. Ich wischte mir mit einer Serviette das Karminrot ihrer Lippen ab, während der Kellner mir die Coca-Cola servierte, die ich nicht bei ihm bestellt hatte.

»Sie ist wie der liebe Gott und die Heilige Jungfrau zusammen«, seufzte er.

»Blondinen haben immer Glück. Sie brauchen nicht zu denken.« Ich nahm einen Schluck von dem Erfrischungsgetränk. »Aber die da ist eine von denen, die sich ein bißchen Mühe geben.«

Denk daran, daß ich dich liebe, Max. Denk daran, daß ich auf deiner Seite stehe. Wie gern würde ich ihr glauben. Stellen Sie sich den schönsten Schmetterling der Welt vor, ein leuchtendblaues Exemplar, etwa doppelt so groß wie meine Handfläche. Das ist keine Erfindung von mir: Es gibt sie in ganz bestimmten Urwaldgegenden wirklich: traurige Tropen. So, und jetzt stellen Sie sich vor, daß dieses wunderschöne Ding mehr Gift enthält als der Ring eines Borgia. Wenn Sie soweit sind, haben Sie möglicherweise Elsa Arroyo vor Augen.

Mit solchen Dingen beschäftigte ich mich gerade.

44

Als die Tür aufging, standen auf dem Tresen drei widerliche, leere Coca-Cola-Flaschen in einer Reihe. Man konnte Lust bekommen, ihnen mit ein paar Schüssen die Schädel wegzuballern. Es war Elsa. Ich ließ die Astra mit dem sechszügigen Lauf, Gesamtlänge 250 mm, sinken. Bald wirst du heiß werden, bald wirst du Blei spucken und Feuer wie ein Drache, und ich werde der heilige Georg sein und nicht der heilige Thomas, und ich werde die mysteriöse Dame retten.

»In fünf Minuten sind sie hier«, verkündete sie. »Ich habe ihnen erzählt, du hättest die Hälfte des Geldes, Godo hätte dir den Koks übergeben, und die Hälfte davon hättest du schon verkauft. Das paßt zwar hinten und vorne nicht, aber es kommt schließlich nur darauf an, sie umzubringen und abzuhauen, stimmt's?«

Das war eine perfekte Zusammenfassung unseres Plans. Ihr Tonfall nahm fast den eines kleinen Mädchens an, und ihr Blick war so unschuldig wie der eines Eichhörnchens. Ich hätte sie angebetet, wenn mich die Geschichte vom Goldenen Kalb in meiner Jugend nicht so geprägt hätte. Aber Elsa war anbetungswürdig. Mein Gefühl sagte mir, daß ich mich gerade mächtig verrannte, was mich bewog, den Regler Mißtrauen und Aufmerksamkeit in meinem Kopf bis zum Anschlag aufzudrehen.

»Du, ich und die drei Kilo Koks.«

Elsa erwägte einen Augenblick lang die Möglichkeit, ob ich vielleicht betrunken sei, aber ein kurzer Blick auf die Cola-Flaschen, die auf dem Tresen brav in einer Reihe standen, beruhigte sie.

»Drei Kilo Koks im Gepäck sind viel zu schwer, Traumfrau. Wieviel wolltest du dafür haben? Fünfzehn Millionen oder zwanzig?«

Elsa blinzelte mich ein wenig fassungslos an, reagierte aber sofort.

»Mindestens zwanzig«, sagte sie eiskalt. »Ohne Spesen.«

»Und? Hat sich's gelohnt?«

»Wenn die Rechnung aufgegangen wäre, ja.«

Während wir uns unterhielten, stellte Elsa sicher, daß die Star noch an der Stelle lag, wo sie sie hingelegt hatte, und daß sich die Patronen noch immer in der Star befanden. Soviel Vertrauen zwischen uns war fast schon abstoßend. Sie bastelte die Star wieder zusammen und legte sie funktionsbereit an ihren Platz zurück.

»Wozu brauchst du denn zwanzig Mille?«

»Für den Anfang.«

»Für den Anfang von was?«

»Weiß ich nicht. Von irgend etwas Neuem, Max. Du weißt ja nicht, wie sehr ich gelitten habe. Ich habe Pläne. Deine sechs Jahre billigen Whiskys sind ein Dreck neben meinen.«

Elsa war zum Tresen gekommen und wartete mit einer extralangen Kippe zwischen den Fingern darauf, daß sie ihr jemand anzünden würde. Sabas zeigte sich erneut bereit dazu. Ich nahm ihm das Feuerzeug aus der Hand und zündete die Zigarette an. Ich legte das Feuerzeug des Burschen auf den Tresen, in meine Reichweite.

»Was hältst du für besser?« fuhr Elsa fort. »Whisky saufen oder das Arschloch über dich drüberrutschen lassen, das den Mann deines Lebens ruiniert hat?«

»Der Mann bin ich«, sagte ich.

»Dein ewiges Selbstmitleid. Immer dieser zwanghafte Müll, immer mußt du den Jeremias spielen«, sagte sie geringschätzig. »Weißt du eigentlich, warum ich das alles getan habe? So begreif's doch endlich! Deinetwegen und wegen Rosa . . . García hätte dich umgelegt, wenn ich nicht gewesen wäre . . . Und die ganze Zeit über drohte er damit, Rosa als . . . na gut, das weißt du ja. Dieses Schwein . . . Ich habe für dich und für Rosa die Lebensversicherung gespielt, bis ich es nicht mehr ausgehalten habe . . .«

»Und du hast beschlossen, mit mir und den Drogen zu fliehen, ohne dich darum zu kümmern, daß du eine Spur von Leichen hinter dir läßt . . . Oder war es etwa mit Rosa und den Drogen, während ich euch den Fluchtweg freiballere?«

»So denkst du also über mich . . .«

»Ich denke, wenn Schlangen reden könnten, würden sie liebend gern bei dir Unterricht im Lügen nehmen. Außerdem glaube ich, daß eine Frau niemals sechs Jahre lang die Nutte für einen Mann spielen würde, wenn sie in Wirklichkeit einen anderen liebt . . .«

»Das denkst du also von mir . . . Ich hasse dich . . . Ich hasse dich mehr als mein eigenes Leben . . . Mehr als mein eigenes Schicksal . . .«

Im Grunde hatte sich Elsa immer als einen Unglücksraben betrachtet, auch wenn sie es noch so gut zu verbergen wußte. Immer schon hatte sie gedacht, daß das Leben furchtbar ungerecht mit ihr umgegangen war und daß ihr Ende nicht viel glücklicher sein würde. Zwei Tränen liefen über ihre zarten, heißen Wangen. Ihre smaragdgrünen Augen sahen mich eindringlich an. Sie stand auf und ging zu der Säule. Als sie sich wieder umdrehte, hielt sie die Star in der Faust. Ich beglückwünschte mich dazu: Ich spielte meine Rolle wirklich gut. Ich würde es schaffen, mit Elsa einen Kampf anzufangen, noch bevor García und seine Komparsen auftauchten. Der Sicherungsmechanismus der Star: eine Ladestandsanzeige am Patronenlager und eine manuelle Sicherung am Schlitten, die beidseitig betätigt werden kann und den Schlagbolzen bei nach vorn gelegtem Hebel blockiert, eine Sicherheitsraste am Hahn und eine Magazinsicherung, die den Auslösemechanismus blockiert, wenn das Magazin fehlt oder nicht richtig eingeführt ist. Bekomm mir heute abend bloß keine Ladehemmung, meine Kleine. Falls Elsa jetzt schießen sollte, dann gibt es eben keinen schöneren Tod als den von ihren Händen, und wenn nicht, dann bekomm bitte beim abschließenden Feuergefecht keine Ladehemmung. Elsa sah mich haßerfüllt an, mit einem wilden Blick. Sie legte den Sicherungshebel um, und ich mußte schlucken. Los, bring mich um. Ziele gut und zerreiß mir mein Herz. Plötzlich lachte sie auf. Sie ließ die Waffe sinken und den Abzugshahn wieder zurückgleiten. Die Spannung war verschwunden.

»Bravo! Bravissimo!« Sie klatschte erfreut in die Hände. »Ich wußte gar nicht, daß du so ein guter Schauspieler bist wie ich, mein Schatz. Was für ein Improvisationstalent . . .! Das haben wir ja wunderbar hingekriegt, nicht wahr? Aber, mal ehrlich, was sollte diese kleine Szene eigentlich?« Elsa versteckte die Star wieder in der Nische. »Es wird wohl besser sein, wenn ich die Hauptrolle übernehme.«

»Das war mein voller Ernst«, protestierte ich.

»Hör auf, mein Lieber. Manchmal bist du einfach komisch.«

»Du bist in drei Tagen ausgebrannt, Elsa, mit der Geschwindigkeit eines Dornbuschs. Ich habe wenigstens sechs Jahre gebraucht: Langsam wie ein Stück Kohle bin ich verglüht.«

»Bei dir hat es drei Wochen gedauert, Max, und ich habe immer noch eine Menge Zeit. Sei dir nicht so sicher, wer hier der Dornbusch und wer die Kohle ist . . . Aber laß dich nicht entmutigen: Unsere wiederauferstandene Liebe wird uns wieder grün werden lassen, wie der *guamachito* . . .«

Ich vernahm den Motorenlärm einiger Autos und den Krach von ein paar zuschlagenden Türen.

»Die Generalprobe ist vorbei. Die Vorstellung beginnt. Glaubst du, sie werden mir Rosen schicken, Max? Überlaß mir die Initiative, und alles wird glattgehen. Aber vorher sag mir noch etwas Poetisches, nicht daß du nachher nie mehr Gelegenheit dazu hast.«

»Bald schon werde ich mein Antlitz im Spiegel nicht mehr erkennen, und zwischen dem Traum und dem Tod wird schwinden mein Atem.«

»Nicht schlecht, Max, wirklich nicht schlecht.«

»Der Satz ist von dir, Elsa.«

»Wirklich?« Sie zog die Augenbrauen zusammen. »Ich kann mich nicht an ihn erinnern. Und wenn du umkommen solltest, mein Schatz? Wie soll ich dich in Erinnerung behalten?«

»Mit einem Lächeln auf den Lippen und Sehnsucht nach dem Meer im Herzen.«

Ich hörte die Tür eines weiteren Wagens und Schritte, die näher kamen.

»Du kannst dich jetzt in Luft auflösen, Kleiner«, sagte ich zu Sabas.

Der Kellner ließ sich das nicht zweimal sagen und verschwand durch die Hintertür. Der miese Geizkragen nahm sein billiges Feuerzeug mit. Ich sah auf die Uhr. Sie zeigte 8.20 Uhr an, an einem widerwärtigen Abend in der Vorweihnachtszeit. Ich dachte, daß in zehn Minuten alles geklärt sein würde und daß Rosa uns, Elsa und mich, oder das, was von uns übrig sein würde, mit ein bißchen Glück in ein paar Stunden bei mir zu Hause abholen könnte, mit den Klamotten, die ihr ihre Freundin geliehen hatte.

Draußen verwandelte der Vollmond mit seinem Licht die Bürgersteige, die Erde und den Asphalt in einen Sumpf. Mit all meiner Kraft wünschte ich mir, seinen Zinnglanz in sieben Minuten wiederzusehen und Elsa dabei in meinen Armen zu halten. Aber es stand nicht sehr gut für mich. War Elsa wirklich in mich verliebt, oder war ich nur eine Ratte, die bereits in die Falle gegangen war?

45

Die Tür ging auf, und der Einarmige, El Mudo, Krüger und García, der die Tür wieder schloß, betraten den Raum.

»Mensch, García«, sagte ich. »Du hast sie ja wirklich alle mitgebracht. Die Plaudertasche, den Sancho Pansa und natürlich den Schwarzen Mann.«

Keiner von ihnen schien mich zu hören. Der Einarmige ging in die rechte Ecke hinüber, El Mudo glitt in die linke, und Krüger pflanzte sich vor der Säule auf und stand damit direkt vor der Pistole, die für Elsa bestimmt war. Verdammtes Pech, alter Gaul.

»Gottverdammich«, stieß die einzige Frau, die sich unter diesem Dach aufhielt, zwischen den Zähnen hervor.

García griff nach einem Hocker und setzte sich darauf, mit dem Rücken an eine der Seitenwände gelehnt.

»Komm mal her, Traumfrau«, sagte er. »Nachdem du mir einen Whisky eingeschenkt hast.«

Elsa gehorchte ihm mit einer Sanftmut, von der ich

hoffte, daß sie nur gespielt war. Der Whisky, der ins Glas floß, hörte sich an wie das Geräusch beim Pinkeln. Elsa ging zu García hinüber, um ihm das Glas zu geben. Ich flehte darum, daß sie nicht den Fehler beging, einen Blick zu der Säule hinüberzuwerfen, in der wir die Pistole versteckt hatten, und mein Flehen wurde erhört. Elsa gab García das Glas und holte eine Zigarette hervor. Ein schlechtes Zeichen: Sie war nervös. Ohne ein Wort zu sagen, wartete sie mit der Zigarette im Mundwinkel darauf, daß García ihr Feuer geben würde. Ein gutes Zeichen: Elsa war doch noch die alte. Wie ein abgerichteter Hund kramte García so schnell wie möglich sein goldenes Feuerzeug hervor, das mindestens fünfhundert Karat hatte. Die Flamme leckte nach der Spitze der Dunhill. Elsa atmete ein, und ein Teil der Tabakfasern verwandelte sich in Glut.

»Er ist ein Hungerleider«, sagte sie verächtlich und meinte damit mich. »Er besitzt noch nicht mal ein Feuerzeug . . . Und der Whisky schmeckt ihm besser als den Kindern die Bonbons. Für diesen Quartalssäufer namens Dyc Turpin ist noch der Nachname zu schade.«

Eines stand fest: Wenn sie diesen Tonfall während ihrer ganzen Aufführung durchziehen wollte, würde ich ihr nachher keine Rosen schicken.

»Sprich nicht so über ihn«, wies García sie zurecht. »Sieh ihn dir doch an: mit einer ordentlichen Rasur und dem Anzug da ist er wieder ganz der alte. Ihr seht ja richtig schick aus, ihr beiden. Hättest du mir doch sagen können, Mensch, dann hätte ich mir den Anzug angezogen, den ich mir gestern gekauft habe, und nicht den hier, der ist ja schon zwei Monate alt. Du bist noch nicht am Ende, Max. Überleg's dir gut. Er war mein zweiter Mann, ganz klar.« Nun wandte er sich an meine gesamte Konkurrenz. »Mit Hinkefuß und allem drum und dran könnte er immer noch der zweite Mann an Bord sein, wenn er Lust dazu bekommt.«

»Bes-te-Be-zie-hun-gen.« Der Einarmige stieß die Silben rachsüchtig hervor.

»Von wegen Beziehungen«, eiferte sich García. »Mir ist scheißegal, was du davon hältst, du Stumpen, du hast davon ü-ber-haupt-kei-ne-Ah-nung. Hat er es euch etwa nicht gezeigt, und zwar hier? Hat er Indiana-Paella etwa nicht vor euren Augen kaltgemacht und Elsa mitgenommen? Max war die Nummer eins. Er war der Beste. Er hat nicht mit einer einzigen Möse gebumst, die etwas mit einem Klienten zu tun hatte, nie, weder die Freundin noch die Schwester, noch die Geliebte, noch die Mutter, noch die Putze, noch die Schwiegermutter, keine einzige, nicht eine, und das, wo es ihm an Gelegenheiten wirklich nicht mangelte, diesem Hurensohn. Max, erinnerst du dich noch an die Geliebte von Diatomías? Wir holten uns in Gedanken an sie alle einen runter, und sie geht hin und bittet dich darum, ihr einen Bladdimerri aufs Zimmer zu bringen, und begrüßt dich im Tanga? Und das war wirklich nicht gerade eine Möse, die an einem Skelett hing! Begreif's endlich, Stumpen! Und ihr da, hört gefälligst auch zu, das geht alle an! Oder geht euch das am Arsch vorbei?! Ihr hättet ihn in seiner Blütezeit erleben sollen. Er war erste Klasse, kälter als ein Gefrierschrank mit fünf Sternen und schneller als eine Klapperschlange. Ich habe ihn noch nie die Ruhe verlieren sehen. Sein Puls war standhafter und fester als der Eiffelturm. Bei irgendeinem medizinischen Test nahmen sie uns mal den Puls, und er hatte achtundvierzig. Das ist fast noch weniger als Induráin, der Radrennfahrer. Der nächste hatte vierundsechzig. Máximo Lomas, er trug es bereits im Namen, Lomas, Lom-as, Das-As, Máximo Das As, das Lied wurde ihm bereits an der Wiege gesungen. Kapiert ihr das, ihr armseligen Gestalten, ihr Dummköpfe, ihr Pißnelken? Máximo Das As! Ihr dürftet noch nicht mal seine Wohnung betreten, ihr dürftet ihm nicht mal ein Spiegelei braten.

Er war wie eine Maschine, verdammt. Habt ihr Bleidranner gesehen? Also der Androide da, der Blonde, der Ruterchauer, oder wie er hieß, der hätte neben ihm wie eine Schwuchtel ausgesehen, wie ein Schwächling, wie eine Novizin von irgendso einem Orden. Aber was werdet ihr schon groß Bleidranner gesehen haben, ihr intellektuellen Nullnummern. Ihr glaubt ja, von Büchern bekäme man Sodbrennen. Ihr guckt euch diese ganzen Karatefilme mit Prügeleien und tausend Toten an und glaubt, das wäre das Größte, die mit dem Schauspieler, dem einen, dem mit den roten Haaren, dieser blöden Karotte da, Mensch, wie heißt er denn noch gleich, der Zwerg mit dem Affengesicht, der Chimichurri, oder wie auch immer, und ihr glaubt, das wäre richtiges Kino, und dabei ist es nur lauwarme Milch. Mit ihm zusammenzuarbeiten war das reinste Vergnügen. Weißt du noch, wie sie uns den Steilhang runtergeschmissen haben? Erinnerst du dich noch an die Nacht in Zaragoza, Kleiner? Als sie uns dabei erwischt haben, wie wir im Unterhemd gepokert haben? Er besaß einen unglaublichen siebten Sinn. Er hat Diatomías als erster durchschaut! Der ist nicht sauber, sagte er zu mir, der ist trügerischer als eine Erhöhung der Brotpreise, und ich höre überhaupt nicht, hole mir den ganzen Tag über einen auf die Möse von seiner Geliebten runter, die mit dem Bladdimerri. Ja, so war das nämlich mit uns. Und dann hatte er auch noch Glück, die Schweinebacke! Ich hatte damals in Zaragoza zwei Asse auf der Hand, und er, wie immer super-cool, die alte Schwuchtel, wollte es mit zwei Damen versuchen. Kannst du dich erinnern? Sag jetzt bloß nicht nein! Die guten, alten Zeiten, ach Scheiße, Mann! Sie bleiben unübertroffen!«

»Aber natürlich kann ich mich erinnern«, sagte ich und wischte mir dabei den Staub von meiner Narbe am Hals. Sie war das Resultat des Kusses einer 9-mm-Police mit leicht konischen Patronenhülsen aus Messing und massivem Hülsenboden, kegelstumpfförmigen Geschossen und kleinen Boxer-Zündhütchen. Zwei Zentimeter weiter nach links, und bum, alles wäre vorbei gewesen, damals vor acht Jahren, in Zaragoza. »Und ich hätte es mit den beiden Damen nicht versucht, García. Chirli hatte mir nämlich das mit deinen beiden Assen geflüstert.«

»Was sagst du da, die Chirli? Hast du wirklich Chirli gesagt? Aber ich habe mit ihr ... Du und sie, ihr wart also ...« Einen Augenblick lang war er verwirrt und versuchte die Enden zusammenzubringen, aber er erholte sich schnell wieder. »Na, wenn das so ist, dann steck die Artillerie wieder ein, verdammt, Mann!«

Ich zielte weiter auf ihn. García wartete ein paar Sekunden ab, bevor er zu dem Schluß kam, daß ich nicht auf ihn hören würde.

»Wir sind hierhergekommen, um über etwas zu reden«, fuhr er fort, mit etwas weniger lobendem Tonfall, eher professionell. Er trank einen Schluck Whisky – »Dreckszeug!« –, und stellte ihn auf das Bord an der Wand hinter seinem Rücken. »Das ist doch kein uisge batha ... Das ist etwas für die spanischen Ratten ... Kannst du dich noch an den Engländer erinnern? Immer ein Dschentelmen, bildete sich immer etwas darauf ein, daß er aus London kam!«

»Ich wußte gar nicht, daß man sich auf so was etwas einbilden kann, Fred.«

»Von wegen Fred. Hör jetzt endlich auf damit ... Also, worauf wollte ich hinaus? Richtig. Elsa hat mir erzählt, den Schnee hättest du.«

»Und das hast du ihr geglaubt?« sagte ich.

»Jedenfalls eher, als daß Godo den Schnee durchs Klo gespült hat, als er die Sirene eines Polizeiwagens hörte. Elsa behauptet, ihr hättet ihn zusammen geklaut, du, Godo und sie. Ihr habe ich bereits verziehen. Eine ganz schöne Stümperei, das Ganze, weißt du, was ich meine? Du bist der einzige andere Mensch auf der Welt, dem ich so was verzeihen könnte. Elsa hat es schon sehr bereut . . .«

García tätschelte Elsas wundervolle Schenkel. Sie schlängelte sich um ihn wie eine Boa. Mir wurde übel, und ich hätte wahnsinnige Lust gehabt, die beiden abzuknallen, aber allein hätte ich keine Chance gehabt. Ich durfte nicht die Nerven verlieren. Meine einzige Hoffnung war, daß Elsa mir irgendwie zu Hilfe kommen würde.

»Ach, wie dumm von mir . . .«, brach es in diesem Moment aus ihr hervor. »Ich habe vergessen, Unterwäsche anzuziehen, Fred . . .«

Wir blieben alle wie versteinert stehen, aber für mich bedeutete das, daß diese Irre auf meiner Seite stand. Man hätte eine Mücke summen hören können.

»Scheiße noch mal, Traumfrau«, García drehte sich auf seinem Hocker um. »Könntest du nicht ein bißchen diskreter sein? Warum hängst du nicht gleich ein Plakat in die *Calle Callao*? Elsa Arroyo, Miss Villaverde 1981, trägt heute abend keine Unterwäsche! Mußt du deinem schmuddeligen Nachnamen denn immer solche Ehre erweisen? Dieser Goldschwanz von deinem Vater wäre bestimmt stolz auf seine Tochter!«

Elsa sah mich mit hochgezogenen Augenbrauen an und zuckte die Schultern, als ob sie mir sagen wollte, daß es ihr leid tat. García redete weiter. Die Nachricht hatte nicht die erwünschte Wirkung gehabt. Er war schließlich doch ein Profi.

»Godo ist tot, und mit ein bißchen Glück wird Rosa heute abend in einem Motel in Valencia debütieren . . . Bleibst nur noch du, mein Kleiner.« Er griff nach dem Whisky, um eine Hand beschäftigt zu halten. »Mir wäre es lieb, wenn du hier lebend rauskämst. Hängt ganz von dir ab. Scheiße, verdammt. Na so was, ich glaube, ich muß mal pinkeln. Wahrscheinlich dieses Rattengift da, ich fühle mich wie der Hund von Paulus«, sagte er, stand dabei auf und stellte das Glas wieder auf dem Bord ab. »Und in diesem miesen Laden verschimmelst du schon seit sechs Jahren?«

»Seit fünf.«

»Deine Leber muß aussehen wie ein Wischmob in einer Kaserne, Mann. Kann ich jetzt pinkeln gehen?«

»Wenn du auch nur einen Schritt tust, brate ich dich bei lebendigem Leib, Fred«, sagte ich mit schneidender Stimme. »Setz dich wieder hin.«

»Soll den Klumpfuß doch der Teufel holen«, sagte der Einarmige, der mit einem Zahnstocher zwischen seinen Zähnen herumbohrte. »Ist ja doch bloß ein Wichtigtuer.«

»Ein Wichtigtuer?« García setzte sich. »Von wegen Wichtigtuer! Du gibst auch nicht klein bei, was? Ich heiße dich hier in aller Form willkommen, und du hast nichts Besseres zu tun, als mich nicht mal dem Kanarienvogel neues Wasser bringen zu lassen . . . Wenn du Grundschullehrer wärst, würde sich die Hälfte der Gören vor deinen Augen in die Hose pinkeln, verdammt! Was willst du eigentlich, soll ich dir eine Facksmitteilung schicken, oder was? Oder vielleicht eine Brieftaube? Geh mir doch nicht auf die Nüsse . . . Man muß sich emanzipieren, man muß wachsen, man kann doch nicht immer noch dieselben Klamotten tragen, die man schon als Rotzlöffel anhatte . . . Ich biete dir hier einen Ausweg . . . Aber du, du bist wirklich immer noch genauso stur wie ein Maultier. Übrigens, apropos Nüsse. Kennt ihr den hier? Ein Ehepaar Schokoladenstückchen fliegt am Himmel. Woran erkennt man das Männchen? Klar, an den Nüssen . . .«

Es entstand ein eisiges Schweigen. Erst als ausgerechnet der Einarmige laut losprustete, wurde es gebrochen. Er versuchte, sich zurückzuhalten, aber es ging einfach über seine Kräfte. Er erstickte fast vor Lachen. Plötzlich verschluckte er sich an dem Zahnstocher. Er fing an zu husten und rot zu werden, während der Rest ihm ungläubig zusah. Elsa und ich wechselten einen raschen Blick. Unglücklicherweise verhinderte Krüger weiterhin, daß wir an die Pistole herankamen.

So mancher ist schon an einem Hühnerknochen erstickt, oder an einer Fischgräte. Ich kannte einmal eine schöne Frau, die unter Vollnarkose gestellt werden mußte, weil sich eine Krabbenschale in ihrem Rachen verklemmt hatte. Leider würde dieser Vampir bestimmt nicht der erste sein, der auf der Liste derjenigen stünde, die an einem Zahnstocher erstickt sind. Er schaffte es jedenfalls, seinen wieder auszuspucken. Ihn lachen zu sehen hatte mich bei seinem Anblick zum erstenmal an ein menschliches Wesen denken lassen. Aber deswegen würde mir noch lange nicht der Puls flattern, wenn es darauf ankäme.

»Beschissener Zahnstocher, verdammt«, sagte er, als er wieder Luft bekam. »An den Nüssen . . .« Noch einmal bekam er einen Lachanfall, diesmal allerdings nicht mehr so heftig.

»Ist ja gut«, brummte García. »Schlecht ist er nicht, aber auch nicht so gut, daß man vor Lachen gleich umfällt.«

In dem Moment klingelte ein Telefon. Krüger zog ein Handy aus der Tasche und gab es García.

»Das kann doch wohl nicht wahr sein! Ich habe dir doch gesagt, du sollst es abstellen, du dämlicher Tonkrüger, du Speckschwarte«, beschwerte sich García. »Ja, hallo . . .? Was? Was soll denn das heißen, die blöde Schwuchtel hat eins abgekriegt!« brüllte er. »Wenn ihr sie in vierundzwanzig Stunden nicht gefunden habt, könnt ihr den Rest eures Lebens aus der Schnabeltasse trinken, und zwar in einem Rollstuhl. Ich schiebe euch allen ein Fahrrad in den Arsch, Mann, und ein Dreirad noch dazu, und eure verfluchte Mutter schiebe ich euch gleich hinterher!«

García stellte das Handy ab und reichte es übelgelaunt an Krüger weiter.

»So eine beschissene unnütze Mistbande«, knurrte er, jetzt etwas ruhiger.

Krüger ging wieder zurück an seinen Platz. Elsa, die unterdessen die Luft angehalten hatte, sah mich angsterfüllt an. Ich wandte den Blick ab. Es war besser, sie würden unsere Komplizenschaft nicht bemerken.

»Also«, informierte García. »Das Debüh unserer neusten Errungenschaft wird sich wohl noch ein wenig verzögern. Herzlichen Glückwunsch, Max. Es steht zwei zu null für dich. Ich hätte diesen kräftigen Margeriten ja in die Eier geschossen.

So, und jetzt würde ich gerne von dir erfahren, wo der Koks steckt und wo sich meine kleine Schwägerin aufhält. Danach kannst du abhauen. Und nimm endlich die Knarre weg. Du machst mich nervös.«

Elsa blies winzige Rauchringe in die Luft, um sicherzustellen, daß sie ruhiges Blut bewahrte. Wenn wir lebend hier herauskämen, würde ich sie heiraten, wenn sie nicht ihre Meinung änderte und wenn sie aufrichtig gewesen sein sollte. Ach was, ich würde sie heiraten. So oder so.

»Hast du die ganze Scheiße wirklich geschluckt? Ich bin hier, um dich umzulegen, García, und nicht, um mit dir über etwas zu verhandeln, das ich überhaupt nicht besitze.«

»Was sagst du da? Mich umlegen? Sagtest du gerade, daß du mich umlegen willst? Du wärst wirklich gestorben, wenn ich einen richtigen Sohn gehabt hätte und nicht so einen undankbaren Taugenichts!« Er war rot geworden vor Wut. »Dann wärst du nämlich nicht wie ein eigener Sohn für mich gewesen, hast du das gehört? Und ein toter Mann wärst du auch, wenn ich erführe, daß du wieder mit der Traumfrau hier rummachst. Nimm's mir nicht krumm, aber sie hat mir erzählt, daß sie immer an die Beine einer

Kakerlake denken mußte, wenn du sie berührt hast. Was ist denn das für eine beschissene Musik? Leg das hier auf, Krüger.« Er beruhigte sich wieder. »Elsa meint, wenn ich sie mir tausendmal anhöre, gefällt sie mir irgendwann. Ich hab's jetzt vierhundertmal probiert, aber einen Effickt spüre ich immer noch nicht.«

García warf ihm eine Kassette zu. Krüger fing sie im Flug mit denselben Reflexen auf, die mich an das Band mit Godos Tod erinnerten. Er trat einen Schritt auf mich zu.

»Ruhig verhalten«, gab ich Krüger zu verstehen und richtete den Lauf auf ihn. Im Verschlußstück der Pistole befindet sich eine Nut direkt unter dem Patronenlager, die den Schlitten blockiert, wenn die Waffe leergeschossen ist. Scheiß dir in die Hosen vor Angst, Krüger, verkrümel dich. Ich will nicht mit dir anfangen, du bist nicht der erste auf meiner Liste.

Krüger ging wieder zur Säule. Elsa warf mir einen vernichtenden Blick zu, und sie hatte recht: Ich hatte die Gelegenheit verpaßt, mir die Star zu greifen, als der Weg frei war. Aber mir machte das Mut: Es belegte immerhin, daß Glühwürmchen wirklich auf meiner Seite war. In den beiden Ecken sahen der Einarmige und El Mudo aus wie zwei Denkmäler. Sie zuckten mit keiner Wimper.

»Gib sie ihm. Er soll sie auflegen«, sagte García.

Das Lied, das Garcías feines Gehör beleidigt hatte, war zu Ende. Krüger warf mir die Kassette zu. Auch ich fing sie im Flug, und das mit der Linken. Es gibt halt immer noch wahre Meister. Es war *Carmen*. Ich warf die Kassette auf den Boden und zertrampelte sie zielbewußt mit dem Absatz, während ich García ansah.

»Verfluchte Scheiße«, rief García, der vor Wut rot anlief. Ihm platzte fast die Halsschlagader. Aber er bewegte sich nicht, da ich die Pistole wieder auf ihn gerichtet hatte.

In diesem Augenblick ertönte aus dem Radiorecorder

die Habanera aus *Carmen*, mein Blick begegnete dem von Elsa und noch einmal fühlte ich das mit der Liebe, die ein *oiseau rebelde*, ein aufmüpfiger Vogel, ist. Wir schwiegen alle, bis García schließlich in schallendes Lachen ausbrach.

»Das muß etwas bedeuten ... Ich bin der Größte! Die Götter sind auf meiner Seite! Jetzt gefällt es mir fast schon irgendwie ... Lara la lala la la la la la ... Lara la ra ...« Er begleitete die Musik wie besessen mit schwingenden Armen. »Lara la lala la la la la la ... Lara la ra ... Ich gebe dir noch eine Minute, Max«, sagte er und hörte plötzlich auf zu trällern. »Und ich bin großzügig. Du hast nicht mehr viel Glück übrig. Also, geh sparsam damit um.«

»Nur keine Übertreibungen, Karl Arsch.«

García faßte sich unbewußt an den Scheitel.

»Ich habe noch genausoviel Glück, wie ich eben habe. Und denk dran, Fred: Du bist der erste, der ins Gras beißt.«

»Hui, du machst mir aber angst«, frotzelte García. Meine Drohungen gingen ihm durch ein Ohr rein und durchs andere wieder raus. »Ich mache mir fast in die Hose vor Schiß.«

Er holte seine feinen, schwarzen Lederhandschuhe hervor und stülpte sie sich in aller Ruhe über. Als nächstes fuhr er sich mit der Hand ans Schulterhalfter und nahm seine Beretta 92F in die Faust, mit speziell angefertigten goldenen Griffschalen, die seine Initialen trugen, Hahn und Abzug vom Typ Combat, speziell entwickelt für das Abdrücken mit Schutzhandschuhen und für beidhändige Schießtechniken, Leergewicht 975 Gramm, geladen 1155 Gramm. Du weißt immer noch nicht genau, ob du mir einen Teil dieses Gewichts übertragen möchtest, García, auch wenn du es jetzt langsam doch tun willst, auch wenn du denkst, ich sei zu halsstarrig, du hättest mir jetzt genug Hinweise gegeben, alles hätte seine Grenzen und es wäre eine Sache, großzügig zu sein, und eine andere, daß sie dir auf die Eier gehen, von denen du außerdem nur zwei hast.

Seine Genossen folgten ihm blind.

»Na schön, Max, jetzt laß mal sehen. Vielleicht können wir uns ja doch noch verständigen.« Seine Stimme war kälter als je zuvor. »Ich gebe dir eine letzte Chance, die Angelegenheit wie unter zivilisierten Menschen zu erledigen. Jeder andere würde schon tot im Manzanares treiben oder beim Chinesen in süßsaurer Soße garköcheln. Nenn mir einen Preis. Wie hoch er auch sei, ich werde ihn dir nicht abschlagen, auch wenn er mehr Nullen hat als das Arbeitszeugnis des Einarmigen. Ich sehe das als Schadensersatzklage. Ich unterschreibe sie dir, nehme Elsa mit, und du kannst tun und lassen, was du willst, kommst entweder mit mir oder bleibst hier. Ist das ein Angebot? Wenn du willst, kannst du mein Teilhaber werden, fifti-fifti, was denkst du? Fifti-fifti . . . Du weißt, daß ich keine Angst vorm Sterben habe, mein Sohn. Das ist es nicht. Du weißt genau, daß ich weiß, daß mein Leben an dem Tag keinen Heller mehr wert ist, an dem ich Angst habe, es zu verlieren. Und du weißt, daß es eine Ehre für mich wäre, wenn du es wärst, der mich abknallt, und nicht irgendein dahergelaufener Strolch . . .«

Wir sahen uns fest an. Ich antwortete nicht. Noch ein paar Sekunden verstrichen.

»What's going on, Kleiner?« García wurde ungeduldig. »Was zum Teufel ist bloß los mit dir? Hast du ein Problem? Willst du mir vielleicht endlich verraten, wie hoch dein verdammter Preis ist? Wir waren Leibwächter, verdammt, wir waren Pistolen, die man mieten konnte, wir stellten keine Fragen, wir kamen, erledigten unsere Arbeit und wurden bezahlt. Wir wollten nicht wissen, ob es dreckige Angelegenheiten waren oder nicht, wir hatten alle unseren Preis, du, ich, Elsa, und von denen da drüben ganz zu schweigen . . . Wie hoch ist deiner, Kleiner?«

Mir tränten fast die Augen. Ich wünschte mir sehnsüchtigst, daß García genausoviel Lust zu blinzeln hatte wie ich.

Seinem Blick standzuhalten brachte mich in Gefahr, den Überblick zu verlieren, verteidigungslos dazustehen, einen Schuß abzubekommen, ohne auch nur die dunkle Mündung zu sehen, die ihn ausgespuckt hatte, aber ich wollte um nichts auf der Welt nachgeben. Mir tränten fast die Augen. Sie taten fast weh.

»Hör auf damit, Fred. Spar deine Kräfte.«

Zehn, dachte ich. Ich zähle bis zehn, und wenn dieses Arschloch bis dahin nicht seinen Blick abgewandt hat, fange ich an zu schießen. Immer noch besser, als vollkommen blind herumzuballern.

»Wie hoch ist dein Preis, verdammt?«

Zehn, neun, acht... Als ich bei sieben war, wandte García den Blick ab, und auf der Stelle tat ich furchtbar erleichtert dasselbe. Er sah zu seinen Männern hinüber. Ich sah auf die Uhr. Wenn meine Berechnungen stimmten, würde in fünf Minuten alles vorüber sein. Als ein paar Sekunden vergangen waren, sahen wir uns wieder an.

»Ich habe dir doch gesagt, du sollst mich weder Fred noch Pate nennen, mein Kleiner. Das klingt so nach Gangster.«

Die Lage war verzweifelt. Aber in diesem Moment griff Elsa ein. Und sie war meisterhaft, das kann ich Ihnen sagen.

»Diese Musik lief an dem Abend mit dem Feuerwerk, auf der Terrasse... Weißt du noch, Carlos? Du und ich und die Lust...«

Es entstand eine Grabesstille, die nur von *Carmen* gestört wurde. Wieder war es García, der ihren Zauber zerstörte.

»Carlos?« Er drehte sich unbequem auf seinem Stuhl herum und sah verwirrt um sich. »Wer zum Teufel heißt denn hier Carlos? Du vielleicht, Stummer?«

Elsa warf die Zigarette, die vor ein paar Minuten noch extralang gewesen war, auf den Boden. Ohne sich die

Mühe zu machen, sie auszutreten, ging sie zu Krüger, der wie gelähmt stehengeblieben war, und gab ihm einen Kuß auf den Mund. Dann trennte sie sich wieder von ihm. Es war wie eine moderne Fassung des Judaskusses. Ich betete, daß Elsa die Waffe an sich genommen hätte. Ich hatte sie nicht dabei beobachtet, aber ich wußte, daß Elsa die Fingerfertigkeit eines Taschenspielers besaß, eines *Arkobraten*, wie sie es ausdrücken würde, und wir hatten alle nur auf Krüger geachtet, dessen Stirn vor Schweiß triefte.

»Du bist also Carlos, Krüger . . .«, brachte García langsam hervor und streichelte seine Beretta 9 mm Para mit Ladestandsanzeige am Patronenlager, deren rotlackierte Auszieherkralle teilweise seitlich hervorsteht. Deine Eifersucht, Alfredo, deine Eifersucht wird noch dein Untergang sein. Elsa ist das einzige auf der Welt, was dich aus der Fassung bringen kann, sie läßt dich deine Kaltblütigkeit verlieren, deinen Kopf verlieren, insgesamt die Kontrolle also. »Das wußte ich ja gar nicht. Und du, Mudo, du heißt ja Josemari, jetzt erinnere ich mich wieder . . . Na so was . . . Josema, wie mein Großonkel, der alte Schraubendreher . . .«

Ich beobachtete, wie sich die Pistole Krügers langsam auf García richtete. Jetzt oder nie. Ich stürzte mich von dem Barhocker herunter und schoß dabei auf den Einarmigen. Plötzlich begannen alle Pistolen zu bellen wie wütende Hündinnen. Der Einarmige und El Mudo eröffneten das Feuer gegen mich. Das Glas hinter der Theke und ein paar von den leeren Flaschen zersplitterten. Die Astra 1921 El Mudos bekam nach dem dritten Schuß eine Ladehemmung. Er hatte also noch fünf Schuß übrig, die ihm nichts mehr nutzten. Das hast du nun davon, so romantisch zu sein, Mudo, einmal mußte es ja geschehen. Von wem hattest du die Pistole? Von deinem Vater oder von deinem Opa? Bestimmt von deinem Großvater, Mudo, von deinem anarchistischen Großvater, der ein Verlierer gleich in doppelter Hinsicht war. Ich traf den Einarmigen ins Bein, in die Narbe auf der Stirn und zweimal in die Brust. Ich machte ihn zu Brei. Ich drehte mich El Mudo zu und bekam noch mit, wie er verzweifelt versuchte, das Feuer auf Elsa zu eröffnen, und wie Elsa ihn schließlich aus einer Distanz von drei Metern erledigte. El Mudo ließ sein Andenken fallen, das über den Boden schlitterte, und ging vollgepumpt mit Metall wie ein Sack Blei zu Boden, ohne einen Mucks von sich zu geben. Derweil hatten sich García und Krüger in eine Art persönliches Duell verwickelt. So wütend, wie sie waren, und so viele Kugeln, wie sie ins Leere feuerten, schafften sie es dennoch, die Abzüge wie zwei Besessene immer weiter durchzuziehen, bis sie die Magazine fast leergeschossen hatten. Dann fielen beide zu Boden.

Plötzlich war es still geworden. Die Habanera aus *Carmen* war jetzt wieder die einzige Melodie, die zu hören war. Das Stück war fast zu Ende. Ich stand auf. Elsa und ich sahen uns an. Wir konnten unser Glück kaum fassen. Ich zog das Magazin heraus und legte neue Patronen ein: die Macht der Gewohnheit. Elsa kam mit der Pistole in der Hand auf mich zu. Wir küßten uns. Sie hatte gerade einen Mann umgebracht, ohne daß ihr Puls sich dabei erhöht hätte, und ihr Mund schmeckte wie immer nach Honig.

46

Elsa blies über die Laufmündung ihrer Pistole.

»Schade, schade, schade. Alle tot. Und ich mit dieser schrecklichen Frisur. Habe ich dir nicht gesagt, daß ich noch vier Kugeln übrig haben würde?« prahlte sie.

»Wir sollten Krüger dafür danken.«

»Außer mir wie zufällig auf dem Gang zu begegnen,

liebte er es, alle Arten von Kuchen und Torten zu verspeisen. Er war ganz schön fett. Sein Bauch paßte ihm überhaupt nicht in die Hose und das, wo er immer ein Korsett trug. Ich nehme an, diese Wampe wäre selbst aus dem Gefängnis von Carabanchel noch entkommen.«

Man hörte jetzt den Anfang von *Let's stay together*, in der Interpretation der Pasadenas oder irgendeiner anderen Gruppe mit einem männlichen Sänger. Tina Turner war es jedenfalls nicht, es sei denn, ihre Stimme war in letzter Zeit etwas weiblicher geworden.

»Laß uns abhauen«, sagte ich.

»Warten wir noch das Ende dieses Liedes ab. Bitte, Max . . . Ich bin ja so glücklich . . . Bitte . . . Ich versprech's dir, nur einen Moment noch . . .«

Einen solchen Wunsch konnte man Elsa unmöglich abschlagen. Eng umschlungen begannen wir zu tanzen. Sie hatte ihre Arme um meinen Hals gelegt, ohne die Pistole loszulassen, und ich füllte das Magazin meiner Waffe hinter ihrem Rücken wieder auf.

»Dieses Schwein hat mich angetatscht, Max. Er hat den Tod verdient. Er wollte mit mir eine Familie gründen, und ich ließ ihn daran glauben.«

»In jener Nacht mit den Feuerwerksraketen, nehme ich an.«

»Korrekt. Jeder kämpft mit den Waffen, die Gott ihm gegeben hat. Ich kann mir vorstellen, daß du nichts dagegen einzuwenden hast, Herzchen.«

Tanzen ist zwar nicht dasselbe wie Laufen, aber auch so machte es mir noch einige Schwierigkeiten, und zwar wegen der verdammten Kniescheibe. Elsa schien sich nicht darum zu kümmern: Ihrem Gesichtsausdruck nach war sie wirklich glücklich. Unsere teuren Schuhe verfolgten sich in langsamem Tempo auf dem Fußboden. Wenn mich mein Hinken ein wenig behinderte, so schien sie sich von ihren hohen Absätzen kaum stören zu lassen: Während ich meine Schuhe hinter mir her zog, glitten und sprangen die ihren anmutig herum. García hatte behauptet, wir hätten einfach nur schick ausgesehen, aber er hatte untertrieben. Wenn es sich nicht um ein so heruntergekommenes Lokal gehandelt hätte und wenn nicht überall verstreute Leichen herumgelegen hätten, hätte man uns durchaus für ein Prinzenpaar auf dem Wiener Opernball halten können.

»Ich bin frei, Max.«

»Du bist einzigartig, mein Schatz. Ich nehme an, jetzt kannst du mir auch die Wahrheit verraten. Wer hat sich die drei Kilo Koks unter den Nagel gerissen?«

»Godo und Rosa. Mir ist da etwas herausgerutscht, aber in den Schlamassel haben die beiden sich selbst gebracht. Das war es auch, was ich dir im *La Paloma* sagen wollte, aber ich konnte mich nicht dazu durchringen. Unglaublich, daß du an mir gezweifelt hast. Aber ich verzeihe dir alles, und das, wo du immer noch nicht küssen kannst. Es freut mich, daß du es inzwischen mit keiner anderen gelernt hast, du Gauner. Ich werde es dir schon noch beibringen.«

Ich weiß nicht, wer einmal behauptet hat, daß das Glück ein Vogel ist, der sich nur selten irgendwo niederläßt und viel zu schnell wieder davonfliegt. Wer auch immer es gewesen sein mag, ich würde gern ein paar Sätze mehr von ihm kennen. Gewiß waren seine Aussagen so wahr, wie sie es nur sein konnten.

Man hörte einen Schuß, der klang wie ein Stöhnen. Elsa und ich sahen uns fragend an und dachten dabei beide einen winzigen Moment lang, daß der andere den Schuß abgegeben hatte. Meine eigenen Zweifel lösten sich in Luft auf, als ihr Gesicht plötzlich einen überraschten Ausdruck voller Schmerz annahm. Ich unterdrückte meinen eigenen.

Der Schuß hatte Elsas Körper durchschlagen und danach meine Seele in Stücke gerissen. Fast augenblicklich danach hörte man einen weiteren Schuß, der Krüger den Rest gab. Niemals werde ich mir verzeihen, diesen Schuß nicht ein paar Minuten früher abgegeben zu haben, diesen Schuß, der den Lauf meiner Astra noch einmal heiß werden ließ, den massiven Lauf mit wohlgezogenen Zügen und großer und geeigneter Öffnung am Auswerfer. Auch wir sind gerade ausgeworfen worden, Glühwürmchen, wir sind raus, du aus diesem Leben und ich aus meinem Zustand der Glückseligkeit, für immer, meine Liebste, wir beide für immer und ewig.

Mich nicht zu vergewissern, daß alle auch wirklich mausetot waren, war mein dritter beruflicher Fehler im Zeitraum von zehn Jahren, der zweite in den letzten beiden Tagen. Er war zugleich der Beweis dafür, daß ich mit meinen fünfunddreißig Jahren auf dem Buckel bereits ein alter, müder Gaul war. Krüger hatte den Kugelhagel Garcías überstanden, und die Verzweiflung hatte ihm neue Kräfte verliehen. Ich spürte, daß die gesamte Ungerechtigkeit, die auf dieser armseligen Welt herumfliegt, sich dazu entschlossen hatte, für einen Moment auf meiner Schulter Platz zu nehmen, und jedermann weiß, daß ein kurzer Augenblick ausreicht, um den ängstlichen Vogel des Glücks für immer in die Flucht zu jagen. Elsa und ich hielten uns noch immer umschlungen, aber jetzt mußte ich sie halten.

»Ich wußte es, Max ... Es war die schwarze Katze ... Und dieses verdammte Muttermal auf meinem Rücken ...«

Sie ließ ihre Waffe fallen, die beim Auftreffen auf den Boden ein unangenehmes Poltern erzeugte.

»Ich glaube, ich bin keine besonders gute Verlobte gewesen, mein Schatz.« Elsa versuchte zu lächeln. Zur Hälfte schaffte sie es. Es war ein schwaches, trauriges Lächeln.

»Ich habe nie eine andere geliebt, Glühwürmchen. Ich bin überzeugt davon, daß du einmal ein wunderschöner Schmetterling wirst.«

»Das mit der Schwangerschaft . . . es war gelogen . . . ist mich eingefallen, um dich in die Falle zu locken . . .«

Zum erstenmal dachte ich daran, daß das mit der Schwangerschaft tatsächlich die Wahrheit gewesen war, und niemals habe ich sie so geliebt wie in diesem verfluchten Augenblick. Das mit dem »ist mich« ging mir so nahe, daß ich fast anfing zu heulen.

»Das hättest du gar nicht nötig gehabt, mein Schatz.«

»Woher sollte ich denn das wissen . . . du bist so . . . so ein unverbesserlicher Idiot . . .«

Elsa hatte Schwierigkeiten zu atmen. Ich ließ sie vorsichtig auf den Hocker sinken, damit sie sich zum Ausruhen gegen den Tresen lehnen konnte. Ich sah mir meine Hand an. Sie war blutverschmiert. Ich legte die Pistole auf die Theke.

»Ich werde den Notarzt rufen«, sagte ich.

»Tu's nicht . . . Geh nicht weg von mir«, flehte sie mich an. »In meinem Leben gab es zwei große Lieben, Max. Die eine war Rosa, und die andere warst du. Die eine war mein Untergang, und die andere . . . du . . . du warst meine Rettung.«

So viele Wörter hintereinander hatten sie erschöpft. Das Atmen fiel ihr zunehmend schwer. Ich habe schon ein paar Leute sterben sehen und weiß, wenn ihnen nicht mehr viel Zeit bleibt. Ich habe einmal den Tod eines Stars mit ansehen müssen, nachdem er mitten im August gegen eine Fensterscheibe geprallt war. Ich habe gesehen, wie er ruhig liegen blieb, zitterte, den Schnabel verzweifelt noch einmal öffnete, um nach ein bißchen Luft zu schnappen, zusammenzuckte und noch einmal für ein paar Sekunden zu neuem Leben erwachte, um schließlich zitternd und röchelnd die Beine von sich zu strecken. Ich habe einmal mit angesehen, wie ein Star starb. Es hatte keinen Sinn, den Notarzt zu rufen.

»Ich habe dich immer geliebt, Glühwürmchen, vom ersten Augenblick an, seit ich dich auf dem Fest damals gesehen habe. Es tut mir leid, daß ich daran gezweifelt habe.«

»Das spielt jetzt keine Rolle mehr, Max. Jetzt nicht mehr.«

»Es macht mir soviel Spaß, deine Zigaretten anzuzünden . . .«

»Wirklich? . . . Das hat man gar nicht gemerkt . . . du bist so ein unverbesserlicher . . . Schwachkopf . . .«

»Sprich nicht weiter . . .«

»Laß mich reden . . . Zünd mir die letzte an . . .«, flehte sie mit halberstickter Stimme. »Dieses verdammte Muttermal.«

»Ich habe kein Feuerzeug.«

Elsa wies mit den Augenbrauen auf ihre Handtasche. Ich öffnete sie. Außer meinem Flachmann und den Volvoschlüsseln befand sich darin, unter einer Menge anderem Kram, das Feuerzeug, das ich ihr vor sechs Jahren einmal geschenkt hatte, mit einem Schriftzug, den ich damals hatte eingravieren lassen: »Für Glühwürmchen, damit es seine Zigaretten immer anzünden kann, so wie es meine Tage und Nächte zum Erglühen bringt.« In all den Jahren hatte mein Mädchen dieses Feuerzeug aufbewahrt, und wenn sie allein gewesen war, wenn im Umkreis von fünfhundert Metern kein Mann in Sicht gewesen war, hatte sie ihre Kippe mit diesem Feuerzeug angezündet und vielleicht jedesmal bei dieser Gelegenheit, jedesmal, an mich gedacht.

»Alles, was da drin ist, gehört dir . . . der Wagen . . . Deine kleine silbe . . .«

Sie unterbrach sich mitten im Satz. Ich zündete eine Zigarette an und steckte sie ihr zwischen die Lippen. Die Dunhill fiel auf den Boden: Sie hatte nicht mal mehr genug Kraft, sie im Mund zu halten. Ein paar Schweißtröpfchen glänzten wie Sterne auf der himmlischen Blässe ihrer Stirn. Ohne es zu wollen, achtete ich auf die Ohrringe: die Sonne aus Gold und der Mond aus Silber, der sich in der zunehmenden Stellung befand.

Ich zog ein Taschentuch aus dem Jackett. Dabei zog ich, ohne es zu wollen, auch das Foto von mir und Rosa heraus, das ich auf dem Tresen liegenließ. Es stand ein wenig über den Rand. Ich trocknete Elsas Stirn. Meine andere Hand befand sich weiterhin in ihrer.

»Auf Wiedersehen, mein Schatz. Mach dir keine Sorgen.« Sie lächelte mir zu. »Denk daran, es ist ja bloß für immer . . .«

»Nicht doch, Glühwürmchen«, flüsterte ich. »Es ist bloß, bis daß der Tod uns wieder zusammenführt.«

Sie hatte nie an Gott geglaubt. Das Leben hatte ihr nicht besonders viel Anlaß dazu gegeben. Mir übrigens auch nicht. Aber in Momenten wie diesem stellt so was einen Trost dar.

»Jetzt habe ich mein Lieblingskleid ruiniert . . .«

»Mach dir keine Sorgen«, sagte ich. »Ich kaufe dir dasselbe noch mal.«

»Mir ist kalt . . . Wo ich die Kälte doch nicht ausstehen kann . . . Meine Frostschu . . .«

Glühwürmchen drückte mir noch einmal die Hand und verlosch darauf für immer.

»Wenn es dir wieder besser geht, fahren wir auf die Südhalbkugel«, sagte ich.

Es war das erste Mal in meinem Leben, daß ich mit einer Toten sprach.

»Ich habe den Tod eines Stars mit angesehen«, sagte ich.

Es war das erste Mal in meinem Leben, daß ich mit niemandem mehr sprach.

Ich nahm das Feuerzeug und zündete das Foto an. Elsa, die am Tresen lehnte, sah mit ihren offenen Augen fast lebendig aus. Es nutzte mir nicht viel zu wissen, daß ihr letztes Lächeln mir gegolten hatte. Ich stand auf. Ich öffnete mein Jackett und stellte fest, daß mein Hemd einen Blutfleck hatte. Dieselbe Kugel, die Elsa umgebracht hatte, hatte auch mich verletzt, und mein Blut, Blutgruppe 0 Rhesus negativ, hatte sich mit ihrem, Blutgruppe A Rhesus positiv, vermischt, eine seltene Blutgruppe, aber dennoch, Glühwürmchen, du warst die Größte.

Ich sah auf die Uhr: halb neun Uhr abends an einem widerwärtigen Dezembertag. Ort der Handlung: Planet Erde. Zeit der Handlung: Ausgang des zwanzigsten Jahrhunderts. Handlung: Ein verliebter Mann würde am liebsten sterben, weil er gerade mit ansehen mußte, wie die Frau seines Lebens starb. Bald schon wird dieser Mann sein eigenes Spiegelbild nicht mehr wiedererkennen.

Ich rechnete aus, wie hoch die Rechnung war – drei Coca-Cola und der Whisky, eintausendvierhundert Eier – und ließ ein Salatblatt und eine Fünfhundertermünze auf dem Tresen liegen. Dann bemerkte ich Garcías Whisky, der unberührt auf dem Bord an der Wand stand, auf dem er ihn abgestellt hatte, und legte mein restliches Geld dazu.

Elsas Feuerzeug hielt ich noch immer in der Hand. Ich betrachtete es und überlegte einen Moment. Ich beschloß, es zu behalten. Elsas letzte Kippe, jene Kippe, die sie nicht mehr rauchen konnte, verglühte traurig auf dem Boden. Ich nahm die Volvoschlüssel und den Flachmann aus der Handtasche. Ein Schluck würde mir guttun. Ich schraubte den Verschluß auf und trank den Inhalt bis auf den letzten Tropfen aus. Elsa hatte den Flachmann für mich mit Chivas gefüllt. Ich stellte sie mir dabei vor, wie sie García hinter seinem Rücken den Whisky stibitzte. Das war genau die Art von Situation, die ihr besonders viel Spaß machte.

Noch immer lief *Let's stay together*. Wenn ich hier wieder herauskäme, würde mir dieses Lied für den Rest meiner Tage das Herz zerreißen. Ich gab drei wütende Schüsse ab. Die Kassette und der Apparat wurden zerfetzt. Ich machte mir nicht die Mühe, die Patronenhülsen aufzusammeln. Nicht mal die Star hob ich auf. Mir war alles egal. Ich steckte die Astra in das Pistolenhalfter. In diesem Moment klingelte das Telefon. Ich ließ es vier- oder fünfmal klingeln, bevor ich den Hörer abhob.

»Hallo?« Ich hörte, wie eine Münze fiel und wartete einige Sekunden umsonst. »Ich bin's, Max. Elsa ist tot.«

Am anderen Ende der Leitung fing ein junges Mädchen leise an zu weinen.

Ich legte auf und ging mit wankendem Schritt in Richtung Ausgang, während zugleich das Foto, das in Flammen stand, neben Elsas Zigarette landete. Ich begriff, daß ich Rosa nie wiedersehen würde und daß sie die halbfertige Tätowierung auf ihrer Pobacke gewissermaßen verdient hatte, die Schlange ohne die Blume. Rosa hatte überhaupt nicht daran gedacht, an meiner Wohnung vorbeizufahren, um nachzusehen, ob da ein Stuhl stand oder nicht. Sie und Godo hatten das Kokain geklaut, und sie war nicht nur weggefahren, um sich Klamotten auszuleihen, sondern auch, um die Drogen abzuholen. Wahrscheinlich war sie es gewesen, die Godo verraten hatte. Ich stellte sie mir dabei vor, wie sie mit meinem Skoda kilometerweise Asphalt hinter sich ließ, auf der Flucht nach wer-weiß-wohin und vor wer-weiß-wem. Ich verstand den Sinn des letzten Blickes, den sie mir zugeworfen hatte, jetzt besser. Arme Elsa: Die Münze, die ich fallen gehört hatte, war der Preis, den ihr angebetetes Schwesterlein für sie entrichtete. Ein Anruf aus einer Telefonzelle in zweihundert Kilometer Entfernung, mit dem sie ihr Gewissen beruhigte, und ein paar Tränchen: Viel war das nicht, auch wenn es bereits keine Rolle mehr spielte.

Noch nie war mir eine Tür so schwer vorgekommen. Bevor ich wegging, betrachtete ich das Panorama, das ich hinter mir ließ. Vor allem richtete ich meine Augen fest auf

Elsa. Ich schwor, daß, solange ich lebte, jeden 21. März Blumen auf ihrem Grab liegen würden. Es war nicht nur das Datum, an dem der Frühling beginnt: Es war außerdem auch das Datum, das sie sich für ihren Geburtstag ausgesucht hatte, der Tag, an dem die Uhren eine Stunde zurückgestellt werden und an dem deshalb die Tage länger und heller zu werden scheinen. Elsa, dachte ich mit all meiner Kraft. Elsa, ich liebe dich. Und ich hatte das Gefühl, daß sie mir irgendwo zuhörte und zu mir sagte: Ich dich auch, mein Schatz. Aber mach dir keine Sorgen, du hattest recht: Es ist nicht für immer.

Bloß, bis daß der Tod uns wieder vereint.

Mit einer Hand an der Hüfte und den Schlüsseln in der anderen verließ ich die Bar, hin- und herschwankend. Ich verlor Blut, und die Kälte und der Wind versetzten mir eine harte Ohrfeige. Als die Tür ins Schloß fiel, herrschte im Blauen Kater zum erstenmal seit ein paar Stunden absolute Stille.

Madrid, Januar 1995–Februar 1996

Eine Welt aus Liebe und Gewalt, Leidenschaft und Freiheit

Nach dem plötzlichen Tod seiner ebenso rätselhaften wie zerbrechlichen Geliebten muß Max erkennen, daß ihm die Freundin zeitlebens eine Fremde geblieben war.
Er beschließt, nach den Spuren ihrer Vergangenheit zu suchen und verfängt sich dabei mehr und mehr in einem verschlungenen Netz aus Sehnsucht und Einsamkeit, Verbrechen und Gewalt. In seiner bestechenden Präzision ein wunderbar kraftvolles Buch, für das Daniel Múgica mit dem *Premio Ateneo de Sevilla* ausgezeichnet wurde.
Daniel Múgica · Das Spiel ist verloren
Roman, 128 Seiten, Ullstein Taschenbuch 24087

Ullstein Taschenbuch